길 위에 내가 있었다

길 위에 내가 있었다

길 위에 내가 있었다

이기원

라이프맵

CAMINO

목차

글을 열며

1장 여행의 시작 _ '이것이 바로 생고생이다'

2장 길 위의 만남 _ '사람이 사람을 만나다'

3장 길은, 삶은 이어지고 _ '인생을 걷고 또 걷다'

글을 닫으며

글을 열며

솔직히 고백하건데, 나는 이 책을 세상 사람들 앞에 보일 생각은 없었다. 산티아고로의 여행은 내 오랜 꿈이 되어버린 까닭에 주변의 사람들 또한 내 여행에 대해 알고 있었고, 여행을 떠나기 전에 여기저기에서 여행기를 내보라는 권유를 받았었다. 그때마다 나는 출마를 고사하는 유력 정치인처럼 거부 의사를 분명히 밝혔다. '내가 산티아고로 떠나는 까닭은 여행기를 내려고 하는 것이 아니야'라고 스스로에게 되뇌었지만, 좀더 솔직한 속내는 산티아고 여행기가 이미 스무 권 이상 나와 있었고, 또한 내가 그 책들의 저자들보다 더 잘 쓸 자신이 없었기 때문이었다. 혹자의 말대로 이미 다 차려진 상에 숟가락 하나 더 얹었다가 괜히 스타일만 구길까 두려웠던 탓이 더 크다.

게다가 내게는 산티아고 여행기를 쓸 이렇다 할 콘셉트도 없었다. 기존에 나와 있는 산티아고 여행기는 종교적인 의미의 순례기順禮記, 자신의 정체성을 찾기 위한 일종의 고행기苦行記 혹은 조금은 다른 문화체험을 위한 재기와 정보가 가득한 여행기 등으로 나눌 수 있다. 하지만 난 그 어떤 고상한 의도를 갖고 있지 않았던 것이다.

나는 그저 산티아고를 무슨 '낭만적인 낙원'쯤인 것처럼 생각하고, 현재의 지옥 같은 일상에서 탈출해 그곳으로 떠나고 싶었던 것이다. 아마도 내가 그런 생각을 갖게 된 것은, 산티아고 순례길에 대한 정보가 거의 없었던 나의 무지가 한몫했다.

…천여 년 전에 어느 수도사가 아름다운 음악 소리와 밝게 빛나는 별무리를 따라가다 멈추었는데, 그곳이 예수의 제자 중 가장 먼저 순교한 세인트 야고보(스페인어로 '산티아고')의 무덤이었다. 이에 교황은 이곳으로 순례를 오면 지은 죄를 사하여준다는 칙령을 발표한다.

이때부터 유럽 각지에서 사람들이 집을 나서 스페인 북서부에 있는 도시 산티아고 데 꼼뽀스텔라로 순례를 오기 시작했고, 그것이 천 년이 지난 지금까지 이어지고 있는 것이다.

나는 이런 낭만적 사실기록에 그야말로 '꽂힌' 것이었다. 막연하게 걷는 게 좋았고, 등산을 즐겼기 때문에 그저 산티아고 순례길에 내 발자국 하나 더 얹어야겠다는 생각을 했던 것이다. 그렇다고 내가 아무런 계획이나 준비 없이 간 건 아니다. 이제서 생각하니 얼굴이 화끈댈 만큼 이기적인 것 같기는 하다.

주변 지인들에게 약이나 올려줄 요량으로 블로그와 트위터를 통해서 여행상황을 생중계해야겠다는 것. 나를 부러워하는 이들도 있을 테고, 또 한편으로 나의 여행을 기록하고 싶었었다. 하지만 그 계획은 거의 지켜지지 않았다. 인터넷 강국인 대한민국의 국민이었던 내가 상상할 수 없을 만큼 스페인의 와이파이 사정은 그리 좋지 않았고, 여행의 흔적을 올릴 시간적 여유도 그리 넉넉지 않았다. 역경(?)을 무릅쓰고 블로그에 세 꼭지 정도의 글을 올리다 포기했고, 트위터 역시 와이파이 사정상 며칠에 한 번 올릴까 말까하니 실시간이란 말이 무색했다.

산티아고에서 돌아온 뒤 블로그에 올렸던 세 꼭지의 글이 멍에로 다가왔다. 시작을 했으니 끝내야 했다. 그래서 본격적으로 블로그에 산티아고에 대한 글을 연재하기 시작했다. 일종의 의무감으로 시작한 글이었지만, 어느 순간부터 내가 정말 여행에 관한 글쓰기를 즐긴다는 사실을 깨달았다.

지금은 산티아고 순례가 상당히 대중화된 탓에 일 년에 이천 명 정도의 우리나라 사람들이 순례길을 떠난다고 한다. 그들이 순례길에서 대개 한 달 이상을 보낸다고 볼 때 그 길 어디에서나 한국인을 만날 수 있다는 것은 지극히 자연스런 일이다.

나 역시 그 길에서 많은 사람들을 만났고, 그 중 대다수가 한국인이었다. 외국인들과는 금세 할 얘기가 떨어졌지만, 우리나라 사람들과는 깊은 얘기까지 나눌 수 있었다. 그 덕분에 내가 '산티아고에서 만난 사람들과의 이야기'를 쓸 수가 있었던 것이다.

이 여행기가 일인칭 소설처럼 쓰여진 이유는, 내 스스로가 드라마 작가이면서 소설가이기도 하기 때문이다. 작가의 관심은 결국 '인간'에 맞추어져 있다. 결국엔 '인간이란 무엇인가?'라는 문제가 작가의 테마인 것이고, 그것의 시작은 과연 '나란 인간은 무엇인가?'이다.

나는 산티아고 순례길에서 '나'를 발견했다.

블로그에서 내 글을 본 몇몇 지인이 이런 말을 했다.

"기원 씨가 드라마를 이렇게만 쓴다면, 대박일텐데요."

어찌 보면 드라마 작가인 나를 모욕하는 말일 수 있다(모욕하는 말이 맞다!). 하지만 그 말이 내겐 칭찬으로 들렸다. 꽤 오랫동안 글쟁이로서 살았지만, 그동안 이렇게 솔직한 글을 쓴 적이 없었던 것 같다. 아마도 그런 (인간 이기원의 진솔한 모습을 담은) 점이 사람들에게 재미를 주었을 거란 생각이 들었다.

출간에 대한 생각을 잊고 있었는데, 블로그의 글로 인해 몇 군데의 출판제의를 받았다. 절대로 내지 않겠다는 다짐이 왠지 조금 망설여졌다. 하지만 결국, 불출마를 번복하고 나오는 유력 정치인의 마음으로 나의 여행기록을 세상에 내보이기로 결정했다.

나는 이 책 『길 위에 내가 있었다』를 통해 독자들이 정보를 얻기를 바라지 않는다. 순수하게 정보를 얻으려거든 내 친구 변정식이 쓴 가이드북 『신과 함께 가라, 산티아고 가는 길』을 보기 바란다(무식하리만치 엄청난 정보를 담고 있다).

이 책은 그간 여러 가지 이유로 여행을 망설이는 사람들에게 희망의 불씨를 살려줄 거라 믿는다. 체력 문제로 고민하는 사람, 언어 문제로 불안한 사람, 현실도피를 꿈꾸는 사람, 그리고 여행에서 직면할 예기치 못한 상황에 대해 두려움을 갖는 사람 등등…. 이 지구상의 많은 사람들이 이 책을 읽고 여행가방을 꾸렸으면 좋겠다. 그것이 순례자의 길을 향할 배낭이건, 아니면 쾌적한 휴양지로 이끌 매끈한 트렁크이건 간에 떠날 수 있는 용기와 자유를 선물했으면 좋겠다. 인생이라는 긴 길 위에서 모퉁이가 나왔을 때, 잠시라도 나를 위로하고 싶을 때, 이 책이 위안이 되었으면 하는 바람이다.

나도 산티아고에 갔다 왔다.
그런데 당신이 그 여행을 떠나지 못할 이유가 어디 있겠는가?

2011년 6월
이기원

1
여행의 시작

길을 떠나는 영혼의
첫 깨달음
'이것이 바로 생고생이다'

“우 리 ，　　드 라 마　　잘　　끝 내 고　　산 티 아 고　　가 자 ！”
2008년 초 여의도의 한 카페에서 나는 평소 호형호제하던 김 감독과 손을
맞잡으며 소리쳤다. 드라마 〈스포트라이트〉의 시작이었고, 동시에 내 산
티아고 여행의 시작이었다.

당시 우리는 SBS에서 방영한 〈산티아고 가는 길〉이라는 산티아고 순례길
에 대한 다큐를 보고 그곳에 미쳐있었던 것이다. 오죽했으면 미니시리즈를
같이 하자는 김 감독의 제안을 그런 식으로 받아들였을까.

드라마를 잘 끝내고, 홀가분한 마음으로 산티아고 순례길을 함께 떠난다….
이 얼마나 판타스틱한 일인가!

마음은 그때부터 벌써 산티아고 순례길 어딘가를 걷고 있었던 것 같았다.

“거기 가고 싶어 하는 내 친구가 있으니 함께 데려가자.”

나는 그 여행길에 내 친구 변정식을 끌어들였다. 가톨릭 신자였던 그 역시
산티아고에 대해 남다른 관심을 갖고 있던 터였다.

그와의 인연은 십오 년 전쯤까지 거슬러 올라가니, 나와 내 친구 변정식의 인연은 꽤 긴 축에 속한다. 한국 MCA(유니버셜 레코드의 전신)에 근무하던 그가 팝음악 잡지 객원기자로 있던 내게 너바나Nirvana를 비롯한 주옥같은 신보를 챙겨주던 인연으로 친구가 돼 우정을 이어오고 있었다. 그는 오래 전부터 산티아고 순례길에 대해서 알고 있었는데, 예의 다큐멘터리를 보고 몸이 후끈 달아있던 참이었다.

쇠뿔도 단김에 빼랬다고 의기충천한 우리 셋은 여의도의 한 포장마차에서 만나 함께 술을 마시며 도원결의桃園結義를 맺었다.

"산티아고를 위하여!"

우리는 술잔이 허공에서 부딪힐 때마다 주술처럼 소리쳤다.

그날 이후로 우리는 '산티아고'라는 단어를 수시로 집요하게 사용했다.

"… 좋아, 오늘 회의는 이제 그만. 우리 열심히 하자. 산티아고 가야 하니까."

심지어 전화할 때 '여보세요' 대용으로도 썼다.

"산티아고? 나 기원인데…."

모든 것이 '산티아고'로 시작해서 '산티아고'로 끝났다. 그야말로 산티아고의 생활화라고나 할까? 이제 산티아고로의 여행은 목표가 아니라 당위가 되어 있었다.

나는 극본을 쓰면서 힘들 때마다 산티아고를 떠올리면서 마음을 추슬렀다. 조금만 참자, 그러면 나는 산티아고에 갈 수 있다. 조금만 참자…. 내게 있어 산티아고는 진통제이자, 진정제가 된 셈이다.

하지만 그 산티아고를 향한 꿈은 오래지 않아 산산이 깨지고 말았다. 야심하게 준비했던 드라마 〈스포트라이트〉의 시청률이 저조하게 나오면서

중도에 드라마에서 하차하는 호된 경험을 치르게 되었다. 그날 이후로 내 머릿속에서 '산티아고'라는 단어는 사라졌다. 솔직히 산티아고는 더 이상 내 삶에 있어서 중요한 문제가 아니었다. 당연한 것처럼 산티아고의 약발도 떨어졌다.

드라마 〈스포트라이트〉의 실패는 엄청난 후유증을 내게 안겨주었다. 이런저런 악소문들이 꼬리에 꼬리를 물었고, 그 때문에 대인기피증까지 생겼다. 자연히 내 여행동지였던 김 감독과의 관계도 소원해지게 되었다.

그후로 몇 개월 동안 내 생활은 '살아있는 시체들의 밤'이었다. 잠을 이룰 수가 없었고, 자더라도 어느새 깨어 좀비처럼 눈을 멍하니 뜨고 앉아있는 날들이 계속되었다.

그러던 어느 날, 친구 변정식이 찾아와 산티아고에 가자고 했다. 그는 내가 드라마를 한다고 씨름하는 동안, 혼자 산티아고에 대해서 열심히 공부해 산티아고 순례길의 전문가가 되어 있었다. 국내에서 구할 수 있는 산티아고 여행기를 모두 섭렵했고, 산티아고 관련 카페나 블로그를 통해 정보를 입수하는 것도 모자라, 국내에 없는 가이드북을 원서로 구해 독파하는 무서운 열정을 보였던 것이다. 그의 입장에서 보자면, 이렇게까지 공부를 했는데 정작 산티아고를 가지 않는다는 것은 말도 안 되는 일이었다.

여전히 나는 산티아고에 갈 형편이 아니었다. 내겐 여행을 떠나는 것보다 〈스포트라이트〉로 인해 실추된 명예를 회복해야 하는 문제가 더 중요했다. 그것은 새로운 작품을 통해서 보여주는 방법 외엔 없었다.

'작가는 자신이 옳다는 것을 오직 작품으로만 증명해야 한다.'

그즈음 내가 주문처럼 외우던 말이다.

스티븐 프레스필드의 『최고의 나를 꺼내라The War of Art』에 나온 구절인데, 이 말을 곱씹으며 와신상담하고 있던 시간들이었다.

결국, 나를 설득하는 데 실패한 친구는 겨울에 혼자 산티아고로 떠났다. 그

즈음 김 감독이 친구보다 먼저 산티아고에 다녀왔다는 소식을 들었다. 도원결의를 맺은 세 사람 중에서 나만 그곳에 가지 못한 것이었다.

한 달하고도 열흘이 지나 친구가 산티아고에서 돌아왔다.

"추워서 정말 개고생 했어. 얼어죽을 뻔한 게 부지기수고….."

그의 고생담을 듣는 순간, 마음에 일었던 욕심이 순식간에 사라지고, 나를 마음의 평화로 인도했다.

"근데 또 가고 싶어."

"…."

이런, 젠장. 갑자기 평화가 사라졌다. 나는 동요하지 않으려고 이를 악물었다. 부러워하면 지는 거니까.

이후 내 친구 변정식은 순례길의 열렬한 신봉자가 되어 '산티아고'라는 단어를 입에 달고 살았다.

"산티아고에 갔을 때 말이야…", "산티아고에서는 말이야…", 산티아고… 산티아고… 산티아고….

"그깟 산티아고 한번 갔다온 거 가지고, 디게 그러네!"

참을 인忍을 몇 번이나 마음에 새기던 내가 도저히 참을 수 없어 짜증을 냈다.

그는 대답 대신 씨익 웃었다.

며칠 후 그는 두 번째 산티아고 순례길에 올랐고, 이번엔 한 달간 그 길 위에 머물다 돌아왔다. 그러곤 일 년여의 노력 끝에 산티아고를 꿈꾸는 사람들에게 '순례 바이블'로 평가받는 『신과 함께 가라, 산티아고 가는 길』이란 가이드북을 만들어냈다. 그의 열정으로 출판에 대해 아는 것도 거의 없으면서 스스로 출판사 등록을 하고, 집필에서부터 편집과 디자인, 발행에 이르는 전 과정을 해낸 것이다. 산티아고의 길 위에 녹아든 모든 열정을 자신의 것으로 만들어버린 것처럼, 산티아고는 그의 일상이 되었다.

게다가 그는 순례길에서 만났던 '까미노의 친구들'이라는 스페인 순례자 협회 사람과의 인연으로 산티아고 캄포스-스텔라 협회의 한국 대표까지 되어 왔다.

나는 그 앞에서 다시는 '산티아고'라는 말을 꺼내지 않기로 했다. 그러자 이번에는 그가 먼저 꺼냈다.

"기원 씨, 산티아고 안 갈래? 내가 만든 가이드북이 정확한지 확인도 해봐야겠고, 사진도 새로 찍어서 개정판에 바꿔 넣고 싶거든."

그때는 내가 쓴 드라마 〈제중원〉이 막 방영되려던 시점이었다. 그리고 내 인생에서 산티아고 순례는 없다고 생각했던 때였다. 내 안으로 깊이 밀어두었던 산티아고가 슬며시 깨어나 여행길을 재촉했지만, 한 달 이상 소요되는 긴 여행을 혼자서 할 자신이 없었다. 마음에 여유가 생기니 슬며시 두려움이 함께 자리를 잡았다고 할까. 그런 차에 친구의 제안은 매우 은혜로운(?) 선물이었다.

"그래, 이번에 드라마 잘 끝내고 산티아고 갑시다!"

나는 언젠가 한번 했던 말을 다시 내뱉으며 그의 제안을 받아들였다. 그 다음에 이어지는 과정도 비슷했다. 나는 극본을 쓰면서 힘들 때마다 '산티아고'를 생각하면서 마음을 추슬렀다. 조금만 참자; 그러면 나는 산티아고에 갈 수 있다. 조금만 참자….

드디어 2010년 5월 4일.

36부작 〈제중원〉의 마지막회가 전파를 탔다.

그 시간 나는 경기도 장흥유원지에 위치한 한 주차장, 내 차 안에 있었다. 드라마 종영을 기념하기 위해 〈제중원〉 스태프들과 함께 MT를 왔던 것이다. 흥겨움과 아쉬움이 교차하는 그 순간, 스태프 속에서 잠시 빠져나와 차 안에서 숨을 죽인 채 혼자 마지막 방송을 감상했다. 힘들었던 모든 순간들이 주마등처럼 스쳐 지나갔다.

황정(박용우 분)과 유석란(한혜진 분)이 광야에 서서 마지막 대사를 하는 장면에서 코끝이 찡했다.

그 순간부터 문자들이 빗발치기 시작했다. 「수고했어요」, 「고생 많았어」, 「부활을 축하합니다」, 「홀가분하게 술 한잔 합시다」 등등. 수십 통의 문자들이 앞 다투어 들어왔다.
그 중에 친구 변정식의 문자도 있었다.
「이제 비행기 티켓 예매해도 되는 거지?」
즉시 답장을 보냈다.
「그걸 말이라고 해?」

가방에 담길 인생의 무게는?

산티아고 순례길은 무려 800킬로미터에 이른다. 이는 서울에서 부산까지를 왕복하는 거리와 비슷한데, 그 엄청난 거리를 순례라는 미명 하에 걸어야 하는 것이다. 사람에 따라 다르지만, 보통 한 달 이상 걸리며, 등에는 10킬로그램 내외의 배낭을 지고 하루 평균 25킬로미터를 걸어야 순례를 마칠 수 있다. 즉 미친 척하고 한 달 내내 걷기만 하는 것이 바로 산티아고 순례인 것이다.

그런데 과연 어느 누가 한 달 동안 그런 먼 길을 걸어본 적이 있겠는가? 말단 보병부대에서 군생활을 한 나조차도 끽해야 며칠 동안 100킬로미터가 고작이었다. 뭐 특수부대 출신이면 천 리(400킬로미터)행군까지는 해보았을 것이다.

나도 산티아고 순례길이 길다는 것은 알았지만, 그렇게 길 줄은 꿈에도 생각하지 못했었다. 하긴 제대로 알았다면 감히 내가 산티아고 꿈을 꿨을까 하는 생각이 들기도 했다. 비행기 티켓을 구한 후에야 친구가 쓴 가이

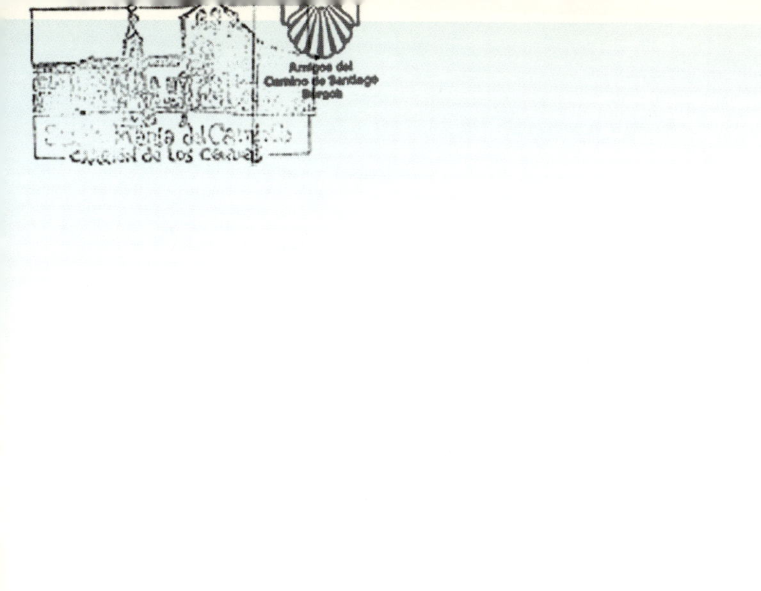

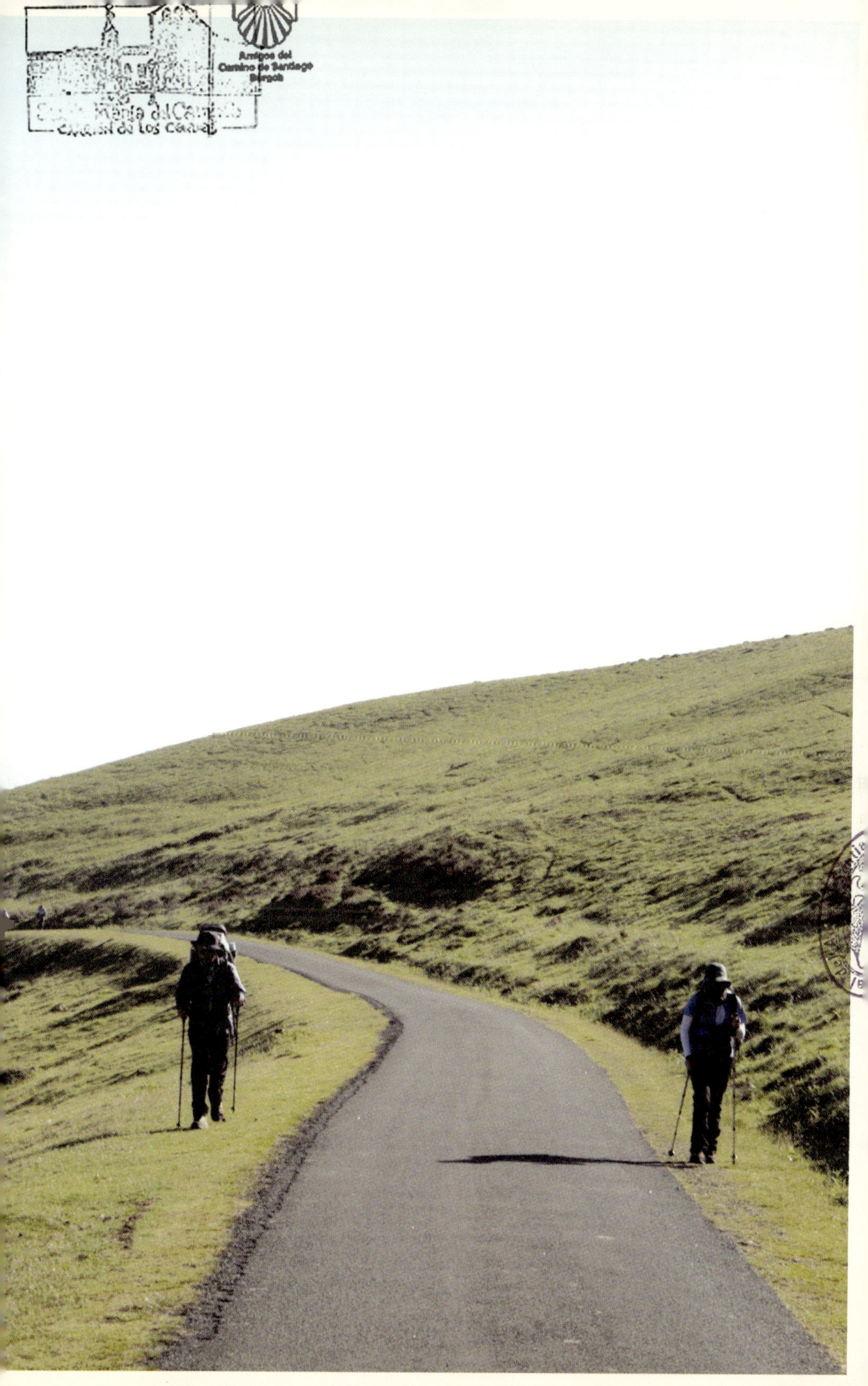
Amigos del
Camino de Santiago
Burgos

드북을 보면서 그 '두려운 사실'을 알게 되었고, 이미 주사위는 던져진 뒤였다.

나를 위한 변명을 해보자면, 사실 나는 그동안 산티아고에 대해서 진지하게 성찰해볼 여유가 없었다. 산티아고를 알게 되면서 바로 드라마를 시작했고, 드라마에서 중도하차하면서 좌절을 겪었으며, 재기를 준비하면서 산티아고의 실체에 대해 신경 쓸 겨를이 없었던 것이다.

제일 먼저 내 형편없는 체력이 걱정이 됐다. 36부작 드라마에 거의 이 년 이상을 매달렸고, 그 중에서 본격적으로 집필을 시작한 일 년 전부터는 집필실 밖을 거의 나가지 못했다. 하루 25킬로미터를 걸어야 하는데, 나는 고작 하루에 스물다섯 걸음이나 걸을까 하는 일상이었다. 게다가 드라마가 끝나기 한 달 전부터는 허리가 너무 아파서 의자에 오랫동안 앉아있을 수조차 없었다. 척추기립근이 약화된 것이었다.

설상가상으로 몸무게는 기하급수적으로 불어나 있었다. 일 년 전에 75킬로그램이었는데(정말이다!), 〈제중원〉을 끝낸 뒤 사우나에 가서 재보니 90킬

   02 가방에 담길 인생의 무게는?

로그램으로 늘어나 있었다.

이런 상황이다 보니, 조금만 오래 서 있어도 무릎이 아팠다. 몸무게가 1킬로 늘어날 때마다 무릎이 받는 하중이 거의 10킬로씩 늘어난다는 얘기를 들은 적 있어서 15 곱하기 10을 했다가 화들짝 놀라고 말았다. 가장 먼저 떠오른 생각은 '불쌍하다, 내 무릎!'이었다. 무릎에게 나는 너무 가혹한 짐을 지우고 있었다.

그제야 이번 여행의 성패는 가벼운 짐에 달려있다는 생각이 들었다. 정신적으로 지친 것은 멀리 '외국'으로 떠난다는 사실만으로도 회복되기 시작했지만, 육체적으로 지친 것을 극복하는 것은 오랜 시간을 요하는 문제였다.

어느 후배가 유명한 사람이 말한 거라며 이런 얘기를 해주었다.

'즐거운 여행이 되려면 세 가지가 충족되어야 한다. 가벼운 짐, 좋은 친구, 그리고 돌아갈 곳.'

일리가 있는 말이었다. 가벼운 짐은 몸을 보다 행동적으로 만들고, 여기에 좋은 친구는 즐거움을 배가시킨다. 그리고 돌아갈 곳이 있다는 것은 여행을 마음껏 즐기게 해준다. 돌아갈 곳이 없다면 그것은 여행이 아니라 불안한 유랑일 것이다.

'그래, 결심했어! 최대한 가벼운 짐을 꾸릴테다!'

나는 이런 마음으로 배낭을 사러 등산용품점에 갔다. 드디어 등산 '혼수'를 장만하러 가는 기분이었다.

"작가님, 스페인에서 두 달 정도 체류하려면 적어도 85리터짜리 배낭은 들어줘야 합니다."

내가 산티아고에 간다고 하니, 사장이 솜이불 한 채도 너끈하게 들어갈 만한 배낭을 권했다.

"…"

몇 년 전 같은 용량의 배낭을 샀다가 낭패를 보았던 악몽이 떠올랐다. 장

비욕심이 있는 나는 85리터 배낭 안에 각종 등산장비를 다 때려 넣고 지리산으로 갔다. 워낙 큰 배낭이라 침낭, 에어매트리스, 버너, 코펠, 비박^{bivouac}까지 넣었음에도 불구하고 여유가 있었다. 뿌듯한 마음으로 배낭을 등에 메자마자, 후회가 물밀듯이 밀려왔다. 솔직히 고백하자면 한 걸음 한 걸음 움직이는 것조차 내게는 너무 벅찬 일이었다.

그런데 설상가상으로 성삼재에서 합류한 산악회 멤버들이 내 배낭의 여유 공간을 보곤 쾌재를 부르며 과일을 가득 넣는 게 아닌가. 졸지에 나는 산장으로 짐을 날라주는 지게꾼 신세가 되어버렸다. 무거운 배낭 때문에 나는 일행에서 뒤처져서 걸어가야 했고, 당연한 얘기지만 휴식시간에도 제일 늦게 도착할 수밖에 없었다. 겨우 한숨 돌리며 배낭을 내려놓고 과일을 꺼낼라치면, 먼저 쉬고 있던 멤버들은 엉덩이를 털며 자리에서 일어났다.

"간식으로 과일 좀 드시고 가세요."

"다음에 쉴 때 먹지 뭐."

걷는 내내 이런 식이었다.

그들은 결국 연하천 대피소에 도착할 때까지 단 하나의 과일도 먹지 않았다. 그리고 나는 무거운 배낭 때문에 무릎에 무리가 와서 대열에서 낙오하고 말았다. 내가 대피소에 도착한 때는 사위가 완전히 캄캄해진 한밤중이었다. 겨우 도착한 내게 서툰 위로를 해가며 밥을 내놓는데, 그 밥 한 술을 뜨는 순간 서러움이 몰려들며 눈물이 핑 돌 지경이었다.

"후식 드셔야죠? 과일 좀 꺼낼까요?"

저녁을 먹고, 정신이 돌아오자 퍼뜩 과일 생각이 났다.

"벌써 이빨 닦았는데…, 낼 먹지 뭐."

"…"

성냥팔이 소녀의 서러움도 이보다 크지 않을 것이라는 생각이 그 순간의 나를 지배했다.

그 지리산의 결말은 당연한 수순처럼 나의 항복으로 끝을 맺었다. 다음날

 　02 가방에 담길 인생의 무게는?

아침 내 배낭에서 한 박스 분량의 과일을 꺼내놓고, 다리를 절룩이며 옆길로 하산해야만 했다. 그 원수 같은 85리터 배낭은 이후 산악학교에 들어간다는 사람이 있어 미련 없이 넘겨주고 말았다.

"85리터 배낭이라니! 누구 죽일 일 있어요?"
나는 지리산의 그 악몽같던 하산길에 대한 기억으로 진저리를 치며 말했다.
결국, 나는 내 소신대로 70리터 용량의 배낭을 샀다.
몸으로 체득한 교훈을 떠올리며 배낭 안에 꾸릴 용품도 가급적이면 작고 가벼운 것들로만 넣기로 했다. 작은 헤드랜턴, 티타늄으로 된 컵과 수저세트, 제일 가벼운 침낭, 초경량 카본스틱, 초소형 디지털카메라, 넷북 등등…. 여기에 현지음식이 입에 맞지 않을 것을 고려해서 (음식 때문에 고생한다면 가뜩이나 부족한 체력에 더 문제가 생길까봐) 볶음고추장세트, 컵스프, 즉석국 등을 산 뒤 포장을 벗겨 부피를 줄인 다음 지퍼백으로 마무리했다. 또한 세면도구 일제를 정리해서 직은 기방에 담았고, 빨래를 위해 티슈 형태로 된 세제를 준비했다.

그러나 그것만으로 70리터 배낭에 가득 차고도 넘쳤다. 난감하기 이를 데 없었다. '아, 정말 85리터 배낭을 샀어야 했나' 하는 생각이 들었지만, 이내 도리질하며 그 생각을 지웠다. 경험처럼 소중한 스승은 없는 법이다.
나는 70리터에 맞추기 위해 짐을 모두 풀었다가 다시 싸면서 소중한 식량의 일부를 덜어냈다. 그렇게 타이트하게 산티아고행을 위한 70리터 배낭 하나를 만들어놓으니 뿌듯하기 그지없었다. 알랭 드 보통의 『여행의 기술』은 그가 가방을 꾸리는 방법이 그 책의 거의 전부를 차지하고 있다는 얘기를 들은 적이 있었다. 그렇다. 여행의 기술은 가방을 꾸리는 기술에서 시작되는 것이나 마찬가지다. 그리고 나는 기술적(!)으로 내 배낭을 꾸린 것이다. 800킬로미터를 함께해줄 내 또 다른 분신인 여행가방을….

출발을 하루 앞둔 날, 작가협회에 볼일이 있어 갔다가 사무국장인 임동호 형을 만났다. 그는 나와 같은 산악회 멤버이기도 하고, 히말라야 트레킹을 다녀온 적이 있는, 내가 알고 있는 몇 안 되는 산행의 고수 중 한 사람이다.

"기원아, 너 70리터 배낭 말고 또 뭐뭐 있냐?"

동호 형이 내 배낭 꾸리기 무용담을 듣더니 물었다.

"평소 북한산 다닐 때 쓰는 35리터짜리랑 45리터짜리 배낭이 하나씩 있어요."

"그럼, 45리터 배낭에 맞춰 가져가. 내가 히말라야에 갔을 때 배낭 큰 거 메고 갔다가 무지하게 고생했거든. 음식은 철저하게 현지식에 적응하고, 가져갈까 말까 고민되는 것은 가져가지 마. 생명에 지장을 주지 않는 것은 무조건 빼고, 가서 딱 한 번 쓸 것 같은 것들은 아예 생각하지도 마."

"그럴까….."

귀가 얇은 나는 그 얘기를 듣고 바로 집으로 달려와 45리터짜리 배낭에 다시 짐을 꾸리기 시작했다. 제법 많은 것들이 걸러졌다. 여벌의 방풍재킷, 바지, 상의, 속옷, 그리고 나의 비상식량들이 걸러졌다. 이론상으로 25리터가 줄었다.

하지만 그 25리터 안에는 이번 여행에 꼭 가져가야 할 넷북이 있었다. 이번 여행을 하면서 내가 가진 목표 하나, '나의 여행담을 블로그에 거의 실시간으로 생중계한다'가 자꾸 내 마음을 붙잡았다. 내가 그날그날 찍어서 올리는 사진과 글을 보고 사람들이 배 아파하는 상상, 생각만 해도 짜릿한 일이었던 것이다.

애석하게도 45리터짜리 배낭에는 넷북이 들어갈 틈이, 정말 숨어있는 1인치만큼도 없었다. 넷북을 가져가지 말까 하는 생각이 잠시 들었다. 하지만 바로 그 다음 순간, 그러기엔 너무 많은 사람들에게 여행기를 올리겠다고 입을 놀렸다는 사실이 떠올랐다. 후회는 아무리 빨리 해도 늦는다더니, 내

가 바로 그 짝이다.

눈물을 머금고 다시 70리터짜리 배낭에 짐을 옮겨 담았다. 그랬더니 70리터 배낭에 모두 쏙하고 들어갔다. 배낭이 허전하다는 생각이 들 만큼. 그 여유에 나의 비상식량들을 다시 챙겨 넣었다. 그랬음에도 옷들이 빠졌기 때문인지 배낭에 여유가 넘쳤다. 어쨌거나 동호 형의 조언 덕분에 짐을 더 줄일 수 있어서 다행이었다.

삶의 무게가 지나치게 무겁다 느껴질 때 이렇게 다시 나를 정리해보는 것도 좋은 방법일 것 같다는 생각이 들었다. 희망이 무서운 것은 그것이 욕망과 맞닿아 있기 때문이라는 말을 어딘가에서 들은 적이 있다. 내 희망을 조금 작은 가방에 넣어보는 것도 때론 나를 위로해주는 방법이 아닐까.

기분이 좋아진 나는 배낭을 짊어져보기로 했다. 배낭을 힘껏 들어 올려 팔을 멜빵에 끼워 넣는데, 몸이 휘청거렸다. 재빨리 벽을 잡고 나머지 팔을 끼워 넣는데 다리가 후들후들 떨렸다.

"으윽!"

나도 모르게 신음이 흘러나왔다. 이어 배낭 멜빵이 어깨를 파고들며, 격한 통증이 찾아왔다. 내가 감당하기에 분명 버거운 무게였다. 하지만 나는 여기서 짐의 무게를 줄여야겠다는 생각은 하지 못했다. 더 이상 뺄 것도 줄일 것도 없다는 판단 때문이었다. 역시 희망은 욕망과 맞닿아있다.

다음날, 나는 인천공항에서 탑승수속을 하면서 배낭을 수하물로 부쳤다. 배낭의 무게가 저울 전자판에 붉은 글자로 나타났다.

'15킬로그램.'

문득, 15킬로그램을 하루 종일 지고 걷는다는 것은 네다섯 살 먹은 아이를 업고 걸어가는 것에 비견될 일이란 생각이 들었다. 아, 아니다. 배낭은 온전히 어깨의 힘으로 져야 하므로 아이를 목말 태우고 걷는다고 하는 것이 좀더 현실적인 비교 같았다.

어쨌든 이제 나는 한 달 이상을 어깨에 아이 목말을 태우고 걸어야 하는 신세가 된 것이다.

아, 한 가지 사실을 빼먹었다.

〈제중원〉을 쓰는 동안 내 몸무게가 15킬로그램이나 늘었다는 것.

Santa María del Campo
capital de los Caídos
Amigos del
Camino de Santiago
Burgos

del Apóstol Santiago

03

백만 스물두 가지의 이유

드디어 산티아고를 향하는 비행기에 몸을 실었다. 에어프랑스(산티아고를 가는 이들은, 아니 어디론가 오랫동안 떠나는 이들은 더 오랜 기간 그 여행을 준비한다. 여행지에 관련된 것이면 무엇이든. 물론 숙소나 항공권까지. 특히 저렴한 항공권을 구하려면 몇 달 전에 예약을 하는 것은 상식. 그렇지 못하면 비싼 항공권으로 그 여유로움의 대가를 치를 수밖에 없다)를 타고 가면서 파올로 코엘료의 『연금술사』를 읽었다. 솔직히 고백하자면, 산티아고 순례 붐을 일으킨 장본인이라는 생각에 왠지 읽어줘야만 할 것 같았다. 처음에는 순례 중에 천천히 읽으며 그의 생각을 되짚고 싶었는데, 비행시간이 워낙 길다보니 책장이 훌훌 넘어가며 그야말로 논스톱으로 다 읽혔다.

『연금술사』에 나온 '마크툽maktub'이란 말이 마음에 남는다. 아랍인들이 종교적인 의미로 쓰는 말이라는데, '운명적으로 어차피 그렇게 될 일이다'라는 뜻이란다.

마크툽!

어쩌면 나도 산티아고에 갈 수밖에 없는 얄궂은 운명에 의해 이끌리듯 이 자리에 있는 것은 아닐까 하는 생각이 얼핏 들었다.

파리 샤를드골국제공항에 거의 12시간 만에 도착한 우리(나와 내 친구 변정식)는 다시 버스를 타고 국내선을 타기 위해 오를리공항으로 한 시간을 더 가야 했다. 거기서 다시 작은 비행기를 갈아타고 한 시간 20분을 날아 비아리츠Biarritz(프랑스 남서부 아키텐 주 피레네자틀랑티크 데파르트망에 있는 도시)로 갔고, 비아리츠에서 택시를 타고 목적지인 바욘Bayonne(프랑스 아키텐 주 데파르트망에 있는 도시)에 도착했다.

바욘의 모텔에서 이국에서의 첫날밤을 보내려는 그 역사적인 순간. 밤이 깊었고, 긴 여정으로 태산 같은 피로감을 느끼고 있으면서도 눈이 말똥말똥 떠지며 잠이 오지 않았다. 시차 때문이기도 했지만, 내일부터 본격적으로 짊어져야 할 배낭의 무게를 생각하니 슬며시 겁이 나는 것이 태산보다 좀더 큰 걱정이 밀려왔다. 결국 자리에서 일어나 배낭의 무게를 줄이기 시작했다. 서울에서 출발하기 전 줄인다고 줄였음에도 혹시 더 줄일 것이 없나 다시 살펴보니 하나둘 눈에 들어오기 시작했다.

우선 반짇고리의 케이스와 내용물을 버리고 바늘과 실만 챙겼다. 적어도 50그램은 준 것 같았다. 그리고 내 소중한 비상식량 중에 그다지 필요가 없을 것 같은 밥에 비벼먹는(김과 깨, 계란 말린 것 등으로 이루어진) 비빔가루 일부를 걸러냈다. 얼추 300그램은 더 준 것 같았다.

여전히 배낭의 무게는 묵직했다. 좀더 고민을 하다 순례길에서 폼나게 읽으려고 들고 왔지만 이미 다 읽어버린 『연금술사』를 버릴까 하는 생각이 살포시 들었다가, 이런 모텔에 버렸다간 폐지로 활용될 것 같단 생각에 마음이 멈칫댔다. 아무래도 힘은 좀 들겠지만 알베르게Albergue(순례자 숙소)에 둔다면, 한국인 순례자 중에서 이 책을 집어 들 사람이 있을 것 같았다.

결국 더 이상 뺄 것이 없다는 생각으로, 그저 350그램의 무게를 줄인 것에 만족하고 잠을 청했다. 그래도 여전히 잠은 오지 않는다. 이제는 배낭

의 무게 때문이 아니라 순례에 대한 설렘 때문인지 좀처럼 잠을 이룰 수
가 없었다.

동이 트자 우리는 각자의 배낭을 메고 바욘 역으로 걸어갔다. 15킬로그램
에서 무려 350그램이나 덜어낸 배낭이지만, 다리가 후들후들 떨리는 것을
막을 순 없었다. 이때 갑자기 대책 없는 긍정의 힘이 발동했다. 순례길에
나선 내가 곧 이 무게에 적응이 될 것이라는 무모하리만치 낙관적인 예상
이 바로 그것이다.

바욘 역에서 크루아상과 레모네이드로 아침식사를 해결하며, 계획대로 블
로그에 순례 첫날에 대한 감상을 휘리릭 남기고 떠나려고 마음먹었다. 그
런데 이런, 와이파이가 유료라니…. 어찌 해보지 못하고 괜히 헛수고만 했
다. 섬광처럼 여행기를 실시간으로 올리겠다는 야심찬 계획에 왠지 차질
이 빚어질 것만 같은 느낌이 강하게 들었다.

보통 순례의 시작은 프랑스 중서부 피레네산맥 발치에 있는 생장피드포르
Saint Jean Pied de Port에서 시작하게 되는데, 우리도 생장피드포르행 기차를 타기

   03 백만 스물두 가지의 이유

위해 바욘 역으로 온 것이다. 하지만 그날은 (우리나라에서는 상상할 수도 없는) 승객이 적다는 이유로 기차가 출발하지 않았다. 출발하지 않는 기차대신 역에서부터 생장피드포르까지 버스로 승객들을 옮겼다.

이제 순례길의 시작이다. 가장 먼저 한 일은 생장피드포르에 도착하자마자 역 앞에서 인증샷을 찍는 것. 그리고 재빨리 무릎보호대를 하고 마음을 다잡았다. 이제 산티아고 데 꼼뽀스텔라Santiago de Compostela까지 장장 800킬로미터를 걸어야 하는데, 초장부터 무릎에 이상이 오면 안 되기 때문이었다. 내겐 지리산의 교훈이 있지 않은가.

유럽 사람들에게 있어 보통 순례는 자신의 집에서 출발해서 산티아고 데 꼼뽀스텔라 대성당까지 가는 것을 뜻한다. 오랜 옛날부터 집에서 나온 순례자들이 지나는 마을에서 서로 만나 함께 걷고, 또 도시에서 다른 순례자들과 합류해 산티아고를 향해 걸어가곤 했다. 그러다 보니 몇 개의 루트들이 만들어졌는데, 그 대표적인 길이 바로 '까미노Camino(스페인어로 '길') 레알' 또는 '까미노 프란세스'라 불리는 생장피드포르에서 산티아고 데 꼼뽀스텔라 대성당까지의 코스이다.

그 유명한 까미노 프란세스가 지금부터 내가 걸을 길이다. 하지만 무턱대고 걷는 게 아니다. 먼저 순례자 사무소에 가서 순례자 등록을 하고 걸어야 한다. 그곳에서 무료로 발급해주는 순례자 증명서를 손에 넣기 위해서다. 순례자 여권으로 불리는 '크레덴시알Credencial'이 없으면 알베르게에 입장할 수도 없다. 게다가 이 크레덴시알에는 스탬프(스페인어로 '쎄요')를 찍을 수 있게 되어 있는데, 잠을 잔 알베르게나 식당에서 스탬프를 찍어가며 순례를 하는 것이다. 그리고 이 순례길의 종착지인 산티아고 데 꼼뽀스텔라 대성당 옆에 있는 순례자 사무소에서 그 스탬프들을 보고, 순례를 평가한 후 완주증을 발급해준다. 순례길을 걷는 이유들이야 모든 이들이 다 다르겠지만, 그들에게도 지켜야 할 것은 하나 있다. 순례의 여정에서 크레덴시알을 목숨처럼 소중하게 여겨야 한다는 것!

물론 여기에 내 흔적을 남겨야 하니, 우리도 방명록에 이름과 함께 대한민국의 서울에서 왔다고 적은 뒤, 동전을 기부하고 조개껍질을 하나씩 얻었다. 이 조개껍질은 배낭 뒤에 매다는데, 이는 순례자임을 알려주는 표식이 된다.

이렇게 순례자가 되는 간략한 절차를 마친 우리는 순례길의 첫 숙박지인 오리손 알베르게로 출발했다. 순례자 사무소에서 8킬로미터 오르막에 위치한 그곳은 피레네산맥이 한눈에 들어오는 매우 아름다운 곳인데, 예약을 하지 않으면 숙박이 불가능할 정도로 인기가 높은 곳이었다. 다행스럽게도 나는 산티아고를 세 번째 오는 친구를 둔 덕에 이미 예약이 되어있는 행운을 누릴 수 있었다. 이제 남은 것은 순례자 사무소에서 8킬로미터를 걷기만 하면 된다.

"첫날 8킬로미터라니…. 하하, 그 정도는 껌이지."

나는 호기롭게 장담하며 앞장서서 걷기 시작했다.

하지만 내가 친구보다 앞서서 걸은 거리는 불과 10여 미터에 불과했다. 이

PUENTE LA REINA
(Navarra)
RESERVAS , 609
ALBERG

St-JEAN-PIED-DE-PORT

St-JEAN-PIED-DE-PORT
DONIBANE GARAZI

SANTA IGL
BURG

39
AMIS DU CHEMIN
DE SAINT-JACQUES
PYRÉNEES-ATLANTIQUES
ACCUEIL PELERINS
WELCOME PILGRIM'S
PILGERBÜRO

REFUGE AUBERGE
ORISSON
Cuisine traditionnelle
Terrasse avec vue panoramique
Tél: 06 81 49 79 56
A 8 km.
Gite-Etape-Séjour
ZAZPIAK-BAT
06 75 78 36 23
à 500m

후부터는 뒤에 처진 채 한 번도 친구를 따라잡지 못했다.

때는 6월 초순, 프랑스와 스페인은 막 여름이 시작되고 있었다. 비 오듯 땀이 흘렀고, 아스팔트 바닥이 내 등산화를 붙잡고 놓아주질 않았다. 한 걸음 한 걸음 내딛는 것에 상당한 노력과 집중력이 필요했다. 게다가 그놈의 언덕길이 사람을 환장하게 만들었다. 이제 다 왔겠거니 하면 또 다른 언덕이 나타나기 일쑤였다.

"껌이라며? 기원 씨, 힘내!"
친구가 약간의 비아냥을 가미해 나를 독려했다.

"껌 씹는 줄 알았는데…, 으… 알고보니 생고무였어!"
죽을 것처럼 힘이 들었지만, 그래도 여전히 내 입은 살아있었다.

섣부른 판단이긴 했지만, 순례 첫날부터 내심 괜히 온 게 아닌가 하는 생각이 자꾸 내 마음을 흔들었다.

흘러내리는 땀이 계속 눈 속으로 들어가 눈을 제대로 뜨기도 힘들었고, 대낮의 열기는 그야말로 머리가 익을 정도였다. 나는 쉼 없이 헐떡이고 있었고, 심지어 헛구역질까지 올라와 걸음을 멈춰야 했다. 오르손까지 가는 길엔 나무 그늘조차 없었다.

주변에 아름다운 경치가 펼쳐지고 있었지만, 나의 뜨거워진 뇌는 감상을 허락하지 않았다. 그저 내가 헉헉거리는 것에만 모든 에너지를 쏟는 것처럼 다른 데 눈을 돌릴 여유 따위는 이미 사라진 지 오래였다. 첫날, 그것도 고작 8킬로미터를 걸으면서 나는 흡사 죽음과 사투를 벌이고 있었던 것이다. 도중에 작은 알베르게 하나가 눈에 띄었다. 나는 이곳이 우리의 목적지 오리손 알베르게이기를 간절히 바랐다.

"이제 절반 왔어. 물이나 한잔 마시고 가지."
친구가 배낭을 내려놓으며 말했다.

"여기 알베르게도 괜찮은데…."

실망감을 억지로 감추며 말을 삼켰다. 절반이라면 4킬로미터쯤 왔다는 뜻인데, 나는 40킬로미터쯤 온 것 같은 체력의 고갈을 몸소 체감하고 있었다.

"오리손은 여기와 비교도 안 돼. 죽여."

"…."

마음속으로 '난 여기가 더 좋아!'라고 외치고 또 외쳤다. 그렇게 간절히 외쳤는데, 내 친구는 전혀 안 들리는 눈치였다. 10분이 흘렀다. 내 마음이 전달되지 않았는지, 아니면 모르쇠로 일관하기로 했는지 친구는 나를 재촉해 오르막으로 인도했다. 전생에 내가 무슨 죄를 지었을까, 하는 물음이 떠올랐다. 이어, 내가 등에 멘 것이 십자가라면, 이 언덕은 골고다 언덕일 거란 생각이 뒤를 따라왔다.

산모퉁이를 돌면 오르막이 나왔고, 그 오르막을 넘으면 또 다른 오르막이 보였다. 그러길 수차례, 기어이 오리손 알베르게가 눈 앞에 나타났다.

"와아… 죽인다!"

언덕 중간에 산장처럼 지어진 알베르게는 그야말로 영화의 한 장면이었다. 본채도 예술이었지만, 본채 앞길 쪽으로 조성된 노천카페는 예술 이상이

었다. 배낭을 내려놓고 카페에 앉아서 시원한 바람을 맞으니 천국이 따로 없다는 생각이 들었다. 내가 언제 힘들었고, 또 얼마나 고통스러웠는지 하는 기억이 바람과 함께 자취를 감췄다.

나보다 먼저 도착한 친구가 생맥주 두 잔을 들고 알베르게에서 나왔다. 그걸 마시는 순간, 머리끝부터 발끝까지 짜르르 전율이 흘렀다. 이런 보상만 주어진다면, 매일 오르막길을 걸어 올라가도 괜찮을 거란 생각마저 들었다.

맥주를 마시며 땀을 식힌 후, 알베르게 예약을 확인하고, 순례자 여권에 스탬프를 찍었다. 드디어 첫발을 내딛은 것이었다. 우리는 프랑스 아가씨의 안내를 받으며 알베르게 뒤로 돌아갔다. 먼저 도착한 사람들이 빨랫줄과 계단손잡이 등에 빨래를 널고 있었는데, 하나같이 팬티들이었다. 겉옷은 첫날이라 안 빨고 속옷만 빤 모양이었다.

한 마디로 말해 '세계 각국 팬티들의 향연'이었다. 남녀노소 모두가 스스럼없이 팬티를 드러내놓고 날리는 것을 보고 있노라니, 나도 그래야 하다는 의무감이 찾아들었다. 잠시 뒤 나도 속옷을 빨아 만국기에 태극기를 추가

하듯 대한남아의 팬티를 당당하게 널었다.

예약한 방은 6인실이었다. 방에 들어서자 예쁘장한 한국 여대생이 인사를 했다. 교환학생으로 네덜란드에 있던 중에 한국에서 온 아빠의 꼬임에 넘어가 함께 왔다고 했다. 그 학생과 대화를 하고 있는데, 샤워를 마친 아버지가 방에 들어왔다. 산티아고 여행기를 무려 열다섯 권이나 읽었다는 그녀의 아버지는 샤워하면서 빨래한 얘기를 무용담처럼 늘어놓기 시작했다.

"머리를 감으면서 옷을 발로 이불 빨듯 밟는 겁니다. 샴푸가 세척력이 좋기 때문에 달리 세제도 필요 없어요."

그 말은 무거운 티슈형 세제를 가져온 내 귀에 그대로 날아와 꽂혔다. 그렇다, 내가 누군가? 대한민국 공인 팔랑귀가 아니던가. 그의 한 마디가 내 배낭의 무게를 적어도 300그램 정도 줄여줄 수 있을 거라 생각하니 힘이 솟는 느낌이다.

다시 노천카페로 나오자 맥주를 마시고 있던, 우리보다 연배가 조금 위인 두 사람의 한국인들이 인사를 해왔다. 작은 알베르게에 우리까지 합쳐 한국사람만 여섯 명인 것이었다. 중학교 동창 사이라는 그들은 학창시절 나중에 함께 해외여행을 하자는 약속을 지키기 위해 이곳에 왔다고 했다.

그들과 이런저런 얘기를 하고 있는데, 한 할머니가 하프를 연주하기 시작했다.

"와… 천상의 멜로디다!"

프랑스 피레네산맥 중턱의 아름다운 알베르게에서 듣는 하프 멜로디는 마치 천국에 온 것 같은 착각을 불러일으키기 충분했다. 맥주를 마시면서 하프 연주를 듣고 있자니 며칠 이렇게 쉬고 나면 뭐든 할 수 있을 거라는 생각에 방전된 에너지가 충전완료된 기분까지 들었다.

하프 연주에 넋을 잃고 있던 즈음, 알베르게의 프랑스 아가씨가 밥을 먹으라고 우리를 불렀다. 바에 들어갔더니 순례 첫날을 마친 세계 각국의, 백

   03 백만 스물두 가지의 이유

만 스물두 가지 이유를 가지고 모인 사람들이 서로 어울려 앉아있었다. 우리와 함께 앉은 세 분의 프랑스 할머니들은 어릴 적부터 친구로, 우정을 기념하기 위해 산티아고에 왔다고 했다.

저녁메뉴는 야채스프와 쇠고기수육이었다. 걱정했던 것과 달리 느끼하지도 않고 담백한 것이 꽤 먹을 만했다. 이 정도면 현지식 적응은 문제없겠구나 하면서 나도 모르게 잠깐 잊었던 자신감을 재정비했다. 거기다 공짜로 제공되는 와인까지, 그것만으로도 황홀할 지경인데 무한리필이란다. 이곳이 바로 천국이구나 하는 생각이 내 온 영혼을 감쌌다.

식사가 끝나고, 이제 디저트를 먹을 차례란다. 밥을 먹을 때는 옹기종기

가까이 앉은 사람들끼리 인사를 했는데, 이제 한 사람씩 일어나 본격적인 자기소개를 하잔다. 프랑스사람은 불어로, 독일사람은 독어로, 스페인사람은 스페인어로, 미국사람은 영어로 자기소개를 한다. 그럼 한국사람은 한국어로?

다른 이들의 말은 거의 못 알아 듣겠는데, 아까 천상의 하프 연주를 하던 할머니의 영어는 좀 알아들을 만했다. 사실 그녀의 연주를 들으며 혹 이 알베르게의 전속악사인가 싶었는데, 그녀 또한 순례자였다. 특별히 제작한 하프 수레를 허리에 묶고서 순례자들에게 아름다운 음악을 들려주기 위해 순례를 왔다고 했다.

어떤 부부는 산티아고 순례길에서 만나 결혼을 한 사연을 들려주며, 결혼 10주년을 기념하기 위해 다시 순례길에 나섰다고 해서 박수를 받았다. 우리나라 부녀 팀(교환학생과 그녀의 아버지)의 소개가 이어졌고, 다시 알아들을 수 없는 언어들이 난무하다가 한국인 친구 팀(중학교 동창이라는 두 친구) 차례

가 되었다. 그 중 한 분은 독어, 불어, 영어를 섞어가며 자기소개를 했고, 다른 한 명은 유창한 한국어로 이렇게 말했다.

"친구 따라 왔습니다. 갈 데까지 가볼 생각입니다. 저는 대한민국에서 왔습니다. 대한민국 아시죠? 대! 한! 민! 국! 짝짝짝, 짝짝!"

"…."

잠시 정적이 흘렀다.

2002년 월드컵의 기적은 우리에게만 기억되는 추억일 뿐인 모양이다. 게다가 2010년 남아공 월드컵 기간임에도 이곳에 순례를 왔다는 것은 여기 모인 순례자들이 축구보다 다른 무엇에 더 관심이 많다는 사실의 방증인 것이다.

점점 내 차례가 다가오고 있었다.

학교 다닐 때 음악실기시험을 보는 것처럼 자꾸 긴장이 되는 까닭에 무한리필 와인을 계속 들이켰다. 친구한테 나까지 곁다리로 해주면 안 되겠냐고 의사를 타진했지만, 그는 다들 각자 소개하는 분위기라며 거절했다. 하는 수없이 와인 한 잔을 더 들이키고 일어나 내 소개를 했다.

"내 이름은 이기원입니다. 여러분 반갑습니다. 저는 사우스코리아에서 왔구요. 산티아고까지 갈 예정입니다. 감사합니다."

사력을 다해서 한 소개였으나, 거의 끝물이라 그런지 아무도 관심을 가져주지 않았다. 괜히 혼자 긴장한 게 속상해서 와인 한 잔을 더 들이켰다.

어쨌든 맛있는 식사를 마치고 알베르게 침실로 돌아왔다. 방문을 여니 하프 할머니가 무릎까지 내려오는 티셔츠 바람으로 서서 기다란 머리칼을 빗고 있었다. 친구와 나는 너무 반가워 인사를 건넸다. 알코올 기운이 기분 좋게 온몸을 휘감아서 그런지 마치 좋아하는 스타의 침실에 쳐들어간 그루피groopie(록스타 등을 광적으로 좋아하는 소녀팬)가 된 기분이었다.

하프 할머니는 정결한 모습으로 무려 십여 분 동안 빗질을 하며 자신의 음

악세계에 대해서 설파를 했다. 몇 장의 음반을 낸 프로 뮤지션이라는 얘기 말고는 거의 알아듣지 못했지만, 왠지 하프의 선율처럼 아름다운 인생을 살아오신 것 같았다.

하프 할머니는 이층침대로 올라가더니 가슴에 손을 다소곳이 모으고는 잠을 청했다. 사십 년 전이라면, 할머니는 영락없는 '잠자는 숲속의 미녀'일 거란 생각이 들었다. 나도 팬들이 톱스타를 따라하듯 가슴에 다소곳이 손을 모으고 잠을 청했다.

나 또한 피곤한 몸에 적당한 취기가 더해져 쉽게 잠들 수 있을 거라 자신했다. 하지만 정확히 1분 후 야간공사 소음으로 충혈된 눈을 뜨고 말았다. 나는 자리에서 일어나 침대에 앉았다. 방 안에 있던 사람들이 하나둘 일어나 앉았다.

단 한 사람만이 일어나지 않고 누워 있었다.

하프 할머니였다.

공사장은 바로 우리 방이었고, 하프 할머니는 그 스스로가 건설현장의 중장비가 된 듯 코골이로 굉음을 내고 있었다.

"드르르르…."

할머니에 대한 존경심이 순식간에 사라지고, 마음 저 깊은 곳에서 뜨거운 분노가 치밀어 올랐다. 존경했기에 그에 대한 실망감은 더욱 컸다. 할머니는 아름다운 음악만을 들려주기 위해 순례를 온 것은 아니었다. 할머니는 하프 연주 솜씨도 뛰어났지만, 중장비 성대모사 개인기도 뛰어났다.

04

인생의 무게?
우정의 무게도 만만치 않다

프 랑 스 의　피레네산맥　중턱에　위치한　그림처럼
아름다운 한 알베르게에서 밤새도록 하프 할머니의 코고는 소리를 들으며
'세상엔 공짜가 없다'라는 말을 되새김질했다. 아무리 생각해도 아름다운
연주를 공짜로 감상한 대가치고는 너무 가혹했다.

몸은 물에 젖은 솜처럼 피곤해 늘어졌지만, 신경이 곤두선 까닭에 잠을 이
룰 수 없었다. 심한 코골이는 이혼사유도 될 수 있다는 법원의 판결이 생
각났고, 코골이로 시비가 붙어 주먹질 끝에 살인으로 이어진 케이스도 생
각났다. 그리고 내가 그 케이스의 주인공이 되는 '작가적' 상상에 이르기
까지 했다.

그 고통스런 밤 동안 그나마 위안이 되었던 건, 하프 할머니 외에 다섯 명
이 나와 함께 동병상련의 정을 나누고 있었다는 것이었다. 새벽 5시가 되
자 방 밖에서 사람들이 움직이는 소리가 들려왔다. 순례 두 번째 날이 시
작된 것이었다.

잠을 설친 다섯 명의 룸메이트들은 모두 일어나 침대에 멍하니 앉아있었다. 마치 좀비 영화의 한 장면 같았다. 잠시 후 하프 할머니도 지루한 야간 작업(?)을 마치고 잠에서 깨어났다. 자신은 마치 잠귀가 예민해 이런 소음에는 도저히 잠들 수 없다는 듯한 모습이었다. 그러곤 해맑은 미소를 지으며 우리에게 아침인사를 건넸다.

"굿모닝!"

이보다 행복할 순 없다는 표정이었다.

"…."

나는 할 말을 잃었다. 내 친구도 할 말을 잃었고, 다른 모든 사람들도 마찬가지였다.

문득, 하프 할머니는 혼자 산 지 무척 오래된 분이란 생각이 들었다. 때문에 자신이 코를 곤다는 사실을 모를 것이라는 또 다른 작가적 상상력이 발동했다. 아마 그럴 것이다. 그토록 아름다운 연주를 하는 분이 다른 사람에게 피해를 준다는 걸 알면서도 그럴 리가 없을 것이라는 생각으로 인사를 되돌렸다. 여전히 뒤끝은 남았지만, 어쩌겠는가, 여기는 산티아고 순례길인 것을.

"…굿모닝…."

나는 하프 할머니를 용서하기로 했다. 분노가 연민으로 바뀐 것이다. 하지만 마음속으로 다시는 할머니와 룸메이트가 되는 일은 없을 거란 다짐도 했다.

"오늘은 얼마나 걸어야 하지?"

세수와 양치질을 한 뒤 한결 산뜻해진 마음으로 친구에게 물었다.

"오늘은 15킬로 정도?"

친구는 15킬로'미터'를 말하는 것이었지만, 내겐 그 말이 15킬로'그램'으로 들렸다. 어제 8킬로미터를 걷는 내내 어깨를 파고들던 묵직한 무게감이 떠

RONCEVAUX·ORREAGA

올랐던 것이다. 최소한 1킬로그램은 줄여야겠다는 생각이 나를 지배하기 시작했다. 일단 파울로 코엘료의 『연금술사』를 알베르게 복도 한쪽, 책 모아둔 곳에 놓았다. 이곳을 거쳐간 순례자들이 다 읽은 책들을 두고 가는 곳이었다. 나는 우리나라 사람 누군가 그 책을 가져가 읽기를 바랐다.

티슈 형태로 된 세제를 버릴까 말까 하는 고민에 휩싸였다. 어제 부녀 팀의 아버지가 샴푸의 세척력에 대해 전문가(?)적 의견을 피력하지 않았던가. 하지만 세제를 버리면 내가 가진 두피케어샴푸로 세탁을 해야 하는데, 혹 그 샴푸가 세탁과 세발로 인해 생각보다 빨리 떨어진다면, 머리에서 떨어질 각질을 감당할 자신이 없었다. 300그램과 각질, 오랜 고민 끝에 눈물을 머금고 배낭 안에 다시 집어넣었다.

그 다음엔 모기장을 버렸다.

모기장이라고?

그렇다. 일인용 침대에서 사용할 수 있는 일인용 모기장이다. 벌레를 극도로 싫어하는 나는 모기나 빈대로부터 사유롭고 싶었다. 왠지 알베르게에서 혼자 모기장을 치고 자는 내 모습이 폼 나 보일 거라는 약간의 허영기도 스멀스멀 발동한 탓에 챙겨왔던 것이다. 하지만 유럽의 서늘한 여름은 모기들이 판을 치게 놔두지 않을 것 같았고, 오래된 알베르게에 기숙하는 빈대는 깨끗한 다른 숙소를 찾아가는 걸로 해결하면 될 것 같았다. 하지만 거금 2만 5천 원을 주고 산 모기장을 버리자니 너무 아까웠다. 잠시간의 숙고 끝에 모기장 끝에 달린 2미터가량의 끈만 챙기고 모기장을 전용 주머니에 잘 갈무리해서 알베르게에 두고 나왔다. 끈은 왜 챙겼냐고? 흐흐, 그건 빨래를 널 때 쓰고자 함이었다.

"2만 5천 원짜리 빨랫줄을 '득템'했네."

친구의 놀림에 아무런 반론도 제시하지 못한 채 말없이 배낭을 짊어졌다.

"윽!"

신음소리가 나도 모르게 흘러나왔다. 책 한 권과 모기장으론 배낭 무게에 커다란 변화를 주지 못했다.

'대체 뭘 넣었기에 이렇게 무거운 거야?'

내 자신에게 한심한 질문을 하며, 순례 이틀째를 맞이했다.

한 걸음 한 걸음 전진하기가 여간 힘든 게 아니었지만, 그렇게 인상만 쓰고 있기엔 경치가 너무 아름다웠다. 한국의 자연도 아름답지만, 피레네산맥의 경치는 또 다른 차원의 아름다움이었다. 목초지가 드넓게 펼쳐진 가운데, 양떼며 소떼들이 한가롭게 풀을 뜯는 모습이 여유롭고 낭만적으로 보였다. 다만 어깨를 파고드는 배낭끈의 압박이 제대로 감상할 수 있는 여유를 앗아갈 뿐이었다.

사진으로 담고 싶은 정경들이 많았지만 몸이 끔찍하리만치 힘이 드니 배낭끈에 부착한 카메라케이스에서 디카를 꺼낼 엄두도 내지 못했다. 하지만 내 친구는 힘이 펄펄 나는지 무거운 DSLR 카메라를 들고 이리 뛰고 저리 뛰고 했다. 거짓말 좀 보태서 펄펄 나는 것처럼 보였다. 아마도 가이드북 개정판을 낼 때에는 모든 사진을 자기가 찍은 것으로 교체하려는 모양이었다.

그의 정력적인 모습을 보니, 오 년 전 내가 등산을 하자며 그를 산으로 잡아끌었던 때가 생각났다. 그때 나는 45리터 배낭을 메고 북한산을 이리 뛰고 저리 뛰고, 거짓을 좀 보태서 거의 날아다녔고, 그는 지금의 나처럼 가다 쉬고 가다 쉬고를 반복했었다. 그러던 그가 날 데리고 피레네산맥을 올라가다니, 상전벽해桑田碧海나 일취월장日就月將이란 말은 이런 때 쓰라고 만들어진 말 같았다.

우리는 부녀 팀과 앞서거니 뒤서거니 하며 산을 올랐는데, 아버지와 함께 온 여대생의 체력이 나와 엇비슷했던 까닭이었다. 잠시 배낭을 벗고 휴식을 취할 때 그녀의 배낭을 들어보았다.

"꽤 무겁네요."

내 배낭에 비할 바는 아니지만, 그녀가 감당하기엔 다소 버거운 무게였다.

"제 인생의 무게예요."

그녀가 지친 듯한 표정으로 한숨 쉬듯 말했다.

'아니, 지가 인생에 대해 뭘 안다고?'

나는 피식 웃고 말았다. 하지만 곱씹으면 곱씹을수록 맞는 말이었다. 누구나 자신에게 할당된 인생의 무게를 지고 산티아고로 향하는 것이었다. 하지만 지금 우리가 움켜쥐고 있는 '인생의 무게'는 그녀에게도 나에게도 벅찼다.

얼마 뒤 우리는 삐질삐질 땀을 흘리며 프랑스와 스페인의 국경에 도착했다. 기대했던 국경수비대는 보이지 않았다. 왠지 이쪽과 저쪽에 초소가 있고 형식적으로라도 초병들이 서 있어야 할 것만 같았는데, 눈앞에 펼쳐진 그곳에는 이렇다 할 어떤 표식조차 없었다.

국경을 넘으려 하고 있는데, 한 외국인 아줌마가 '봉주르bonjour!' 하고 소리쳤다. 우리는 그녀의 인사에 뒤돌아보며 국경을 넘었다. 그러자 이번에는 '올라hola!' 하고 소리치는 것이 아닌가.

"…?"

무언가 이상한데, 그게 뭘까 하는 생각에 잠시 멈춰 서 있으니 그런 나를 보고 친구가 설명을 해줬다.

"국경을 넘기 전엔 프랑스니까 '봉주르', 넘으면 스페인이니까 '올라'. 이제부턴 사람들을 만나면, '올라'라고 해줘야 해."

나는 말 잘 듣는 아이처럼 만나는 사람마다 '올라'를 외쳐주었다. 그러면 '올라' 하고 대답이 오거나, 좋은 여행이 되라는 의미의 '부엔 까미노Buen, *camino*'란 인사를 되돌렸다.

만나는 모든 사람에게 '올라!'를 외치기를 한 일백 번쯤 하며 지루한 내리막길을 지나자 스페인에서의 첫 숙박지인 론세스바예스Roncesvalles(에스파냐 북부 꼬무니다드포랄 데 네바라 자치지방에 있는 마을)에 도착했다.

론세스바예스는 스페인에서 순례를 시작하는 사람들이 많이 모이는 마을이었다. 고속버스를 대절해 오는 팀도 여럿이었다. 우리도 그곳 알베르게 사무실에서 서류에 국적과 이름을 써넣었다.

론세스바예스에 있는 알베르게는 성당처럼 생겼고, 내부 역시 그랬다. 다만 성당과 다른 점이라면 120개의 침상이 나란히 놓여있다는 것이었다. 즉 120명이 동시에 한 방에서 자는 구조인 것이다. 오래된 알베르게일수록 성당처럼 지어진 곳이 많은데, 그 이유는 순례자를 성인의 몸으로 인정했기 때문이라고 친구가 알려줬다.

이런저런 이야기를 나누며 알베르게 쪽으로 오는데 예의 그 하프 할머니가 알베르게로 들어가는 것이 목격되었다. 친구와 나는, (서로 어떤 언질도 없었음에도) 걸음을 우뚝 멈췄다.

갑자기 지난밤의 악몽이 떠올랐다. 그리고 오늘의 고통이 세트로 떠올랐다. 잠을 못 잔 상태로 산을 넘어왔기 때문에 우리는 지칠 대로 지쳐있었던 것이다.

"아…!"

생각해보니, 오늘은 더욱 큰일이다.

"저기서 자는 120명의 10퍼센트만 코를 골아도 여긴 죽음이야."

친구가 내 심중을 읽은 듯 부연했다.

"여긴 성당식 구조라 소리는 진짜 잘 울리겠다. 아마도 우린 코골이로 연주되는 그레고리안 성가Gregorian chant(로마 가톨릭의 전통적인 단선율 전례성가의 한 축을 이루는 성가)를 들어야 할 거야."

더 이상 어떤 말도 필요없었다.

친구와 나는 발길을 호텔 쪽으로 돌렸다.

우리는 한국을 떠나온 이후로 거의 잠을 자지 못했다. 아마 오늘도 잠을 못 자게 된다면, 진짜 좀비가 될 것 같은 상태였다.

호텔은 매우 쾌적하고 깨끗했다. 그리고 생각보다 숙박비도 저렴했다(적어도 이런 혜택이라도 있어야지 하는 마음에 콧노래가 나올 지경이었다). 샤워를 하고, 저녁을 먹으러 나왔다. 시간은 오후 6시를 넘기고 있었지만, 밖은 대낮처럼 밝았다.

식당에서 와인과 함께 순례자 메뉴를 먹었다. 순례자 메뉴는 빵, 샐러드, 메인요리, 디저트 등 스페인 코스요리를 순례자를 위해 약간 저렴하게 내놓은 것을 말한다. 게다가 와인까지 준다. 끼니때마다 와인을 양껏 먹을 수 있다는 것은 분명 축복이었다.

저녁 8시경에 성당에 갔다. 이곳 론세스바예스 성당에서는 매일 순례자를 위한 미사가 있다고 한다. 미사를 집전하시는 노^老신부님이 다양한 언어로 축복을 해주셨다. 여러 언어가 나왔지만 설마 우리말로도 해줄까 하는 생각이 들었는데, 거의 끝부분에 '영광이 너와 함께'라고 우리말을 해주셔서 깜짝 놀랐다.

이어 신부님들에 의해 성가가 시작되었는데, 그레고리안 성가처럼 깊은 울림이 있었다.

'아까 우리가 들렀던 알베르게 안에서는 코고는 소리가 이런 식으로 울려 퍼지겠지?'

다시금 호텔로 숙소를 정한 것이 탁월한 선택이었다는 것을 실감하는 순간이었다.

미사를 마치고 돌아와 다시 (이제는 습관이 되다시피 한) 짐 줄이기 작업에 돌입했다. 배낭 안 물건들을 다 꺼내놓고 하나씩 챙겨 넣으며, 불필요한 것들은 빼버리는 식이었다. 스페인 음식이 의외로 입에 잘 맞았기 때문에 남아있던 비빔가루를 다 버렸다. 그리고 호텔 욕실에 있던 샴푸를 챙기고, 아침에

Saint-Jacques
de Compostelle
765 kms

ALBERGUE
CASA NOSTRA

ASOCIACIÓN RIOJANA DE AMIGOS DEL

나를 햄릿 같은 고민대열에 합류시킨 티슈형 세제도 과감히 버렸다.

넷북을 챙기며 괜히 가져왔다는 생각을 했다. 인터넷 사정도 그다지 좋지 않은데 괜히 가져와 말 그대로 짐만 되고 있었다. 그럼에도 여전히 넷북을 버릴 생각은 손톱만큼도 들지 않았다. 그 다음으로 책 두 권을 배낭 안에 넣었다. 하나는 동행한 친구가 쓴 가이드북이고, 다른 하나는 내가 다음 드라마의 소재를 얻으려고 가져온 『장기이식의 모든 것』이라는 책이었다. 그렇다. 나는 장기이식센터에 관한 드라마를 구상하고 있던 중이었다.

"기원 씨, 그 책 버려."

"이거 틈날 때마다 읽으면서 다음 작품을 구상하려고…."

"여기까지 와서 일하려고? 버려. 산티아고는 버리러 오는 곳이야."

'버리러 온다'는 말이 가슴을 쳤다.

온갖 상념, 집착, 미련 등을 버리러 오는 곳이다. 나는 그런 정신적인 것 대신에 짜잘한 짐들을 버렸지만 말이다.

"하긴…, 드라마도 막 끝났는데…. 딴 거 뭘 더 하겠다고…."

나는 미련 없이 그 책을 쓰레기통에 처박았다. 책의 무게감이 큰 덕분에 정말 '미련 없이' 버릴 수 있었다.

"내 가이드북도 버려. 내가 갖고 온 거 그걸로 같이 보면 되잖아. 기원 씨 것을 버려."

"자기가 쓴 책을 버리라고?"

"응, 버려. 내가 서울 가서 새로 줄게."

"…."

솔직히 고백하자면, 나의 무언은 긍정의 의미였다.

나는 친구가 쓴 가이드북을 배낭에서 꺼냈다. 벌써부터 어깨가 가벼워지는 기분이었다.

"이 책이 무겁긴 무거워…. 올컬러에 페이지수도 많고…."

내 입은 시키지도 않았는데 친구의 작품을 버려야 하는 당위성을 내뱉고

   04 인생의 무게? 우정의 무게도 만만치 않다

있었다. 나는 가이드북을 쓰레기통에 버리기 전에 책표지부터 스윽 넘겨
보았다. 표지를 넘기자 친구가 내게 책을 주면서 쓴 메모가 보였다.

'세상에서 제일 좋은 친구, 기원 씨….'

친구의 글은 이렇게 시작하고 있었다.

"…."

친구가 적어준 글귀를 보니 차마 책을 버릴 수가 없었다.

나는 가이드북을 배낭 속에 다시 집어넣었다. 그리고 한 가지 사실을 깨
달았다.

인생에서 '우정의 무게' 또한 결코 가볍지 않다는 것을….

EMEN·ERRATEN·DA·SALVE·BAT
ORREAGAKOANDREDENA·MARIARI
AQVI·SE·REZA·VNA·SALVE
A·N·S·DE·RONCESVALLES·
ICI·ON·SALVEN·D·DE·RONCEVAUX
PAR·UN·SALVE·REGINA

내일은 오늘다 나을 것이라고?

론세스바예스에서 수비리 zubiri 까지 22킬로미터의 길을 짙은 폭염 속에서 걸었다. 어제 짐을 조금 버리긴 했지만, 지친 내 어깨에는 기별도 가지 않았다. 게다가 어제 생긴 오른쪽 세끼발가락의 물집이 여간 고통스러운 게 아니었다. 군복무 할 때도 여러 번 발바닥에 물집이 잡혔던 터라 대수롭지 않게 생각했던 것이 화근이었다. 당시는 군기가 바짝 든 (게다가 훨씬 더 젊고 건강한) 열혈청년이었지만 지금은 민방위조차 소집해제 상태로 전쟁이 나도 나라에서 불러주지 않는 나이가 된 것이다. 무릎에 무리가 올까봐 무릎보호대도 하고, 스틱을 사용해서 절룩이며 걷고 있지만, 제대로 걸어질 리가 없었다. 게다가 덥기는 왜 이렇게 더운 거야?

머릿속의 퓨즈가 나갔다 들어오는 것 같은 느낌이 반복된다는 것을 느끼며 거의 반가사상태에서 걷는데, 몇 년 전 이 길을 걷다가 죽은 일본인의 무덤이 보였다. 묘비에 순례 중에 죽었다는 내용이 적혀있었다.

"순례 중에 죽으면 순례자협회에서 고인이 원하는 곳에 묻어준대."
'헉, 뭐라고?'
친구는 내가 죽게 되더라도 너무 걱정하지 말라는 듯 자상하게 설명해줬다.
"…."
잘못하면 이 길에 묻혀서 순례자들의 이정표가 될지도 모른다고 생각하니 정신이 번쩍 들었다. 그러자 이번에는 발가락들이 아우성이다. 오른쪽 새끼발가락뿐만 아니라 왼쪽 새끼발가락에도 통증이 왔다. 등산화를 벗어보니 오른쪽 발가락은 곪고 있었고, 왼쪽 발가락에는 새로운 물집이 생기는 중이었다.

군대에 재입대한 기분이 들었다. 제대하고 거의 10년 동안 다시 입대하는 악몽을 꿨는데, 어쩌면 오늘밤에 그 꿈을 다시 꾸게 될지도 모를 일이었다.

"기원 씨, 괜찮아요?"
사진을 찍고 있던 친구가 다가오며 물었다. 우리는 사회에서 만난 친구라 반말과 존댓말을 적당하게 섞어서 쓰고 있었다.

"뭐, 이 정도쯤이야."
나는 대수로웠지만 대수롭지 않은 듯 말했다.

"거의 다 왔어요. 조금만 가면 돼."
친구는 잠시 쉬겠다는 듯 배낭을 벗어놓으며 말했다.

'이런 제길!'
나는 속으로 욕설을 중얼거리는 수밖에 없었다.

'거의 다 왔다'는 말은 산에서 가장 많이 하는 거짓말이기 때문이다. 등산 가서 우리는 '거의 다 왔다'는 말에 얼마나 많이 속아왔던가.

그럼에도 불구하고, 물어볼 수밖에 없는 말.

'얼마나 남았어?'
거리가 얼마가 남았건 간에 들려오는 대답.

'거의 다 왔어.'

나는 매번 이 대답이 돌아올 때마다 이번만은 사실이기를 바랐다. 하지만 그 말이 사실이 되기까지는 열댓 번의 거짓말이 있은 후였다. 시간으로 따지자면 최초의 '거의 다왔어'라는 대답이 있은 후 세 시간 뒤였다.

목적지인 수비리에 간신히 도착하자마자 마을의 바로 향했다. 어찌나 지친 상태였는지 내 상태를 본 친구가 갈증을 풀라며 시켜준 맥주를 마시다가 토할 뻔했다. 머리가 어지럽고 몸에 기운이 빠졌다. 친구는 내 상태를 보더니 푹 쉬어야 한다며 나를 펜션(이름만 펜션이지 모텔과 마찬가지였다)으로 데리고 갔다.

침대에 누워있으니 가출했던 정신이 조금씩 되돌아오는 기분이 들었다. 자판기에서 이온음료를 꺼내서 원샷을 하는데, 누군가 아는 체를 해왔다. 오리손 알베르게에서 '대한민국!'을 외쳐 분위기를 썰렁하게 했던 속초형님 팀(나중에 알고보니 우리보다 좀더 많은 연배였고, 일행 중의 한 분이 속초에 산다고 했다)이었다. 순식간에 의기투합한 우리들은 함께 저녁을 먹기로 하고 밖으로 나왔다.

마을에 하나밖에 없는 레스토랑에서 저녁을 먹는 중에 하프 할머니 소식을 들었다. 방금 전에 수비리에 도착했다는 따끈따끈한 소식이었다. 허리에 하프 수레를 묶고 그 험한 산을 넘어왔다는 사실이 기적처럼 느껴졌다.

"하프 할머니, 우리 룸에 들어오셨어요."

하프 할머니의 연주를 들은 적 있는 속초형님은 마치 자랑이라도 하듯 말했다.

"아! 좋으시겠어요."

나는 선의의 거짓말을 했다. 미리부터 두려움을 줄 필요는 없는 것이다. 어쩌면 그 형

님은 그 안에서도 잘 주무실지도 모르고.

음식은 먹을 만했다. 나는 볶음밥 같은 빠에야와 소고기스튜를 골랐는데, 속초형님이 고춧가루를 꺼내 뿌려주었다.

"아무리 입에 안 맞는 음식이 있어도 고춧가루만 들어가면 먹을 만해요. 그래서 저는 해외 나갈 때마다 무거운 고추장 대신 고춧가루를 갖고 갑니다."

과연 고춧가루만 뿌렸는데 맛이 완전히 달라져 있었다.

"와우…, 죽이네요!"

내가 감탄을 하자 속초형님은 고춧가루가 든 작은 용기를 하나 내줬다. 너무 가벼웠다. 내 배낭 속에 있는 튜브형 고추장세트가 떠올랐다. 앗싸, 이렇게 또 짐을 줄이는구나.

식사를 마치고 돌아와 고추장세트를 미련 없이 버렸다. 정말로 나는 고춧가루만으로 현지식에 적응할 각오가 되어 있었다. 이렇게 미련과 집착을

     05 내일은 오늘보다 나을 것이라고?

버리면서 배낭은 조금씩 조금씩 가벼워지고 있었다.

다음날 아침, 나는 곪은 발을 혹사시키며 수비리에서 빰쁠로나pamplona까지 21킬로미터의 여정을 시작했다. 출발한 지 10분쯤 됐을까, 갑자기 억수같이 비가 내리기 시작했다. 우리는 재빨리 배낭 커버를 씌우고 고어텍스 재킷을 입었다. 뙤약볕 밑에서 행군을 하다가 빗속을 걸어가니 그 기분이 쏠쏠했다. 하지만 길이 진창으로 변하자 걷기는 더 힘들어졌다.

그 길에서 이태리 청년 한 사람을 만났다. 그 역시 물집 때문에 고생하고 있는 중이었다. 발가락에 물집이 생겼다며 바늘을 빌려달라고 청했다. 원래 물집을 제대로 치료하려면 바늘에 실을 꿰어 물집을 통과시킨 후 실을 남겨두어야 한다. 그래야 실을 타고 진물이 흘러나와 빨리 아문다. 하지만 그 청년은 그저 물집에 구멍을 하나 뚫는 것으로 만족하곤 바늘을 돌려주었다. 동병상련의 고통을 겪고 있는 나로서는 그 모습을 그냥 보고 있자니, 마음이 찌르르 아파왔다. 말이 통했으면 그나마 나으련만 하는 생각을 해도 어쩔 수가 없었다. 일단 급한 대로 바디랭귀지로라도 알려줘야겠다는 생각이 들었다.

나는 고개를 저으며 물집에 실을 통과시켜야 한다는 동작을 취했지만 그는 전혀 이해하는 표정이 아니었다. 나로선 최선을 다했지만, 이해하지 못하는 그가 안타까웠다. 그 청년에게 어쨌든 내 짧은 진심이 전해졌는지, 짧은 영어로 내게 이런 위로의 말을 남겼다.

"내일은 오늘보다 나을 겁니다!"

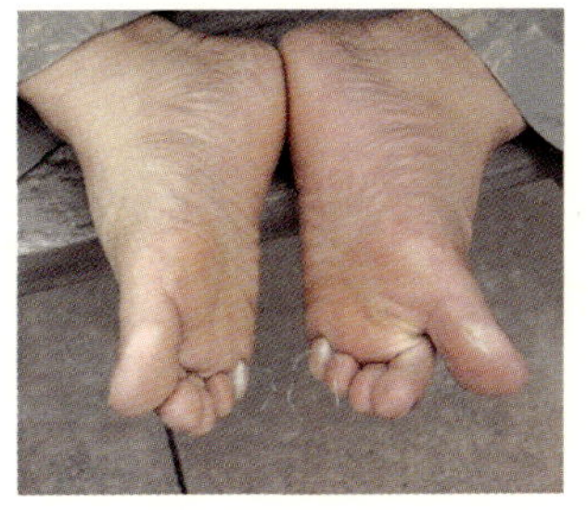

한쪽 발에 여전히 물집이 잡힌 채로 그 청년은 다리를 절면서 걸어갔다. 그의 말이 왠지 내게 계시처럼 느껴졌다. 제발 내일은 오늘보다 나았으면 좋겠다는 마음이 생겼다. 양쪽 새끼발가락을 누군가 물어뜯는 것 같은 통증을 느끼면서도 이를 악물고 한걸음 한걸음 나아갔다. 진실로, 진실로, 오늘보다 나은 내일을 꿈꾸면서.

순례를 하는 여행자들은 다음 목적지에 오후 2시에서 4시 사이에 도착하는 것이 보통이다. 하지만 오늘은 6시가 다 돼서야 빰쁠로나에 도착했다. 중간에 비를 만나기도 했고, 발가락의 물집 때문에 생각보다 더 많은 시간이 걸렸던 것이다.

"좀더 갑시다. 내일 나바라대학에서 인터뷰가 있는데, 그 근처까지 가서 숙소를 정하는 게 좋을 거 같아."

'뭐라는 거야, 이 친구. 내 상태가 눈에 안 보이나?'

"헉…, 헉…! 안 돼! 난 더 이상 못 가."

"조금만 가면 돼. 거의 다 왔어."

"뭐, 거의 다 왔어? 그 말을 나보고 믿으라고? 차라리 날 죽여."

나는 배낭을 벗고 땅바닥에 주저앉았다.

"내일 인터뷰에 아주 예쁜 한국인 여학생이 통역으로 나온다던데…."

'아니, 이게 뭔 소리야?'

"정식 씨는 그게 나빠! 왜 그런 중요한 얘길 맨 나중에 하는 겁니까?"

나는 다시 배낭을 지고 일어났다.

"정말 거의 다 온 거지?"

"그럼. 거의 다 왔지."

하지만 그 '거의 다 왔다'는 말은 또 거짓말이었다. 도시 끝까지 걸어가는데 한 시간 이상 걸렸다. 게다가 도시에 들어오니 흙길이 아니라 아스팔트라 발바닥이 더욱 아파왔고, 무릎까지 저려왔다. 하지만 내일 예쁜 한국인 통역 여학생을 만난다는 일념이 초능력이라도 선사한 건지 나는 걷고 또 걸었다.

그렇게 초인적으로 걸어가는 중에 중국인상점에 짝퉁 크록스샌들이 싼값에 걸려있는 것이 보였다. 순간, 배낭 무게를 줄일 방법이 떠올랐다. 한치의 망설임도 없이 배낭 안에 들어있던 무거운 등산용 샌들을 집어던지고, 그걸 사서 배낭에 넣었다. 배낭이 더 가벼워졌다는 생각에 보람까지 느껴질 정도였다. 여행은 역시나 버리기 위해 떠나는 것이구나 하는 생각이 절로 느껴지는 순간이었다. 앞으로 나는 무엇을 더 버리게 될까 하는 궁금증이 생기는 것을 보니, 나는 제대로 여행을 하고 있는 중이었다.

명상도 잠시, 예쁜 통역이고 뭐고 간에 다 때려치우고 싶을 때가 돼서야 숙소에 도착했다. 그 순간 내 마음이 또 바뀐다. 예쁜 통역이고 뭐고 다 때려치우지 않은 것에 안도하며 호텔에 들어갔다. 조금 더 걸어가면 보다 싼 오스탈(우리나라 모텔급)이 있지만 더 걸을 힘이 남아있지 않았다. 여기까지 온 것도 거의 초인적인 힘을 발휘하지 않았던가.
"오늘 거의 30킬로는 걸은 거 같아."
'뭐? 뭐라고?'
친구의 말에 나는 그만 자제력을 잃고 발길질을 하려 했으나 내 발은 지상에서 채 30센티미터도 떨어지지 않았다. 그저 발을 한번 구른 정도였다. 자제력을 잃기 전에 체력을 먼저 잃었던 것이다.
"예쁜 통역 여학생 때문에 참는다…."
이렇게 내뱉는 것이 내 유일한 분노의 표출이었다.
10만 원쯤 하는 호텔비를 내고 방에 올라가 혼절하다시피 그대로 뻗어버렸다. 나를 관찰한 친구의 말에 의하면 거의 혼수상태가 되어 끙끙 앓았다고 한다.

그때 나는 내일 만날 예쁜 한국인 통역 여학생 꿈을 꾸었다.
군대에 다시 가는 꿈을 꾸지 않은 것이 그나마 다행이었다.

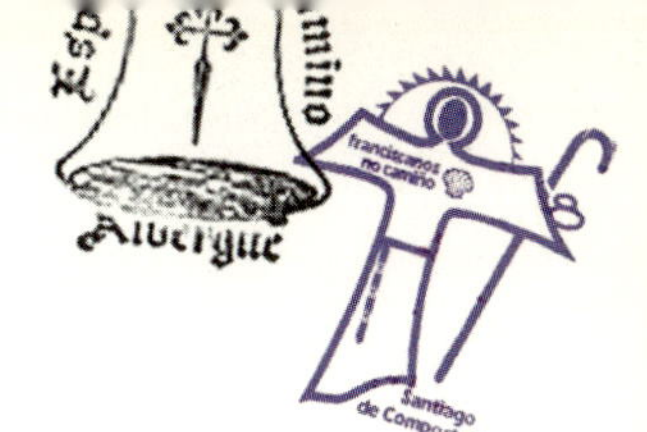

도대체 왜 걷고 있는가?

정 신 없 이 자 고 있 는 데 친 구 가 일 어 나 라 고 깨 웠 다 .
아침이었지만 정말 일어나기 싫었다. 몸이 천근만근인 것은 기본이고, 다
리가 제대로 펴지지 않았다. 발가락을 꼼지락거려 보았는데 뻑뻑한 느낌
이 드는 게 퉁퉁 부은 듯했다.
"몰라! 나 한 걸음도 움직일 수 없어!"
나는 다시 이불 속으로 기어들어갔다.
"인터뷰 시간 늦는단 말이야."
인터뷰! 그는 '인터뷰'라 말했지만 내 귀에는 '예쁜 통역 여학생'이란 소리
로 들렸다.
나는 전광석화 같은 속도로 모든 준비를 마치고 호텔 로비로 내려와 아직
내려오지 않은 친구를 원망하고 있었다. 잠시 뒤 그가 내려왔다.
"그렇게 굼떠서 어떻게 살려고!"
나는 그를 재촉해 나바라대학으로 향했다.

친구는 처음 왔던 산티아고에서 '까미노와 친구들'이라는 협회 소속의 사람을 알게 되었다고 한다. 한국에 돌아와서 그와 이메일을 교환하던 중 나바라대학의 철학교수인 페르난데즈를 소개받았고, 그 교수는 친구에게 '대학인 순례자' 협회의 한국대표를 맡아달라는 부탁을 했다고 한다. 그런데 친구가 다시 순례길에 나선다고 하니 순례자 잡지의 인터뷰를 하자고 한 것이었다. 여기에 덧붙여 친구가 드라마작가와 동행을 한다고 하니 잘됐다면서 곁다리로 나를 인터뷰에 끼워준 것이었다.

어쨌든 나는 어제까지의 고통은 오늘의 행복을 위한 대가라고 생각하며 즐거운 마음으로 나바라대학으로 향했다.
영화배우 스티브 마틴처럼 생긴 페르난데즈 박사가 우리를 반겨주었다. 그는 우리를 사무실로 데려가 순례자 크레덴시알에 스탬프를 찍어주고, 순례

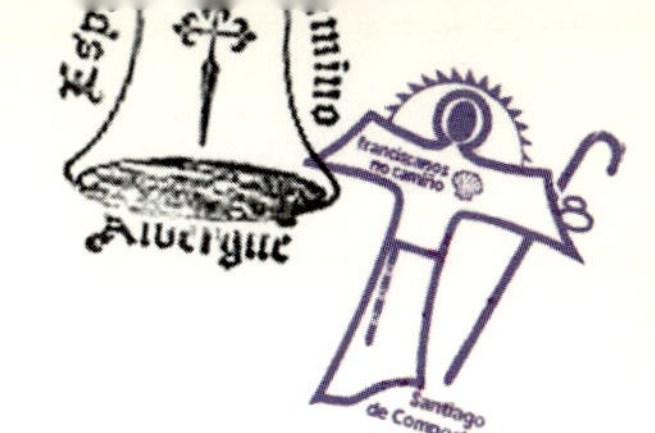

자 전통복장을 입히고는 기념사진까지 찍어주었다.

'그런데 예쁜 한국인 통역 여학생은?'

원래 생각대로라면 우리를 맞이해야 할 사람은 페르난데즈가 아니라 예쁜 한국인 통역 여학생이어야만 했다. 순간, 혹시 친구에게 사기를 당한 것이 아닌가 하는 생각이 들었다.

"인터뷰 하러 가시죠."

드디어 페르난데즈 박사가 일어섰다.

"인터뷰… 뭐 꼭 해야 하나…, 헤헤헤."

마음속으로이긴 하지만 친구를 사기꾼이라 욕한 것을 사과하며 일어섰다. 인터뷰 장소인 식당으로 향했다. 건물 로비를 지나는데 통역 여학생이 우리를 기다리고 있었다.

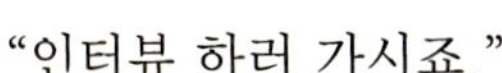

그녀는 예뻤고 한국인이었으며, 게다가 유학생이었다!

"안녕하세요."

그녀가 또박또박 모국어로 인사를 해왔다.

"…!"

나는 잠시 할 말을 잃었다. 그리고 마음이 이루 말할 수 없이 경건해져왔다.

"수녀님, 안녕하세요."

나 대신 친구가 인사를 받았다.

"유학은 언제 오셨어요?"

"네, 7년 됐어요."

나는 아무 말 없이 인터뷰 장소인 교직원식당으로 향했다. 곪기 시작한 발가락이 떨어져나갈듯이 아파오기 시작했다. 하지만 이내 아파도 싸다는 자조적인 생각까지 함께 들며 나를 아프게 했다.

최근 한국인 순례자가 급격히 늘어난 이유를 묻는 것으로 인터뷰가 시작되었다. 친구는 한국에서 일어난 산티아고 붐에 대해서 차분하게 설명해

나갔다.

"현재 산티아고 여행기가 25종쯤 나와 있어요. 인터넷에 산티아고에 대한 커뮤니티가 여러 개 만들어져 운영되고 있고…. 지난해만 해도 한국사람 중 산티아고 순례길을 다녀간 사람들이 거의 팔백 명 정도라고 합니다. 올해는 아마도 천 명이 넘지 않을까요?"

예쁜 한국인 유학생 수녀님이 식당에서 기다리고 있던 기자에게 열심히 통역을 했다. 나는 꿔다놓은 보릿자루마냥 과묵하게 앉아있었다.

"혹시 산티아고 순례길을 무대로 드라마를 할 생각이 없으시냐는데요?"

수녀님이 내게 물었다. 스페인 잡지기자가 내게 질문을 한 모양이었다.

"글쎄요. 까미노(길)를 걸으면서 천천히 생각해보겠습니다. 영감이 떠오르면 할 수도 있겠죠."

나는 예의상 그럴 생각이 없다고 딱 잘라 말하지 않았다. 하지만 속으론 이렇게 외치고 있었다.

'제작비 조달도 문제지만, 만들어진다 해도 단언컨대 애국가 시청률(4퍼센트)이 나올 겁니다!'

산티아고 순례길을 배경으로 한 에밀리오 에스테베즈 감독이 만들고 마틴 쉰이 열연한 〈더 웨이 The Way〉라는 영화가 개봉될 예정이긴 하지만 그건 어디까지나 할리우드 사정이고, 한국인 순례자들을 소재로 드라마를 만든다는 것은 우리 현실에서 볼 때 말도 안 되는 일이었다.

그 다음에 이어진 질문.

'왜 산티아고 순례길에 오게 되었는가?'

"종교적인 이유로 오게 되었습니다."

친구가 먼저 대답을 했다. 가톨릭 신자인 그가 그렇게 말하는 것은 당연했다.

그렇다면, 나는?

미지의 장소에서 벌어질지도 모를 로맨스 때문에? 그냥 그런 곳을 한번 가

주면 왠지 모르게 폼이 날 것 같다는 생각 때문에?

"에…, 그러니까…,"

우물쭈물하고 있는데, 친구가 내 말을 가로챘다.

"자신을 한번 돌아보기 위해 왔습니다."

나는 미소를 지으며 고개를 끄덕였다. 왠지 작가라면 그런 이유로 와야 할 것만 같았기 때문이었다.

'나는 누구인가?'

'자신의 정체성을 찾기 위해 여행보다 고행에 가까운 이 길을 왔다….'

이 얼마나 그럴듯한 이유인가!

그런데 문득, 내가 정말 무슨 이유로 산티아고에 왔는지 궁금해졌다.

"난 여기에 왜 왔을까?"

인터뷰를 마치고 나오면서 바보같이 순례의 이유를 친구에게 물어보고 말았다.

"언젠가 론세스바예스의 노신부님이 그런 말씀을 하셨어. 이 까미노에 오는 이유는 다섯 가지로 구분된다고. 종교적인 이유, 정신적인 이유, 문화 체험적인 이유, 스포츠적인 이유, 그리고 기타 등등."

"아…."

"하지만 어느 한 가지라 단정지을 수 없고 사람에 따라 하나 이상의 이유를 가지고 까미노를 걷는다고 해."

"음…. 그럼 나는… 종교적인 이유만 빼고, 다 할래. 까미노에서 문화체험도 하고, 걸어가면서 건강도 되찾고, 나의 정체성도 찾을래. 그리고 기타 등등 로맨스도 꿈꾸고…."

로맨스란 말에서 다시금 그 예쁜 한국인 유학생 통역 수녀님이 떠올랐다. 페르난데즈 교수와 기념사진을 찍고 헤어지는데, 교직원식당의 또르띠야가 맛있다며 거의 4인분에 해당하는 양을 내 배낭에 넣어주었다.

아! 인생의 무게여!

나는 다시 현실의 고통 속으로 귀환하고 말았다.

대학을 나와 걸어가다가 속초형님 팀을 만났다. 그 팀에서 속초형님은 약사였고, 친구는 음대교수님이었다. 교수님도 나처럼 물집으로 고생하고 있었는데, 약사인 친구가 치료를 해줬단다. 속초형님은 군 시절을 병사들 물집치료로 보낸 약제병이었다. 그리고 나와는 특별한 인연인지 행군을 많이 하기로 유명한 젓가락부대(11사단)의 선후배이기도 했다. 당연히 그는 물집치료의 달인이었다. 속초형님은 한참동안 내 말을 경청하더니 물집이 곪은 것 같다며 밤에 좀 봐주겠다는 호의를 베풀었다.

잠시 네 명이 함께 걷다가 각 팀의 물집환자인 나와 교수님이 뒤로 처지며 낙오병이 되었다. 그렇게 한동안 교수님과 걷다가 참회의 언덕이라는 곳 앞에서 잠시 쉬기로 했다. 올려다보니 쉽지 않은 코스라는 것이 한눈에 들어왔다. 누구라도 이 언덕을 힘겹게 오르고 난 뒤 참회를 하지 않을 수 없을 듯했다. 내가 여기를 왜 왔을까 하고 말이다.

나는 교수님과 잠시 쉬기로 하고 땅바닥에 털퍼덕 주저앉았다.

"점심은 좀 준비하셨어요? 오늘 우리가 걷는 길에는 점심 먹을 곳이 없는데…."

내가 4인분에 해당하는 또르띠야를 염두에 둔 발언을 했다.

"아, 그래요? 점심을 준비 못했는데…."

"아, 그러시구나. 저희가 또르띠야를 얻었는데 너무 많아요. 좀 드릴게요."

나는 재빨리 배낭을 열어 알루미늄 포일로 싼 또르띠야를 꺼내 내밀었다.

"아…, 고맙습니다."

하지만 그의 눈빛은 왜 하필 언덕을 목전에 두고 이걸 주느냐 하는 표정이었다. 하지만 내겐 남의 식량까지 지고 저 가파른 언덕을 올라갈 배려심 따윈 남아있지 않았다.

참회의 언덕을 오르는 내내 나는 저절로 참회를 하는 내 자신을 발견했

다. 무턱대고 산티아고 순례길을 나선 것에 대한 참회, 성스러운 순례길
에서 예쁜 통역 여학생에게 흑심을 품은 것에 대한 참회, 심지어 배낭 무
게를 덜겠다며 또르띠야를 꺼내 남에게 준 것에 대한 참회 등등 참회할 것
도 참 많았다.

죽을 똥을 싸면서 언덕에 오르자 사진으로만 보았던 철제구조물이 있었다.
철판을 오려 순례자의 다양한 모습들을 표현한 작품이었다. 친구와 속초형
님은 이미 무슨 기념비 앞에서 쉬고 있었다.

내 걸음이 심상치 않았는지 속초형님이 발을 보자고 했다. 등산화에서 발
을 꺼내자 양말이 고름과 진물로 흥건하게 젖어있었다. 나는 조심스레 양
말을 벗어 발가락을 보여주었다.

"생각보다 심하네요."

속초형님의 말에 나는 최대한 불쌍한 표정을 지었다. 내가 기대하는 다음

말은 '아무래도 앰뷸런스를 불러야겠네요'였다.

정말 걷고 싶지만 절대로 걸으면 안 되기 때문에 어쩔 수 없이 앰뷸런스
에 실리는 상상….
앰뷸런스 문이 닫힐 때 나는 이렇게 외치리라.
'난 걷고 싶단 말입니다!'
"일단 걸으시고 이따 저녁에 치료를 좀 하죠."
속초형님은 심드렁하게 말하더니 또르띠야가 끼워진 바게트 빵을 먹기 시
작했다.
'이런 제길!'
나는 실망한 표정을 마음속으로만 짓기를 바라며, 배낭에서 또르띠야를 꺼
내 그 중 절반을 친구에게 내밀었다.

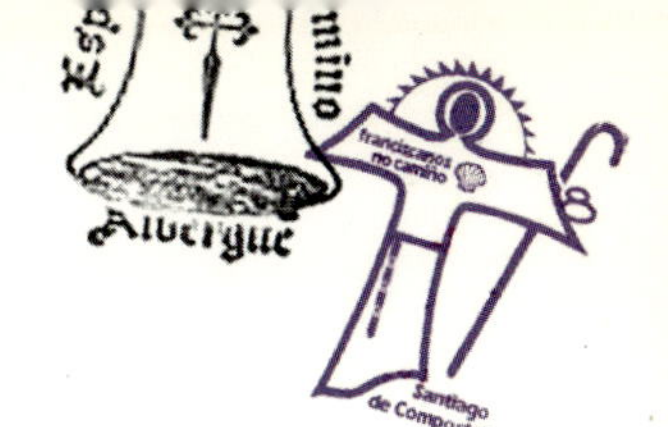

"이제 조금만 가면 되지?"

"아니, 이제 겨우 절반쯤 왔는걸."

친구가 바게트 빵을 씹으며 말했다.

'이런 제길! 제길!! 제길!!!!'

나는 좀전에 참회했던 것을 후회했다. 좀전의 참회는 이 고통의 언덕을 올랐을 때까지만 유효한 것이었다.

내 표정을 보더니 친구가 위로하듯 말을 건넸다.

"이제부터 내리막길이니까 좀 편할 거야."

흑흑! 몰라도 너무 모르는 말씀!

내리막길은 발가락에 체중이 쏠리기 때문에 더 아프다는 사실을 그는 모르고 있었다. 군 시절을 육군본부에서 보낸 친구는 발가락에 물집이 잡히는 행군을 해본 적이 없었던 것이다.

내리막길은 오르막길보다 두 배, 아니 세 배 이상의 통증을 안겨주었다. 다 같이 출발했지만 속초형님과 교수님, 그리고 내 친구는 시야에서 금세 사라지고 말았다. 그나마 교수님의 물집은 발바닥에 난 것이기 때문에 그냥 어금니 꽉 깨물고 땅을 팍팍 디디며 가면 되지만 나는 발가락이 떨어져나가는 고통을 느끼며 가야 하는 것이었다. 게다가 그 길은 크고 작은 돌멩이들이 카페트처럼 깔린 소위 '너덜길'이었다.

'아! 뒷걸음질로 내려가면 어떨까?'

뒷걸음질로 몇 걸음 내려가보았다. 한결 통증이 덜했다.

'역시 사람은 머리가 좋고 봐야 해.'

조금은 민망한 보법이었지만, 주변에 사람이 없다는 사실이 내게 용기를 주었다. 사람이 내려오는 것이 보이면, 그땐 뒤돌아 걸으면 되는 것이었다. 나는 거의 백 미터가량 뒷걸음질 치면서 내려갔다. 마이클 잭슨의 '문워크'가 떠올랐다. 이런 황량한 너덜길에서 문워크를 연습하다니.

그렇게 내려가고 있는데 갑자기 한 무리의 자전거 순례자들이 나타났다.

순간, 나는 뭔가 두고 온 것을 가지러 가는 사람처럼 언덕을 다시 올라갔다. 자전거 패거리들이 지나가며 '부엔 까미노!' 하고 외쳤다.

"부엔 까미노!"

겉으론 이렇게 말했지만, 속으론 이렇게 외치고 있었다.

'늬들 눈에는 이게 좋은 길로 보이냐?'

나는 더 이상 부끄럽지 않기 위해 정면을 보며 내려오기 시작했다. 그리고 세 시간 후 나는 뿌엔떼라레이나puente la reina라고 하는 마을에 도착했다.

우리는 속초형님들과 함께 옛 건물을 개조해 호텔로 만든 곳에 여장을 풀었다. 약간 비싸긴 했지만 아기자기한 방도 꽤 마음에 들었고, 그곳 지하식당의 저녁식사도 매우 근사했다. 더 가까운 사이가 된 우리와 속초형님 팀은 기본으로 제공되는 와인에다 추가주문까지 해가며 환담을 나누었다.

맛있는 음식과 와인이 오늘의 끔찍한 고통을 어느 정도 잊게 해주었다. 이런 낙도 없으면 어떻게 이 길을 걸을까 하는 생각이 절로 났다.

취기가 알딸딸하게 오는 상황에서 나는 속초형님의 방에 가서 침대에 엎드렸다. 속초형님은 이마에 헤드랜턴을 턱 하고 쓰더니 내 발가락을 치료하기 시작했다. 술에 취한 데다 피곤했던지라 그 와중에 나는 설핏 잠이 들었다.

"다 됐어요."

속초형님이 치료가 끝났다며 나를 흔들어 깨웠다.

"아, 고맙습니다."

나는 신발을 신다가 발가락에 극심한 통증을 느끼며 침대에 다시 주저앉았다.

"아…!"

"아마 내일 걷기가 쉽지 않을 겁니다. 하지만 하루라도 빨리 나으려면 곪은 부분을 걷어낼 수밖에 없었어요. 발톱까지 빼려다가 그건 일단 놔뒀습니다."

순간, 나는 피 묻은 소독 솜 사이의 내 발가락 피부를 발견했다. 내 새끼발가락 껍질(?)이 골무처럼 도려내져 있었던 것이다. 나는 발을 뒤집어 발바닥을 보았다. 피부를 도려낸 곳에 빨갛게 속살이 드러나 있었다.

"…."

속초형님의 멱살을 잡고 차라리 날 죽이지 그랬냐고 소리를 지르고 싶었지만, 지성인답게 참아야 했다. 그렇다고 아픔이 가시는 것은 아니었지만.

07

여행=추억을 담보하는 보험

다음 날 아 침 , 마 치 하 나 도 아 프 지 않 은 사 람 처 럼 온화한 미소를 얼굴 가득히 담고서 호텔을 나섰다. 속초형님 팀은 아픈 것을 잘 참는다며 약간은 놀란 표정이었다. 나는 의연하면서도 자연스럽게 보행을 시작했다(그렇지만 내 발의 상태는 참혹한 지경이었다). 그러나 뜨거운 태양이 머리 위에서 작열하기 시작하면서 내 강력한(?) 의지력은 급속도로 바닥나기 시작했다. 신발 속은 이내 찜질방이 되었고, 피부가 홀라당 벗겨진 발가락이 비명을 지르기 시작했다. 그러나 내 얼굴에서는 미소가 떠나지 않았다. 어쩌면 열반의 세계에 든 것일지도 모른다는 생각이 들었다.

오늘은 뿌엔떼라레이나에서 에스떼야Estella까지 22킬로미터만 걸으면 되었다. 보통 4킬로미터를 걷는 데 한 시간이 소요된다고 보면, 총 5시간 반이면 도착할 수 있다는 계산이 나온다. 하지만 계산은 어디까지나 계산일 뿐이었다. 도중에 낙뢰를 동반한 폭우를 맞을 수도 있고, 작열하는 태양 아래서 가파른 경사를 오를 수도 있으며, 발이 푹푹 빠지는 진흙탕에서 헤매

게 될지도 모를 일이었다. 그렇게 되면 5시간 반이라는 계산은 6시간, 7시간 등으로 수정되어야만 한다. 거기다 가장 중요한 변수는 개인의 스피드였다. 빨리 걷는 사람은 한 시간에 5킬로미터를 걸을 수도 있지만, 그렇지 못한 사람은 2킬로미터도 채 못 걸을 수도 있었다.

그렇다면 나는?

얼굴에 온통 미소를 머금고 있던 나는 징징대지는 않았지만, 걸음은 슬로우 모션으로 걷고 있었다.

까미노에는 이런 말이 있다.

'자기 페이스로 걷는 것이 제일 좋다Good speed is your speed.'

나는 내 스피드를 유지하며 계속 의연하게 걸어나갔다. 의연하다는 것은 내게 있어서 단어 그대로의 뜻이었지만 남들에겐 '매우 느리다'라고 해석될 수 있는 것이었다. 그래서인지 속초형님 팀은 출발할 때 이후로 단 한 번도 만나지 못했다. 내 친구는 한두 번인가 나를 기다리는 배려심을 발휘해준 덕에 만날 수 있었지만, 그것도 5킬로미터가 넘어가자 코빼기도 보이지 않았다. 그리고 그 길에서 만난 모든 사람들이 나를 앞질러 갔다.

어느새 나는 아무도 없는 길을 혼자서 걷고 있었다. 마을에 들어가도 시에스타siesta(이탈리아·그리스 등의 지중해 연안 국가와 라틴아메리카의 낮잠 풍습)가 시작된 후인지라 정말로 개미새끼 한 마리 보이지 않았다. 이렇게 아니라 차라리 징징대면서 빨리 걸을 걸 그랬나 하는 생각이 들었다. 그랬더라면 친구도 내가 걱정이 돼서라도 중간중간 나를 기다려줬을 테고, 같이 휴식도 취해줬을 것이 아닌가.

어찌되었든 나는 마네루라는 마을을 지났고, 그 다음으로 시라우끼라는 마을을 지났다. 어제 친구가 쓴 가이드북에서 읽었던 약간은 어이없는 전설이 떠올랐다.

옛날 옛적에 마을의 경계선을 정하는 문제로 두 마을이 대립을 하다가 마을의 대표 할머니가 각각 나서 '포도주 마시기 대결'로 승부를 내기로 했단다. 이때 마네루에 사는 한 주민이 시라우끼의 할머니가 먹는 포도주 항아리에 죽은 쥐를 넣었는데, 이 할머니가 그것도 모르고 포도주를 한 방울도 남기지 않고 다 마셔서 이겼다고 한다. 나중에 물어보니 이 할머니 왈, 포도주를 마시는데 목구멍에 파리 같은 게 걸린 느낌이 있었지만 개의치 않고 다 마셨다는 것.

순례를 시작하면서 알게 된 사실이지만, 스페인에는 마을마다 전설이 없는 곳이 없었다. 각 마을마다 또한 유적지마다 거의 전설이 있다고 보면 된다. 스페인에서 〈전설의 고향〉 같은 드라마를 하면 잘 먹힐 것 같았다 (어쩌면 벌써 했을지도 모른다).

문득 〈전설의 고향〉이라는 드라마가 생각났다.

〈전설의 고향〉은 나의 드라마 데뷔작이다. 때는 1997년이었고, 나는 그 유명한 〈전설의 고향〉에서 '호몽狐夢'이란 작품으로 내 이름을 텔레비전 자막에서 확인했다. 그 작품은 대문호 셰익스피어의 오셀로Othello(영국의 극작가 셰익스피어의 5막 비극으로 1604년경의 작품이며, 1622년 간행되었다)를 모티브로 한 것이었다. 어디 유명한 전설이 있어서 그걸 극화하면 더 좋으련만, 내가 〈전설의 고향〉을 했을 때에는 쓸 만한 전설들이 다 소진돼서 전설을 창작해야 하는 상황이었다. 어쨌든 이아고가 오셀로를 자극해서 그의 아내인 데스데모나를 죽이는 상황으로 이끌어간 스토리를 따서 원수를 갚기 위해 하

〈전설의 고향(傳說의 故鄕)〉은 한반도 지역에 걸쳐 전해지는 전설, 민간설화 등을 바탕으로 제작된 대한민국 KBS의 고전 형식의 방송극이다. 1977년부터 1989년까지 매주 방송되었으며, 1996년부터 1999년까지 여름 동안 한정적으로 납량물로 기획하여 공포·스릴러 계열의 시리즈로 방송되었고, 이후 한동안 제작·방영되지 않았다가 2008년에 8편이 방송되었다. 극의 종반부에 "이 이야기는 ○○도 ○○지방에서 전해져 내려오는 전설로…" 식으로 시작되는 맺음 해설은 주로 인간으로서의 도리와 권선징악의 교훈적인 내용을 담아 마무리하는 플롯을 취했다. _출처 : 위키백과

녀로 변한 여우가 대감을 자극해서 마님을 죽이는 '죽이는 스토리'를 만들어 드라마를 완성했다.

그런데 문제가 있었다. 〈전설의 고향〉이 〈전설의 고향〉으로 존재가치를 지니는 것은 맨 마지막에 '이 이야기는 어디서 전해 내려오는…' 하고 대미를 장식하는 내레이션 때문인데, 전설을 창작하다보니 마을 불명의 전설이 되고 만 것이었다.

나는 '어디 전설이면 어떤가, 담고 있는 교훈이 중요하지' 하며 아무 지명이나 넣자는 제안을 했었다. 내 제안에 당시 프로듀서는 큰일 날 소리라며 펄쩍 뛰었었다. 아무 지명이나 넣었다간 그 동네 사람들이 방송국으로 전화해서 '우리 동네에 그런 전설이 없는데 왜 사기 치냐'는 항의가 빗발치듯 들어온다고 했다. 때문에 그럴 때를 대비해서 작가나 연출가의 고향을 써야 한다고 조언(?) 아닌 조언을 해주었다. 나중에 항의전화가 왔을 때 '내 고향이 거긴데 어렸을 때 돌아가신 할아버지께 그 전설을 들었다'고 우기면 조용히 수화기를 내려놓는다는 것이었다.

길을 혼자 걷다보니 이렇게 과거의 이런저런 추억들이 많이 떠올랐다. 어쩌면 현재의 고통을 잊기 위한 방편으로 즐거웠던 지난날을 추억했는지도 모르겠다.

나는 시라우끼를 지나 5.5킬로미터를 더 걸어 로르카로 접어들었다. 시간은 오후 2시를 넘어서고 있었고 목적지인 에스떼야까지는 9킬로미터를 더 가야 했다. 지금 속도라면 적어도 오후 5시는 되어야 도착할 수 있을 것 같았다.

노란 화살표를 따라 골목을 올라가는데 바를 겸한 사설 알베르게 두 곳이 나타났다. 서로 입구를 마주하고 있는 알베르게였는데, 지칠 대로 지친 나는 그 바에서 잠시 쉬었다 가야겠다고 마음먹었다. 어차피 일행과 떨어진 상태이니, 여기서 나 혼자만의 추억을 만들고 갈 요량이었다. 그리고 그

마음 깊은 쪽에 이왕 늦은 김에 한두 시간 푹 쉬다 갈까 하는 생각도 들었다. 겨우 힘을 내서 바 안으로 들어섰다.

그때 갑자기 박수소리가 들리며 바 안에서 속초형님 팀과 친구 정식 씨가 나타났다. 정식 씨는 시원한 생맥주를 내게 건넸다.

"수고했어요. 시원하게 한잔 빨아!"

동시에 속초형님이 내 배낭을 벗기더니 자기가 들었다.

"우리 모두 에스떼야까지 가지 않고 여기에 묵기로 했어요."

"저, 저…, 정말입니까?"

나는 맥주를 들이키다 말고 눈을 휘둥그레 떴다. 추억이고 뭐고 갑자기 감격의 눈물이 핑 돌았다.

"여기 알베르게에 부엌이 있어요. 시장을 봐서 여기서 삼겹살이라도 구워 먹읍시다. 그리고 여기 주인총각이 무지 착해요. 시에스타 끝나면 에스떼야에 가서 장 봐오라고 차까지 빌려주겠다지 뭡니까?"

속초형님이 싱글거리며 말했다.

"오늘 한국요리의 우수성을 널리 알릴 수 있는 계기가 되겠네요."

오늘은 더 이상 걷지 않아도 된다는 생각에 약간은 뜬금없는 소리가 튀어나왔다.

우리에게 할당된 3층방은 4인실이었다. 한국사람 넷이 한 방을 쓰게 된 것이었다. 일인당 10유로(약 1만 5천 원)였는데, 값싸고 시설도 깨끗한 데다 주인까지 좋은 사람이라니 그야말로 금상첨화였다.

시에스타가 끝나기 무섭게 친구와 속초형님 팀이 알베르게 주인총각의 차를 빌려 타고 에스떼야로 시장을 보러 갔다. 그리고 한 시간 후 삼겹살, 소고기, 생물 오징어, 그리고 체리 등을 잔뜩 사서 돌아왔다.

“오늘의 메뉴는 오삼불고기와 소고기찌갭니다.”

속초형님의 말이 무한한 감동으로 다가왔다. 나는 오리손 알베르게에서 자기소개를 할 때 ‘대! 한! 민! 국!’이라고 외쳐 분위기를 깼다는 것을 이유로 한때 속초형님 팀을 멀리하려 했던 내 태도에 대해서 반성했다. 이어 당시 속초형님의 자기소개는 분위기 파악을 못한 것이 아니라 우리나라를 서방에 알리려는 나름대로의 애국심의 발로였다는 것으로 완벽하게 이해되었다.

속초형님 팀은 능숙한 솜씨로 요리를 준비했고, 나와 내 친구는 미숙한 솜씨로 야채 등을 다듬었다. 요리를 준비하면서 속초형님이 요리의 달인이 된 배경에 대해서 들을 수 있었다. 속초형님도 약사지만, 형수님도 약사인 모양이다. 약대 후배였던 형수를 아내로 맞이할 때 처가댁에서 속초형님을 탐탁지 않게 생각했다고 한다. 그때 속초형님은 오리손에서 '대한민국'을 외친 것과 같이, 결혼을 하게 되면 아내의 손에 물 한 방울 안 묻히게 하겠다고 맹세하듯 외쳤다고 한다. 그렇게 결혼을 했고, 그 이후 지금까지 십수 년 동안 매일 아침상을 속초형님이 준비해오셨다고 한다.

불현듯 마음 깊숙한 곳에서 존경심이 물밀듯이 밀려왔다. 수많은 결혼적령기의 여자들이 바로 이런 남자를 원하지 않을까? 내가 아직도 결혼을 하지 못한 이유가 뭔지 조금은 알 것 같은 순간이었다.

속초형님은 '대한민국'에서 가져온 고추장용기에 손을 쑤욱 넣어 고추장을 한 움큼 꺼내더니 삼겹살과 오징어에 슥슥 버무리기 시작했다. 그 거침없는 행동에 오랜 경험과 노하우가 느껴졌다.

"이런 걸 '손맛'이라고 하나봐요."

나도 모르게 바로 아부가 나왔다.

그때 밥을 하기 위해 렌지에 올려놓은 냄비에서 밥물이 넘치기 시작했다. 나는 얼른 냄비 뚜껑을 열려고 했으나 속초형님이 제지했다.

"그냥 넘치게 놔둬. 이제 곧 밥이 말을 걸어올 거야."

속초형님은 냄비에서 피어오르는 수증기 냄새를 맡으며 말했다.

"앗! 밥이 말을 걸어온다는 표현은 참 시적이네요."

나는 다시 아부를 떨었다. 또한 그가 방금 내게 반말을 했다는 사실을 지적하지 않았다. 밥과 오삼불고기, 그리고 소고기찌개를 먹을 수 있는데 반말이 대수일까? 사실 욕을 해도 상관없었다.

잠시 뒤, 속초형님의 표현대로 밥이 다 됐다고 말을 걸어왔다.

우리는 바에서 알베르게 주인총각과 우리가 요리를 할 때 힐끔거리던 포르투갈 할아버지를 불러 함께 저녁식사를 했다.

우리는 오삼불고기로 먼저 시작했다. 맘 같아서는 밥에다 얹어서 슥슥 비벼먹고 싶었지만 나름 스페인 식으로 먹기 위해 와인과 함께 전채요리 먹듯 오삼불고기를 (음미하며) 먹었다.

너무 맛있어서 눈물이 날 지경이었다. 하지만 주인총각과 포르투갈 할아버지는 맵다며 눈물을 흘렸다. 주인총각이 바게트 빵을 내왔고, 우리는 빵으로 접시에 남아있는 국물까지 싹싹 닦아가듯 먹었다. 입이 짧아 평소에 술이 아니면 별로 관심을 보이지 않는 정식 씨도 참으로 열심히 먹고 있었다.

그 황홀한 맛에 이성을 잃고 거의 일인당 삼인분씩을 먹고 나니, 배가 너무 불러 더 이상 아무것도 먹을 수 없을 것 같았다. 하지만 그 생각도 잠시, 테이블 위에 밥과 찌개 냄비의 뚜껑이 열리며 속초형님의 말씀처럼 밥

과 찌개가 동시에 '말을 걸어오자' 길을 찾아오던 이성은 바람과 함께 사라지고 그 흔적조차 찾을 수 없었다.

한국요리의 마성은 우리만이 아니라 스페인사람도 쥐고 흔들었다. 그 요리에 감탄한 알베르게 주인총각은 감사의 표시로 바에 있는 술을 맘껏 먹으라며 우리에게 알베르게 열쇠를 맡기고 퇴근해버렸다. 순간, 그 주인총각이 여로에 지친 순례자를 위해 나타난 성인聖人으로 보였다.

"이 행복 어떡하지?"

포만감에 배를 두드리며 내가 말했다.

와인의 취기가 스멀거리며 머리로 올라왔다.

"안타깝지만, 이젠 자야지 뭐. 오늘 못 걸은 9킬로미터를 내일 더 걸어야 하잖아."

어느새 이성을 찾아왔는지, 친구가 대답했다.

"이런 젠장! 내일 일은 내일 좀 생각하면 안 돼?"

나는 나도 모르게 신경질을 내며 와인을 원샷으로 들이켰다.

어딜 가도 분위기 깨는 사람이 꼭 하나씩은 있는 법이다.

08

인생의 무게를 해결하는 가장 좋은 방법

오 삼 불 고 기 와　　　그　　　일 당 들 (?) 을　　　인 정 사 정 없 이 먹어치우고는 실신하듯 쓰러져 잤다. 아침 7시에 눈을 떴는데 부끄럽게도 그건 순전히 배가 고파서였다. 아마 위장胃腸도 오랜만에 반가운 음식이 들어오니 정신을 못 차리고 허겁지겁 소화를 시켜버린 것 같았다.

옆 침대의 속초형님 일행이 보이지 않았다. 대신 어디선가 소고기 고추장찌개 냄새가 솔솔 나고 있었다. 속초형님 팀이 아침을 준비하는 모양이었다.

"어젯밤 어땠어? 술은 꺼내 먹었어?"

친구를 깨우며 물었다.

민망하게도 호기롭게(?) 외치던 나는 와인에 취해 그대로 뻗었던 것이다.

"어, 고양이에게 생선을 맡긴 격이었지. 이것저것 정말 많이도 꺼내 마셨어. 그러다보니 미안한 생각이 들어서 바에다 돈을 놓아두고 올라왔어."

"잘했네."

"근데, 속초형님이 술 취해서 김현식 노래를 메들리로 불러서 혼났어. 알

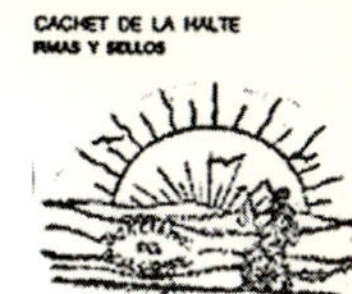

베르게 숙박객들 깰까봐.”

“그래? 누가 칠공팔공 아니랄까봐. 그래, 무슨 노래를 그렇게 불렀는데?”

“이별의 종착역.”

“아, 가도 가도 끝이 없는 외로운 이 나그네길 안개 깊은 새벽 나는 떠나간다.”

노래 한 소절을 불러보는데 가사가 가슴에 와 닿았다.

주방에 내려갔더니 아니나 다를까, 속초형님 팀이 어제 먹다 남긴 고기찌개에 갖은 재료를 더 넣어 업그레이드를 진행 중이었고, 남은 밥에 물을 넣어 누룽밥을 끓이고 있었다.

“먹고 먼저들 출발해요. 우리는 세탁기에서 빨래를 안 꺼내서 옷이 안 말랐어요.”

속초형님의 친구인 음대교수님이 스크램블에그를 만들며 말했다.

우리는 어제의 여운을 느끼며 즐거운 아침식사를 했다.

BODEGAS IRACHE
DESDE 1891
Normas de uso

FUENTE DE IRACHE
Bodegas Irache S.L.
VINO
AGUA
CAMINO DE SANTIAGO

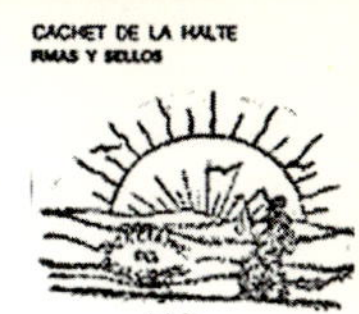

배낭을 둘러메고 알베르게를 나서니 노래가사대로 새벽안개가 끼어있었다.

"가도 가도 끝이 없는 외로운 이 나그네길 안개 깊은 새벽 나는 떠나간다."

저절로 이별의 종착역 노래가 다시 흘러나왔다.

친구가 앞서 갔고, 나는 천천히 뒤따라 갔다. 아마도 조금 있으면 속초형님들이 나를 따라잡을 거라는 생각이 들었다.

하지만 에스떼야를 지나 아예기Ayegui란 곳에 도착했는데도 그들은 따라올 기미를 보이지 않았다. 그곳에는 산티아고 가는 길의 명소가 있었다. 이라체 수도원 앞에 있는 '이라체 와이너리'가 바로 그곳인데, 거기서 순례자를 위해 와인을 공짜로 제공하고 있기 때문이었다.

와이너리의 벽에는 두 개의 수도꼭지가 달려 있었다. 한쪽에선 물이, 다른 한쪽에선 와인이 나오는 구조였다. 물은 콸콸 나왔지만 와인은 치사하게도 쫄쫄 나왔다. 원래 계획은 배낭에 넣고 다니는 1리터짜리 물통에 와인을 가득 채워 갈 생각이었지만, 그렇게 하려면 한 시간은 족히 받아야 할 것 같았다.

그냥 아쉬운 대로 배낭 속에서 컵을 꺼내 와인을 받았다.

와인을 마시면서 속초형님께 문자를 날렸다.

「저는 이라체 수도원 앞에서 공짜 포도주를 한잔 마시는 중입니다. 어디십니까?」

잠시 후 답신이 왔다.

「에스떼야에서 놀아볼까 해요」

그들은 우리를 따라잡지 않고 고작 9킬로미터를 걸어 어제 장을 보았던 에스떼야에 머물기로 한 것이었다. '노래가 씨가 된다(?)'고 하더니 로르까의 그 알베르게는 우리의 '이별의 종착역'이었던 것이다. 갑자기 외톨이가 된 느낌이었다. 친구는 나보다 한참을 앞서 있고, 뒤따라 오던 속초형님 팀은 아예 오기를 포기하고 눌러앉았다. 나는 오늘 걸어야 할 30킬로미터 중에서 이제 겨우 11킬로미터 정도 걸은 상태였다.

갑자기 두려운 생각이 들어 속도를 빨리해서 걷기 시작했다. 발가락은 아직 완전하지는 않았지만 거의 다 나아가고 있었다. 문제는 여전히 어깨를 짓누르는 인생의 무게에 있었다. 중간중간 휴식을 취할 때마다 친구에게 문자를 날렸다. 친구와의 거리는 점점 멀어지고 있었다. 거리상으로 5킬로미터, 시간상으로 한 시간 이상 떨어져 있는 듯 싶었다.

오늘 출발한 로르까에서 16킬로미터 지점인 아스께따에서 친구에게 문자를 날렸다.

「아스께따에 도착했슴. 어디심?」

「비야마요르 데 몬하르딘의 바에서 기다리고 있슴. 2킬로미터만 더 오면 됨다」

시계를 보았다. 태양이 가장 뜨겁게 타오르는 2시 언저리였다. 슬슬 그날 행군을 정리해야 하는 시간이었다.

순진(?)하게도 친구가 오늘 비야마요르 데 몬하르딘에 머물지도 모른다는 생각이 들었다. 친구가 내 상태를 배려해준 것 같아 너무 고마웠다. 뭐라도 보답을 하고 싶어서 '오늘 오스딸 비용을 기꺼이 내겠다'는 내용의 문자를 찍고 있는데 그에게서 먼저 문자가 왔다.

「얼른 와요. 여기서 13킬로를 더 걸어가려면 서둘러야 해」

하늘이 노랬다.

「좋슴다. 조금만 기다리삼」

나는 마음에도 없는 말을 문자로 날리곤 비야마요르 데 몬하르딘으로 걸어갔다. 30분 동안 2킬로미터를 주파해 맥주를 시켜놓고 기다리는 친구를 만났다. 바에서 열탕 같은 신발을 벗지 못하게 해서 맥주를 들고 나와 벤치에 앉았다. 등산화를 벗자 양말에서 진물이 흐르고 있었다.

"…"

친구는 가만히 나를 살폈다.

"…"

나는 먼 산을 바라보았다.

"기원 씨, 13킬로는 택시 타고 갑시다."

친구가 말했다.

"뭐라고? 택시?"

나는 '내 귀를 의심했다'라는 말의 참뜻을 비로소 알 수 있었다.

"응. 택시."

그가 확인해주었다. 친구는 내가 귀찮으니까 나를 택시에 태워 보내고, 자기는 걸어올 심산인 듯했다.

"싫어. 죽더라도 걸어갈래."

나는 거부의사를 분명히 했다.

"오늘처럼 더운 날에 13킬로미터를 가려면 서너 시간이 걸려요. 도착하면 6시가 넘는다는 계산이 나오는데…. 그러면 피로가 누적돼서 내일 힘들어져요. 게다가 중간에 마을도 없고."

"그래도… 택시를 타고 가는 건…."

"나도 힘들어서 그래. 같이 타고 갑시다."

"뭐라고? 같이?"

나는 하루에 두 번이나 내 귀를 의심하는 초유의 사태를 경험했다.

"…."

친구는 말없이 끄덕였다.

"…."

가슴속에서 찡하는 차임벨이 울렸다.

'찡….'

나는 친구의 얼굴을 물끄러미 바라보았다.

친구가 이 년 전 겨울 이곳에 왔을 때에는 지금보다 더 무거운 짐을 짊어지고 있었다. 그때 친구는 처음부터 끝까지 도보로만 완주하겠다는 목표를 세웠었다. 살을 에는 칼바람과 눈보라에 맞서 친구는 까미노를 오롯이 자신의 힘으로 걸어갔다. 그러다 단 한 번, 겨울 해가 일찍 저물어 딱 한 번 버스를 탔다고 했다. 그리고 지난 가을 자신이 집필 중인 가이드북을 완성하기 위해 다시 이 순례길을 찾았을 때는 일정이 이십 일밖에 되지 않아 완벽하게 걸을 수 없었다.

때문에 그는 이번에 나와 함께하는 세 번째 까미노(그는 자기 인생에서 마지막 산티아고라고 했다)는 반드시 도보로 완주하겠다고 별렀던 것이다. 그런 친구의 마음을 알기에 같이 택시를 타자는 말에 가슴속에서 사정없이 벨이 울렸던 것이다.

"걸어갑시다. 내일 일은 내일 생각하고. 오늘 목적지까지는 어떻게든 갈 수 있지 않겠어?"

나는 서둘러 등산화를 신고 신발끈을 조였다.

"내가 힘들어서 그래."

"그럼, 오늘 여기서 자고 내일 출발합시다."

내겐 친구의 목표를 무산시킬 용기가 없었다.

"여기에는 알베르게가 두 개 있는데, 하나는 다 찬 것 같고 다른 하나는 너무 오래돼서 베드벅bed bug이 나올 확률이 높아."

친구는 베드벅을 진저리치게 싫어했다. 그렇지만 지금 친구가 들먹이는 베드벅은 나를 위한 핑계임을 너무도 잘 알고 있었다.

"베드벅에 물려서 병원 신세를 지는 것보다야 택시를 타고 가는 게 낫겠네…."

나는 말꼬리를 흐렸다. 그런 말을 하는 내 자신이 미웠다.

아마도 내가 더 강력하게 우겼다면 우리는 걸어갔을 것이다. 그랬다면 죽이 되건 밥이 되건 로스아르꼬스Los Arcos에 도달할 수 있었을 것이다. 사실 나는 그렇게 했어야 했다. 하지만 편안함을 갈구하는 내 몸의 이기심은 이미 택시에 올라타 '출발'을 외치고 있었다.

우리는 바에서 택시를 불러 타고 목적지인 로스아르꼬스로 향했다. 한동

안 각기 다른 이유로 말이 없었다. 그는 차창 밖을 보고 있었다. 나는 슬그머니 그의 손을 잡았다.

"친구야, 고마워."

그가 돌아보자 힘을 줘서 꽉 잡으며 미소를 지었다.

"여기 오는 사람들 모두가 다 걷지 않아. 힘들 땐 버스도 타고 택시도 타는 거지 뭐."

나는 그 말이 나에게 하는 것이 아닌, 자기 자신에게 하는 것임을 알고 있었다.

"옛날 지주들은 자기가 직접 걷지 않고 사람을 사서 대신 걷게 했대. 아예 걷지도 않고 걸었다고 하는 사람들도 있었던 거지."

그는 계속 자기 자신을 설득했다.

"우리 옛날에 매품팔이 같은 거네. 〈제중원〉에서 황정이 그랬던 것처럼."

나는 싱겁게 추임새를 넣었다.

택시가 로스아르꼬스로 들어섰다.
"저기 우체국 보이지?"
친구가 손으로 어떤 건물을 가리켰다. 자세히 보니 정말 우체국이었다. 그런데 갑자기 왠 우체국?
"내일 아침에 필요 없는 짐들을 추려서 서울로 부칩시다. 무거운 짐으로 고생하는 순례자들이 저기서 집으로 짐을 많이 부치거든."
"헉! 정말?"
순간 내 머릿속에서는 서울로 부칠 물품 목록이 자동으로 작성되기 시작했다. 입지 않는 옷을 부치면 500그램의 무게를 줄일 수 있을 것이고, 거기에 넷북을 포함하면 1.5킬로그램을 줄일 수 있을 것이었다. 그래, 디카도 부치리라. 화질은 좀 떨어지지만 아이폰에 달린 카메라가 훨씬 더 쓰임새가 있다. 컵? 이라체 와이너리에서 포도주를 마시는 데 썼으니 자신의 임무는 이미 완수했다. 그러니 서울로 보낸다. 썬크림? 땀이 너무 나서 발라봤자 얼굴만 끈적이고 다 흘러내린다. 차라리 모자와 긴팔 옷이 더 유용하다. 영양제? 지금 나는 영양과잉 상태다. 그것도 보낸다. 그리고 우정의 무게인 친구의 가이드북은? 그것이 배낭 안에서 굴러다닌다면, 찢어지거나 훼손될 수 있었다. '우정'도 서울로 안전하게 보내는 게 좋을 듯했다. 그리고 또 기타 등등.

다음날 아침 우리는 우체국에 가서 짐을 부쳤다. 순례자들이 얼마나 짐을 많이 부치는지 순례자용 소포상자가 크기별로 준비돼 있었다. 우리는 적당한 크기의 상자에다 짐을 차곡차곡 집어넣었다. 무게를 달아보니 6.3킬로그램이었다. 그중 내 물건의 무게가 5킬로그램 정도 되는 것 같았다. 언뜻 계산해보아도 내 배낭의 무게는 이제 10킬로그램이 되지 않았다.

부피가 확 줄어든 배낭을 메고 우체국을 나서는데, 새 세상이 열리는 듯했다. 배낭이 가벼워지니 허리도 자연스럽게 펴졌다.

아름다운 세상이 시야에 더 많이 들어왔다. 그동안은 짐 무게 때문에 지질 조사원이나 된 것처럼 땅만 보고 다녔다면, 이제는 고개를 떳떳하게 들고 세상에 당당히 맞서며 다니게 된 것이었다. 자동차로 비유하자면, 그동안 안개등을 켜고 다녔는데 이제는 하이빔을 켜고 다니게 된 셈이었다.

나는 발가락의 아픔도 잊은 채 당당하게 세상으로 걸어나갔다.

"으하하하!"

절로 웃음이 나왔다.

2
길 위의 만남

또, 부지런히 가보자
어떤 세상이 나오는지
'사람이 사람을 만나다'

09

누구에게나 포기할 수 없는 무게가 있다

나는 보무도 당당하게 로스아르꼬스^{Los Arcos}에서 비아나^{Viana}까지 19킬로미터를 (조금 과장해서) 단숨에 걸어갔다. 9킬로그램 정도 되는 배낭의 무게가 내게 딱 맞는 듯했다. 진작 소포로 부칠 걸 하는 생각도 들었지만, 그랬다간 인생에 있어서 소중한 쓴맛(?)을 못 볼 뻔했다는 점에서 매우 적당한 시점에 물건을 부친 거라 자위했다.

가벼운 몸으로 걸었더니 오후 2시도 안 되어 19킬로미터 떨어진 비아나까지 갈 수 있었다. 옛 건물을 개조해 만든 호텔에 짐을 풀고 바깥에 내놓은 파라솔 밑에서 시원하게 맥주를 들이켰다. 이제야 제대로 된 인생을 만난 것 같았다. 오늘 같은 페이스라면 내일 걸을 나바레떼^{Navarrete}까지 22.5킬로미터 정도는 정말 '껌'이 아닐 수 없었다.

다음날 우리는 즐거운 마음으로 나바레떼를 향해 출발했다. 중간에 경유지로는 로그로뇨라는 마을 하나밖에 없었다. 마을이 하나밖에 없다는 것은 우리가 맥주를 마실 바가 하나밖에 없다는 뜻이다. 적어도 4~5킬로미터

당 마을이 하나씩 있어야 한 시간마다 마을의 쾌적한 바에서 쉴 수가 있는데, 그런 점에서 좀 아쉬운 점이 있는 코스였다. 하지만 우리는 그 코스에서 뜻밖의 수확을 얻을 수 있었다.

까미노를 가는 순례자들은 여행을 준비하면서 꼭 들러야 할 곳을 체크하기 마련이다. 그런 곳은 보통 '인증샷' 포인트가 되는데, 나름 선수라고 하는 순례자들이 자랑하는 인증샷이 바로 마리아 할머니와 찍은 사진이다. 마리아 할머니는 로그로뇨 초입에 사는데, 그 할머니가 유명한 이유는 산티아고를 소재로 하는 몇몇 중요한 다큐멘터리와 인터뷰를 했고 또한 몇 권의 가이드북에도 사진이 실린 나름 유명인사이기 때문이었다. 마리아 할머니는 작은 집에 살면서 그 마을을 지나는 순례자들에게 스탬프를 찍어주고, 손수 준비한 쿠키와 카페콘레체(에스프레소에 데운 우유를 섞은 커피로, '카페라테'로 더 많이 알려져 있다)를 제공한다. 이런 그녀의 임무(?)는 마리아 할머니의 대ft에서 시작한 것이 아니라, 그녀의 어머니 펠리사의 뒤를 이어 수십 년째 그 일을 해오고 있었다. 어쩌면 오랜 시간이 지나고 난 뒤에는 마리아 할머니의 따님이 똑같은 일을 하며 여로에 지친 순례자들을 위로하고 있을지도 모르겠다. 그녀들의 가업은 한 신부님의 권유로 시작되었다고 한다. 그 길을 지나는 순례자들에게 간식을 제공하고 스탬프를 찍어주기 시작한 어머니 펠리사는 처음에는 숫자를 세지 못해 순례자가 한 명 지나갈 때마다 나뭇가지를 옮겨놓아 그 수를 헤아렸다고 한다.

우리는 각각 마리아 할머니와 인증샷을 찍었다. 그리고 카페콘레체를 한 잔씩 마시고는 동전 몇 개를 두고 나왔다. 그저 사진 한 장을 찍었을 뿐인데 뭔가 대단한 일을 해낸 것처럼 뿌듯한 심정이 드는 까닭은 뭘까.

이윽고 로그로뇨에 도착했다. 도시로 들어가는 다리를 건너면서 우리는 거리를 가득 메운 인파에 놀라고 말았다. 그들은 도시 중심부를 향해 걸어가고 있었고, 우리는 얼떨결에 그들 틈바구니에 끼어 휩쓸린 모양새가 되었다.

도시에 무슨 일이 있는 모양이었다. 그들 중에는 전통의상을 입은 사람들도 많았다. 친구는 그 모습에 한동안 갸웃거리더니 내게 오늘이 며칠이냐고 물었다.

"6월 11일이잖아. 왜?"

친구는 내 대답에 뭔가 감이라도 잡았는지, 돌아서며 배낭에서 자신이 쓴 가이드북을 꺼내달라고 했다.

"오늘이 축제일인 거 같아. 아…, 맞아. 6월 11일!"

친구는 가이드북을 보며 외쳤다.

"로그로뇨에서는 매년 6월 11일 베르나베 성인의 축일에 튀긴 생선과 포도주, 그리고 빵을 먹는 풍습이 있어. 1521년 6월 11일에 프랑스 군인들이 도시를 포위하고 식량공급을 끊었는데, 마을사람들이 밤에 몰래 포위를 뚫고 강에 그물을 던져 잡은 물고기로 연명을 한 거야. 그래서 프랑스군은 로그로뇨를 점령하지 못하고 철수를 했대. 그래서 그날을 기념해서 매년 축제를 하는 거야."

"그래?"

그의 말을 듣고보니 바람에 실려 생선튀김 냄새가 날아오는 것만 같았다. 우리도 서둘러 사람들을 헤치고 성 안으로 들어갔다. 그 안에선 전통의상을 입은 사람들이 튀긴 생선과 와인, 그리고 빵을 나눠주고 있었다. 도시에 사는 모든 사람들이 성 안 광장으로 모인 듯했다. 그들은 웃고 떠들며 음식을 즐기고 있었다.

도시 한쪽에는 야시장이 열리고 있었다. 역시 전통의상을 입은 사람들이 가죽공예품, 팔찌나 귀걸이 같은 액세서리, 말린 과일, 치즈, 하몽(돼지 뒷

 09 누구에게나 포기할 수 없는 무게가 있다

다리를 염장하여 말린 것) 등을 팔고 있었다. 그리고 야시장에 빠질 수 없는 음식점도 즐비하게 늘어서 있었다. 참새가 방앗간을 그냥 지나칠 수 없는 것처럼 가판에 즐비한 음식을 외면할 용기 따위는 버린 지 오래였다. 어차피 점심도 먹어야 할 때였고, 이왕 먹는 것 그들의 즐거움을 공유하며 점심을 해결하기로 했다.

우리는 간이테이블에 앉아서 뿔뽀를 시켰다. 뿔뽀는 문어를 데쳐서 올리브유와 고춧가루를 뿌린 스페인 전통음식이다. 약간 짜다는 생각이 들긴 했지만 맛이 꽤 좋았다. 게다가 와인을 곁들이니 매우 훌륭한 안주가 되어주었다. 뿔뽀의 맛에 푹 빠져있는데, 어디선가 캐스터네츠 소리가 들려왔다. 음식을 먹다 말고 사람들이 모여드는 곳으로 가보니 스페인 아이들

AÑO SANTO COMPOSTELANO
Peregrinando
hacia
la luz
Sobre las
huellas que
dejaron
otros
peregrinos
IGLESIA DE
SANTIAGO EL REAL
LOGROÑO

Yessy Cocktails
mojitos daiquiris

이 춤을 추며 행진하고 있었다. 하얀 옷을 입고 춤을 추는 그들이 매우 귀엽고, 또 아름다웠다.

뽈뽀와 와인에 젖어 생각보다 오랜 시간을 지체한 우리는 길을 재촉했다. 13킬로미터를 걷는 동안 이렇다 할 마을이나 바도 없는 길이었다. 하지만 한 방울 두 방울 내리는 비를 벗 삼아 산보하듯 여유롭게 걸어갔다. 그게 다 가벼운 짐 덕분이었다. 우리는 그렇게 가벼운 마음으로 나바레떼에 도착했다.

일단 숙소를 먼저 정해야 했다. 공립 알베르게로 갈까 하는 생각이 들긴 했지만, 좀 지저분할 것 같아 가격이 좀더 비싼 사립 알베르게에서 묵기로 했다. 운이 좋아 마침 2인실이 있어서 30유로(약 4만 5천 원)에 하룻밤 신세 지기로 했다. 화장실을 공동으로 쓰는 구조이긴 했지만 새로 지은 건물답게 방과 침대가 깨끗했다.

씻고 빨래를 한 다음 시원하게 맥주를 마시러 나갔다. 하루의 코스를 마치고 바에 앉아있는 이 순간이야말로 이 순례길의 가장 행복한 순간의 히니다. 그 순간을 즐기며 생맥주와 안초비^{anchovy}(지중해나 유럽 근해에서 나는 멸치류의 작은 물고기, 또는 이것을 절여서 발효시킨 젓갈)를 시켜서 먹다가 문득 이틀 동안 한국사람을 한 명도 못 봤다는 사실을 깨달았다.

"공립 알베르게에 가면 우리나라 사람들이 좀 있을 거 같아. 우리보다 사나흘 먼저 떠난 사람들이겠지만, 우리가 좀 빨리 온 편이니까 만날 수 있을지도 모르겠어."

"그래? 그럼 한번 공립 알베르게에 가서 물어볼까? 한국사람 있으면 같이 저녁이나 먹자고 하지 뭐."

그저 이틀, 겨우 48시간인데도 한국사람들이 그리워졌다. 우리는 공립 알베르게에 가서 혹시 묵고 있는 한국인들이 있냐고 물었다. 접수를 담당하던 사람이 한 사람 있다며 불러다주었다. 잠시 후 검은색 원피스를 입은 삼십대 중반의 여성이 내려왔다. 그녀는 내 친구가 말한 순례자는 아니었다. 하지만 그런 것은 중요하지 않았다. 타국에서 모국어를 쓰는 동포를 만났다는 것이 중요했다.

"괜찮으시면 저녁이나 같이하시죠?"

내가 제안했다.

"아, 저…. 실은 제가 지금 프랑스 친구들이랑 스파게티 만들다 내려왔어요."

"아, 그러시구나. 그럼, 다음에 또 기회가 있겠죠 뭐."

공립 알베르게에서 나온 우리는 적당히 저녁을 때우고 와인 한 병을 사들고 숙소로 돌아왔다. 피곤하기도 했고, 남아공 월드컵 기간인지라 와인을 마시며 친구의 넷북에 다운받아놓은 스페인과 한국 평가전을 보기로 했다. 특히 다음날이 남아공 월드컵 본선 첫 경기, 한국과 그리스전이 있는 날이었다. 무슨 수를 써서라도 그 경기를 보겠다는 굳은 다짐을 하며 하루를 마감했다.

다음날 아침, 알베르게를 나서는데 비가 쏟아지기 시작했다. 배낭에 커버를 씌우고 고어텍스 재킷을 입고 걸었다. 이렇게 비가 오면 길에서 쉴 수도 없기 때문에, 바가 있는 마을까지 쉬지 않고 걸어야 한다. 8킬로미터를 걸어 벤또사라는 마을에 도착했고, 마을 입구에 문을 연 바에 들어가 몸을 녹였다. 뜨거운 카페콘레체를 시켜 호호 불면서 마시고 있는데, 어제 만났던 한국여성이 들어왔다(편의상 그녀의 이름을 '종달새'라고 하자).

그녀는 우리가 있는 테이블에 앉더니 종달새처럼 쉬지 않고 지저귀기 시작했다.

"프랑스 친구들이 먼저 가서 혼자 출발했는데요. …(중략)… 바에서 아저씨들을 만날 것 같았어요. …(중략)… 제가 외국에서 회사 생활을 한 적이 있었어요. …(중략)… 한국에서 여기 오려고 세 달을 준비했구요. …(중략)… 비행기 안에서 만난 네 명의 한국인 여자분들과 같이 오다 헤어졌어요."

우리가 카페콘레체 한 잔을 마시는 동안, 그녀에 대한 거의 모든 정보를 묻지도 않고 다 알 수 있었다. 비도 오고 하니 10킬로미터 남은 나헤라까지 동행하기로 하고 길을 나섰다. 역시나 이 코스도 중간에 마을이 없기 때문에 쉬지 않고 걸어야 하는 길이었다.

비는 더욱 거세졌고, 빗속에서도 그녀의 재잘거림은 끝이 없었다. 그녀는 두툼한 면 추리닝을 입고 있었는데, 배낭은 미제美製 오스프리였고 등산화는 이태리제 잠발란이었다. 다른 건 다 명품인데 옷만 추리닝인 게 궁금했다. 이런 날씨엔 당연히 기능성 의류를 입어야 하지 않는가.

"등산복은 촌스러워서 못 입겠어요. 다 비슷비슷하잖아요. 저는 추리닝 두 벌을 가져와 번갈아 입고 있어요."

"제가 보기엔 추리닝 바람으로 산티아고 가는 게 더 촌스러운 거 같은데요."

"…."

때론 나의 솔직함이 상대의 마음을 상하게 하는 경우가 왕왕 있다. 거의 초면의 내가 그녀에게 어떤 충고를 한단 말인지…. 빗길에서 마음이 더 무거워지는 것 같았다.

나헤라 어귀에 도착하니 비가 잦아들었다. 잠시 쉬어가기로 한 우리는 낮은 돌담에 배낭을 내려놓고 굳은 몸을 스트레칭으로 풀어주었다. 오는 길에 그녀의 마음을 상하게 한 것 같아 미안해한 것도 잠시 뒤로 미뤄두고, 양해를 구하고 그녀의 배낭을 들어보았다. 엄청나게 무거웠다. 종달새가 지고 가기엔 날개가 꺾일 정도로 버거운 무게였다.

"이 배낭 무게 삼분의 일만 줄이세요. 배낭이 무거워서 같이 출발했던 사람들보다 이삼일 뒤처져 있는 거예요."

나는 내 처절한 경험담을 얘기하며 상대를 설득했다.

"경험보다 중요한 자산은 없는 법이에요."

"버릴 게 없어요."

그녀는 배낭을 더 이상 줄일 수 없노라고 말했다.

나는 무겁고 부피가 많이 나가는 추리닝 대신 가볍고 부피가 작은 기능성 등산복을 사서 입을 것과 짐을 정리해 필요 없는 짐은 나헤라 우체국에서 한국으로 부치라고 조언했다.

"여기까지 걸어오는 데도 무척 힘들어했잖아요."

사실 종달새는 어느 순간부터 지저귐을 멈추고, 대신 헐떡임을 토해내고 있었다. 나는 그런 그녀가 안쓰러웠다. 지난 며칠간의 처절한 경험이 나를 '가벼운 짐 전도사'로 만들었던 것이다.

"정말이에요. 더 이상 줄일 수 없어요."

"네, 그렇군요."

나는 더 이상의 설득을 포기했다.

우리는 축구를 볼 수 있는 호텔에 묵을 예정이었고, 그녀는 알베르게로 가 겠다고 했다. 우리는 그녀를 알베르게로 안내해주고 호텔로 향했다. 호텔

에 체크인 하면서 한국 대 그리스전을 봐야 한다고 했더니, 아래층 바에서 볼 수 있을 거라고 프론트에서 얘기해줬다. 어제의 다짐대로, 겨우 배낭만 방에 던져두고(씻고 옷을 갈아입을 시간적 여유가 없었다), 호텔 바로 내려가 축구중계를 봤다.

스페인에서 우리나라 월드컵 경기를 보는 것은 매우 특별한 느낌이었다. 바에 온 사람들이 우리를 보고 한국사람이냐고 물었다. 그렇다고 했더니 스페인과 평가전을 치른 탓에 잘 알고 있다는 듯 엄지손가락을 치켜세웠다. 그러곤 함께 축구를 보며 한국을 응원해줬다. 그들의 환영과 인정에 비록 내가 직접 뛴 것은 아니지만 어깨가 으쓱해지는 건 어쩔 수 없었다.

한국 대 그리스전의 결과는 2 대 0 승.

왠지 바에 있는 사람들에게 술이라도 한잔씩 돌리며 '한국인의 위상'을 세워야 할 것 같았다. 힐끗 보니 사람들이 너무 많았다. 갑자기 내가 작아지는 것 같았다. 여기서 위상을 세우려다 쪽박 찰까 두려워 슬그머니 객실로 올라왔다.

그럼에도 불구하고, 그냥 자기엔 너무 밍숭밍숭했다. 적어도 우리 한국인끼리는 이 승리의 기쁨을 나눠야 할 것 같았다. 그래서 종달새에게 미리 받아놓은 전화번호로 문자를 날렸다.

「축구 2 대 0으로 이김. 알베르게에 다른 한국인들 있으면 다 데리고 축하주 마셔요」

그러나 그녀에게서 답문이 오지 않았다.

하는 수 없이 친구와 둘이 조촐하게 남아공 월드컵 1승 파티를 하기로 했다. 우리는 음식점에 들어가 저녁을 주문하고 맥주를 시켜 건배를 했다. 너무너무 기분이 좋았다. 외국에서 한국 팀의 경기가 있을 때마다 교민들이 나와 열심히 응원하는 기분을 조금은 알 것 같았다.

그때였다.

음식점 유리창 너머로 종달새가 지나가는 것이 보였다. 아까와는 전혀 다른 복장이었다. 화려한 스카프와 선글래스로 얼굴을 가리고, 화사한 성장을 한 차림이었다. 보통 산티아고를 걷는 사람들은 대개 아웃도어용 기능성의류와 쉴 때 입는 편한 옷 정도만 갖고 오는데, 그녀는 모임에 나갈 때 입는 옷과 신발을 가져온 것이었다. 이제야 그녀의 무거운 배낭의 비밀을 알 수 있었다. 그 무게의 실체는 옷과 신발이었다. 누구에겐 아주 사소한 것이 누구에겐 아주 중요할 수 있는 것이다.

그렇다. 누구에게나 포기할 수 없는 인생의 무게가 있는 것이다. 또한 그 무게가 가볍건 무겁건 간에 자신이 혼자서 온전하게 짊어지고 가야 하는 것이다.

"욕심이나 집착이 없다면, 인생의 짐은 그만큼 가벼울 텐데…."

배낭 정리가 대충 끝난 내가 남 얘기하듯 중얼거렸다.

Santo Domingo
de la Calzada
NO
ENSUCIES

인생은 만남의 연속이다

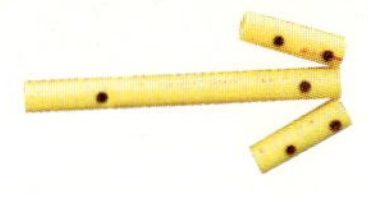

프랑스 생장피드포르에서 걷기 시작한 지 열 하루째. 오늘은 나헤라에서 산또도밍고 데 라깔사다Santo Domingo de la Calzada까지 20킬로미터 정도만 가면 되기 때문에 다른 날보다 여유 있게 출발했다. 하지만 도시를 벗어나자마자 우리는 찐득찐득한 진흙길과 싸워야 했다. 어제 내린 비로 차지게 반죽된 진흙이 등산화를 잡고 놓아주지를 않았다. 만약 보통 운동화였다면 걸음을 옮기다가 신발에서 발이 빠져버릴 정도였다.

진흙들과 싸우며 한참을 걷다가 뒤돌아보았다. 생각지도 않게 윤상의 노래 한 구절이 떠올랐다.

'문득 걷다보면 같은 자리지만 난 아주 먼 길을 떠난 듯했어.'

몸이 부르르 떨리며 진저리가 쳐졌다. 이러다간 20킬로는 고사하고 5킬로도 못가 해가 저물 것 같았다. 나는 더 이상 뒤돌아보지 않겠다고 다짐하며 한발 한발 힘겨운 걸음을 이어갔다. 가뜩이나 무거운 등산화에 진흙 반죽이 들러붙어 발에 모래주머니를 차고 걷는 느낌이었다. 좀 쉬고 싶었지

만, 사방이 진흙이다보니 제대로 앉아서 쉴 곳이 없었다. 그냥 걷고 또 걷는 수밖에.

그래도 꾸역꾸역 가다보니 해가 지기 전에 산또도밍고 데 라깔사다에 도착할 수 있었다. 이 마을에는 '까미노의 건축가' 성인이라고도 불리는 산또도밍고 성인이 12세기에 지은 아름다운 대성당이 있었다. 우리는 기부제로 운영하는 알베르게에 짐을 내려놓고 성당과 그 안의 유물들을 구경하러 갔다.

성당 안에는 닭을 키우는 유리방이 있는데, 거기서 하얗고 커다란 닭 한쌍이 사이좋게 푸드덕거리고 있었다. 성당 안에서 닭을 키우게 된 것은 그 마을에 전해지는 전설 때문이란다. 역시 스페인은 '전설의 고향'이다.

15세기에 독일 청년이 부모와 함께 순례 중에 이 마을에 들렀는데, 마을 여인숙의 주인 딸이 청년에게 반해 프러포즈를 했다 거절을 당했다고 한다. 이에 열받은 처녀는 청년을 도둑으로 몰아 교수형에 처해지게 했다(이런 나쁜 X 같으니라구!).

청년이 교수형에 처해진 후, 절망에 빠진 청년의 부모는 산티아고 성인에게 기도를 하며 다시 순례를 떠났다. 하지만 어느 날 그들은 아들이 살아있다는 하늘의 음성을 듣게 되었고, 다시 마을로 돌아온 부모는 재판관을 찾아가 이 소식을 전했다. 마침 그때 저녁으로 닭고기를 먹으려 하던 재판관은 황당해하며 '그게 정말이면 내 손에 장을 지져라'는 의미로 이렇게 외쳤다고 한다.

'네 아들이 살아있다면 지금 먹으려 하는 이 닭고기가 살아서 움직일 것이다!'

그러자 거짓말처럼 닭이 살아나서 즐겁게 노래했다고 전해진다.

털도 다 뽑힌 채 요리가 되어 있던 닭이 살아서 노래하는 것이 그다지 보기 좋은 광경은 아니었겠지만, 어쨌든 이 살아난 닭 때문에 형장에 가봤더

니 진짜로 그 독일 청년이 살아있었다고 한다. 교수대에 목이 매달려 살아 있던 청년의 모습 역시 그다지 좋은 광경은 아니었을 것이지만, 그날 이후로 산또도밍고 성당에서는 그 부활사건을 기념하여 지금까지 수백 년 동안 한 쌍의 닭을 길러오고 있다는 것이었다.

친구와 나는 성당 안에 들어가서 한 쌍의 흰 닭 커플을 확인했다.
또한 성당에서 유물을 둘러보다가 낯익은 아줌마 둘을 만날 수 있었다. 빰쁠로나로 가던 날 함께 점심을 먹은 적 있는 미국의 학교 선생님들이었다. 이름은 린다와 스테판. 반가운 마음에 아는 체를 했더니 린다가 화들짝 놀라며 묻지도 않은 고백을 했다.
"미안해요. 우린 로그로뇨에서 여기까지 버스를 타고 왔어요."
그러고보니 아줌마들의 주력으로 볼 때 우리와 같은 장소에 있다는 것이 말이 안 된다는 생각이 들었다. 그녀들은 우리가 '튀긴 생선' 축제를 보았던 로그로뇨에서 산또도밍고까지 점프를 한 것이었다.
"미안할 게 뭐 있나요? 이 까미노를 걷는 사람들은 모두 자기 체력에 맞게 걸어야 하는 거예요. 이 까미노에 이런 말이 있잖아요. Good speed is your speed. 자기 페이스로 걷는 게 중요하고, 힘들다 싶으면 버스나 택시를 타는 거지요, 뭐. 괜히 무리해서 걷다가 병나면 안 되지요."
내 친구가 그들을 위로했다.
사실이 그랬다. 우리와 프랑스 오리손 알베르게에서 출발한 모나미 할머니 팀(프랑스 럭셔리 할머니 그룹을 우리는 그렇게 불렀다)은 여행가방을 그날 가야 할 목적지 호텔로 택시를 이용해 보낸 다음 가벼운 차림으로 걸었다. 그렇게 걷다가 힘들다 싶으면 버스나 택시를 타고 목적한 마을로 이동했다. 그런 덕분에 우리와는 저녁마다 식당에서 몇 번이나 만났고, 때론 버스정류장에서 버스를 기다리다 만나게 되면 같이 타고 가자고 유혹의 손길(?)을 뻗쳐오기도 했다.

"스페인에 이런 속담이 있어요. 모로 가도 산티아고까지만 가면 된다."

내가 거들었다(진짜 그런 속담이 있는지 확인해보진 않았지만, 그런 속담이 있을 충분한 개연성이 있다고 생각한다).

린다와 스테판은 올해는 여기서 멈추고, 내년 휴가 때 다시 와서 순례길을 이어가겠다며 동시에 이렇게 외쳤다.

"피니시드!"

이젠 끝이란 그 말이 왜 그리도 부럽게만 들리던지.

우리는 미국 아줌마들과 이별을 하고 알베르게로 돌아와 저녁을 먹었다. 주방이 있는 곳이었던 터라 우리는 라면스프를 끓여서 샌드위치와 먹기로 했다. 얼큰한 라면 국물이 속에 들어가자 피로가 확 풀리는 느낌이었다. 내친 김에 호기롭게 와인 한 병을 말끔히 비우고 잠을 청하러 방으로 향했다.

샤워를 하고 나온 아저씨, 아줌마들이 팬티 바람으로 각자 방으로 가고 있었다. 유럽사람들은 실내에서 팬티가 일상복인 듯했다. 우리가 배정받은 방은 이층침대가 10개 정도 있는 방이었는데, 우리는 오늘밤 누가 코를 골 것인가를 생각하며 동침(?)할 멤버들의 면면을 살펴보았다. 2층을 배정받은 우리의 아래 침상을 쓰게 된 고도비만 할아버지가 유력한 후보였다. 친구와 나는 비행기에서 가져온 귀마개를 꺼내 귓속에 틀어막았다. 그러곤 옆 침상의 젊은 시절 꽤 미인이었을 것 같은 마른 체형의 할머니와 서로 잘 자라는 눈인사를 나누고 자리에 누웠다. 옆 침상이라고 해봐야 고작 30센티밖에 떨어져 있지 않았다.

잠 속에 빠져들며 아래 계신 고도비만 할아버지가 침대가 흔들리지 않을 정도로만 코를 골아주셨으면 하고 바랐다. 다행히도 할아버지는 돌아가신 듯 미동도 없이 조용히 주무셔주었다.

그날밤 나는 사람은 역시 겉모습으로만 판단해선 안 된다는 사실을 또 한 번 깨달았다. 한때 뭇 남성의 마음을 설레게 했을 것이 분명한 옆 침상의

   10 인생은 만남의 연속이다

날씬한 할머니가 사지를 떨면서 코를 골아대는 것이었다. 흡사 오리손 알베르게에서 우리의 간담을 서늘하게 했던 하프 할머니의 재림이었다. 만약 채석장의 굴착기 옆에서 잠을 청하려 하는 자가 있다면, 당신은 그를 어떻게 생각하겠는가? 바보라고 생각하지 않겠는가? 그렇다. 내 친구와 나는 바보였다. 그 상황에서도 잠을 자야 내일 움직일 수 있다는 생각에 안간힘을 쓰고 또 썼다. 하지만 그럴수록 정신은 점점 또렷해져만 갔다. 그렇게 밤잠을 설치다가 새벽에야 잠시 실신하듯 잠이 들었지만, 이내 순례를 준비하는 사람들의 부스럭거림에 잠에서 깨어나고 말았다. 오리손 알베르게에서의 첫날밤과 다를 바 없었다.

반수면 상태에서 일어나 앉았다. 모두들 잠에서 깨어나 떠날 채비를 하고 있었다. 원망스럽게 옆 침상의 인간 굴착기 할머니를 돌아보았다. 그녀는 하얀 손수건 같은 것을 손에 들고 '앞으로 나란히'를 하고 있었다. 할머니는 이내 그 손수건에 발을 걸더니 뒤로 벌러덩 누웠다.

이어 브릿지 자세….

"헉!"

그제야 나는 그것이 팬티를 입는 장면이라는 것을 깨달았다. 뒤이어 약속이라도 한 듯 할머니 옆 침상의 독일 아가씨가 그런 식으로 몸을 뒤로 눕히며 팬티를 입었다.

순간 나는 예의바른 한국인답게 고개를 반대쪽으로 돌려 그 광경을 외면해 주었다. 그러자 맞은편 대각선 방향에 있던 덴마크 레즈비언 커플(그렇게 추정되었다)이 그런 식으로 속옷을 갈아입는 것이 보였다.

"아!"

연속되는 그 모션을 보면서 싱크로나이즈드스위밍이 바로 저기서 유래한 것이 아닌가 하는 생각이 들었다. 그러다 커플에서 남자 역할을 하는 듯 보이는 짧은 머리의 육중한 체구(185센티미터 정도의 키에 몸무게가 100킬로그램이 넘어 보였다)의 보이시한 덴마크 걸과 시선이 마주쳤다.

혹시라도 그녀의 무서운 시선에 반응하면 관음죄(?)를 인정하는 것이라는 생각이 퍼뜩 들었다. 살아야겠다는 생각에 아직 비몽사몽이라는 듯 손을 더듬더듬하며 안경을 찾아 쓰고는 그제야 정신을 차린 척하는 모션을 구사했다. 그다지 좋아 보이지도 않았는데, 그 자리에서 체면을 구길 수는 없는 일 아닌가.

위기를 모면하고, 친구를 재촉해 서둘러 알베르게를 나섰다. 오늘도 비가 내리고 있었다. 또 비를 맞으며 진창을 걸어가야만 하는 힘겨운 일정이다. 그나마 다행히 첫 번째 마을인 그라뇽까지만 6.5킬로였을 뿐 그 뒤로는 2~3킬로마다 마을이 하나씩 있어서 적당히 휴식을 취하며 걸어갈 수 있었다.

우리는 23킬로미터를 걸어서 벨로라도Belorado에 도착했다. 빗속에서 나는 굼베이댄스밴드Goombay Dance Band의 노래 〈엘도라도〉를 벨로라도로 개사해서 부르며 걸어왔다. 우리는 길을 걸으며 때때로 노래를 흥얼거리곤 했는데, 둘 다 노래가사를 제대로 아는 게 없어서 몇 소절 이어지지 않은 것이 대부분이었다(아무래도 노래방의 폐해가 아닐까 한다). 아무튼 우리는 벨로라도에 도착해 숙소를 찾아나섰다. 그 길에 낯익은 얼굴들이 보이기 시작했다. 거의 열흘 동안 매일 만나다시피 하는 사람들이었다. 이젠 너무 익숙해서 문득 그들이 아닌 새로운 사람들을 만나고 싶다는 생각이 들었다. 친구 역시 마찬가지로 나와 같은 생각을 하고 있었던 모양이다.

산티아고로 가는 길은 하나의 길이기 때문에 특별한 일이 없는 한 출발할

때 만났던 사람들과 여정 내내 함께하게 된다. 일종의 순례메이트라고 할까? 만약 일행이 맘에 들지 않으면 뒤로 처지거나, 새벽같이 일어나 일행보다 더 멀리 가서 숙소를 잡는 방법을 쓰면 된다. 우리도 후자의 방법을 택하기로 했다. 더 멀리 가서 숙소를 정하기로 했다. 오늘쯤은 외국인들 말고 한국인들을 만나고 싶었다. 아무래도 속 깊은 대화를 나누려면 같은 민족에 같은 언어를 쓰는 사람을 만나야 제격이지 하는 마음이 피곤한 다리를 저절로 재촉했다.

종달새에게 들은 바에 의하면, 프랑스 생장피드포르에서 서너 명의 한국인이 함께 출발했다고 했다. 우리가 하루만 일정을 당기면 그들을 만날 수 있을 것만 같았다.

다음날 목적지인 산후안 데 오르떼가San Juan de Ortega까지는 24.5킬로미터였다. 우리는 린다와 스테판, 그리고 모나미 할머니 일행들처럼 버스를 이용하기로 했다. 이미 택시를 한 번 이용한 적 있기 때문에 도보가 아닌 교통수단을 이용한다는 것에 그만큼 거부감이 덜했다. 하지만 하루치 거리를 통째로 점프한다는 것에 약간의 양심적 데미지가 일었다. 그래서 고심 끝에 그 거리의 절반인 12킬로미터 떨어진 곳에 위치한 비야프랑카 몬떼스 데 오까Villafranca Montes de Oc까지만 버스로 이동하기로 양심과 타협을 했다. 나머지 12.5킬로는 다음날 일정에 합쳐서 걸어가는 걸로 하고 나니 한결 마음이 편해졌다.

버스('오토부스'라고 한다)를 타고 비야프랑카 몬떼스 데 오까까지 갔다. 사실 스페인의 버스는 우리 같은 한국인이 이용하기엔 참으로 인내심이 필요한 이동수단이었다. 버스가 멈추면 기사가 천천히 내려 짐칸을 열고 승객들의 짐을 일일이 받아서 넣어준다. 그리고 운전석으로 되돌아가 요금박스를 핸들 위에 올려놓고, 승객들의 목적지를 하나하나 물어보고 돈을 받아 잔돈을 일일이, 그것도 아주 천천히 거슬러주는 것이다(역시 별로 바쁠 일이 없는 나라의 국민답다!).

비야프랑카에 도착해 옛 건물을 개조해 알베르게와 호텔을 함께하는 곳을 찾아갔다. 할아버지와 할머니, 그리고 아들 둘이 운영을 하는 그곳은, 아들 둘이 외출을 해서 영어가 통하지 않았다. 스페인사람, 특히 노인들은 상대가 스페인어를 모른다고 해도 자기 하고 싶은 얘기를 10분이고 20분이고 계속하는 버릇이 있었다. 우리가 알아듣지도 못하는 스페인어로 각각 10분씩 떠들던 노인 부부는 결국, 영어를 할 줄 아는 아들에게 전화를 해서 대화를 해결했다.

우리가 아들에게 휴대전화를 통해 얘기해주고 전화를 바꿔주면, 할머니가 아들과 통화해서 우리의 메시지를 전달받는 식이었다. 할머니가 다시 아들에게 얘기를 한 후 우리에게 휴대전화를 건네면, 아들이 할머니의 말을 우리에게 통역해주었다. 그런 과정을 서너 번 거친 후에야 우리는 방에 들어갈 수 있었다.

그날 저녁, 호텔 식당에서 아침에 예의 그 싱크로나이즈드스위밍을 하다가 나와 눈이 마주쳤던 레즈비언 커플을 만났다. 흠칫 놀랐지만 내색하지 않고 인사를 건넸다. 그들은 오늘 35킬로미터를 걸어 그곳에 도착했던 것이었다. 우리도 그녀들에게 기죽지 않으려고 35킬로미터를 꿋꿋하게 걸어온 것처럼 행동했다. 식사를 하면서 그녀들과 이런저런 얘기를 나누었다. 남아공 월드컵 얘기를 꺼냈더니 전날 덴마크가 네덜란드에 2 대 0으로 패해서인지 그 얘긴 하지 말자며 화제를 바꿨다. 그러면서도 우리에게 그리스를 상대로 1승을 올린 것을 축하한다고 했다.

우리는 맛있는 식사를 하면서 이런저런 얘기를 나누었다. 그러다가 어느 순간 그녀들이 우리를 자기네들처럼 동성커플로 생각하고 있다는 느낌을 받았다. 사실 그네들의 시각에서 보자면, 알베르게에도 묵긴 하지만 나와 내 친구가 단둘이 시간을 보낼 수 있는 오스탈이나 호텔을 적극 애용하는 것만 보아도 충분히 그런 의심을 할 만한 것이었다.

음식을 먹는 것만 해도 그렇다. 우리는 서로 자기 접시의 음식을 나눠 먹는 게 아무렇지도 않지만, 그네들의 시각에서 보자면 그건 동성커플들이나 하는 행동이었다.

거기까지 생각이 미치자 친구와 나는 서로가 서로를 바라보았다.

"으윽!"

먹고 있던 음식이 느끼해지면서 속이 메슥거려왔다. 친구도 그랬는지 우리는 거의 동시에 와인 잔을 들어 단숨에 들이켰다.

11

길 위에서 맺은 인연

옛날 건물을 개조한 호텔 방은 한여름에도 으슬으슬 추웠다. 워낙 벽이 성벽처럼 두꺼워 한낮의 더위가 침투하기 전에 밤이 되는 탓이었다. 벽을 통과 못 하는 것은 더위뿐이 아니었다. 와이파이도 그 두꺼운 벽을 뚫고 들어와 내 스마트폰에 닿지 못했다. 트위터로 순례에 대한 코멘트를 올리는 것을 포기하고, 내일 계획을 짰다.

사흘 동안 가야 할 길을 이틀 동안 주파해야 하기 때문에 내일도 점프가 불가피했다. 이곳에서 다음 목적지인 부르고스Burgos까지는 45킬로미터나 되었기 때문이다. 현역 군인도 하루에 40킬로미터밖에 안 가는데, 군에서 제대한 지 이십 년이 되어가는 우리가 그 거리를 간다는 것은 어불성설이었다. 때문에 우리는 일단 걷는 데까지 걸어보고 적당한 곳에서 버스를 타고 부르고스에 입성하기로 했다.

부르고스에는 호텔급의 공립 알베르게가 있는데, 순례자라면 반드시 자줘야 하는 곳이었다. 결론은 그 알베르게가 만실이 되기 전에 도착하기 위해

2시 정도까지 걷고 버스를 타야 한다는 것이다. 부르고스를 15킬로미터 정도 앞둔 오르바네하 리오 삐꼬쯤에서 버스를 타면 될 것 같았다.

그런데 변수가 생겼다.

아침에 체크아웃을 하려고 카운터로 나오다 종달새를 만난 것이었다. 며칠 전 월드컵 조별 예선에서 우리가 그리스를 이기던 날 화려한 성장을 하고 거리를 누비던 모습을 보고 처음이었다. 오늘은 새로운 추리닝을 입고 있었다.

"아니, 여긴 어떻게?"

나는 그녀의 체력과 보폭으론 도저히 이곳까지 올 수 없다는 것을 알고 있었다.

"버스를 타고 왔지요."

그녀가 얼굴 가득 미소를 머금은 채 말했다. 그녀 옆에 십대로 보이는 독일 청년이 다가와 섰다.

"물 마실래? 워러? 워러?"

종달새는 독일 남자에게 찰싹 붙어서 애교를 떨었다. 이런, 그녀의 얼굴 가득한 미소는 우리 때문이 아니었던 것이다.

"아무리 서양 애들이 동양인들 나이를 가늠하기 힘들어도 유분수지. 사내놈 나이에 곱하기 2 하면 동갑 되겠다."

나는 한쪽에서 물을 마시고 있는 그들 커플을 보면서 비아냥대듯 중얼거렸다.

"그러게."

친구가 동의했다.

"키가 작으니까 어린 줄 아나봐."

"기원 씨, 왠지 우리가 피해줘야 할 것 같아."

친구는 독일인의 시선을 의식하며 말했다.

우리는 서둘러 밖으로 나왔다. 하지만 나오자마자 그들에게 따라잡힐지도 모른다는 생각이 들었다. 우리 앞에 버티고 선 오까산의 오르막길을 보는 순간, 서둘러 나온 내 배려가 무색해졌다.

이 오르막길은 산세가 험해 중세 때 순례자들이 가장 두려워하던 곳 중 하나였다고 한다. 당시 이곳에는 도둑과 강도, 사기꾼 등이 들끓었다. 심지어 이곳에서 살해를 당한 순례자도 부지기수라고 한다. 오죽하면 지금까지 '도둑질을 하려거든 오까산으로 가라'는 말이 내려오고 있을까.

게다가 비마저 부슬부슬 내리고 있었다.

우리는 어제 내렸던 버스정류장에 가서 버스를 기다렸다. 30분 정도 기다렸더니 버스가 슬금슬금 기어왔다. 비가 세차게 내리기 시작했다. 번개가 치고, 천둥소리가 그에 부응하듯 화음을 넣었다. 차창에 따닥따닥 뭔가 날아와 부딪히는 것이 느껴졌다.

"맙소사! 우박까지…!"

버스로 이동하게 된 것에 대해 하느님께 감사인사라도 드려야 할 판이다. 느리긴 했지만 빗속을 걷지 않고. 우리가 내린 곳은 산후안 데 오르떼가였다. 점프를 하지 않았다면, 오늘 저녁 묵을 마을이었다. 이틀에 걸쳐 하루를 완벽하게 점프한 것이었다. 여기서 부르고스까지는 대략 30킬로미터를 부지런히 걸어가야 했다.

친구가 한때 산티아고 순례길에 브라질 여성들이 많이 왔다는 얘기를 들려주었다. 유럽 남자를 만나 결혼을 하려고 가난한 브라질을 떠나 이곳으로 왔다는 것이다. 독일의 한 작가는 그런 브라질 여성의 흑심어린 순례에 대해 맹렬한 질타를 하기도 했다고 한다.

"물론 대부분의 여자들이 순수한 목적으로 이곳을 오지만, 개중에는 외국 남자들과 연애를 하러 오는 여자들이 있어. 물론 안타깝지만 그중에는 한국 여성들도 섞여 있지. 거기다 그런 여자들은 거의 삼십대 중반이고 말이야."

"앗! 종달새가 삼십대 중반이잖아."

"응. 앞으로 그런 한국 여자를 또 보게 될 거야. 난 지난 두 번의 순례길에서 이미 그런 여자들을 꽤 여럿 봤어."

"…"

왠지 서글픔이 밀려왔다. 산티아고에 오는 사람들에겐 제각각의 이유와 목적이 있을 것이고, 그 안에는 불완전하더라도 불꽃같은 로맨스를 꿈꾸는 사람이 있을 것이라고 이해를 하면서도 그다지 개운치 않은 이유가 뭘까 자꾸 되새기게 되었다.

"여기에 '까미노 커플은 까미노 커플일 뿐이다'라는 말이 있어. 까미노를 걸으면서 연인이 되었다가 산티아고에 도착하면 빠이빠이 하게 되니까 말이야."

"…."

분명 그렇지 않은 커플도 있을 것이다. 이 길 위에서 영혼의 반려를 만날 수도 있고, 어떤 로맨스든 그들이 함께하는 순간에는 서로에게 행복을 주는 것일 수도 있으니 말이다. 프랑스 오리손 알베르게에서 만난 중년 부부를 떠올렸다. 까미노를 걷다가 만나 결혼을 하게 됐고, 십 년이 지나 결혼기념일을 즈음하여 다시 까미노를 걷는다고 하지 않았나. 갑자기 빰쁠로나에서 있었던 '수녀님 사건'이 떠올랐다. 예쁜 한국인 통역 수녀님. 마음이 슬쩍 찔렸다.

"하긴, 꼭 그렇게 색안경을 끼고 볼 필요는 없을 것 같아. 남녀가 만나는 것은 자연스러운 일이잖아. 그런 예기치 못한 상황(?)에 대한 기대도 없으면 무슨 재미로 여행을 헤."

우리는 부르고스를 향해 걷고 또 걸었다.

어느 틈엔가 나는 노래를 흥얼거리고 있었는데, 이정선의 〈외로운 사람들〉
이었다.

어쩌면 우리는 외로운 사람들

만나면 행복하여도

헤어지면 다시 혼자 남은 시간에

못 견디게 가슴 저리네

비라도 내리는 쓸쓸한 밤엔

남몰래 울기도 하고

누구라도 행여 찾아오지 않을까

마음 설레어보네

거리를 거닐고

사람을 만나고

수많은 얘기들을 나누다가

집에 돌아와 혼자 있으면

밀려오는 외로운 파도

우리는 서로가 외로운 사람들

어쩌다 어렵게 만나면

헤어지기 싫어 혼자 있기 싫어서

우린 사랑을 하네

11 길 위에서 맺은 인연

거리를 거닐고

사람을 만나고

수많은 애기들을 나누다가

집에 돌아와 혼자 있으면

밀려오는 외로운 파도

우리는 서로가 외로운 사람들

어쩌다 어렵게 만나면

헤어지기 싫어 혼자 있기 싫어서

우린 사랑을 하네

헤어지기 싫어 혼자 있기 싫어서

우린 사랑을 하네

노래를 흥얼거리며, 뜨거운 길과 씨름을 하며, 오후 늦게 부르고스에 도착했다. 그리고 마음 한켠에 밀어둔 예기치 못한 로맨스를 꿈꾸며….

스페인의 명장名將 엘 시드 장군의 동상이 광화문의 이순신 장군 동상처럼 우리를 맞아주었다. 우리는 부르고스 대성당 뒤에 있는 시립 알베르게로 향했다. 도네이션으로 운영되는 호텔급 알베르게로 현대화된 시설을 자랑하는 곳이었다. 세탁기와 건조기 등 제반시설도 잘 구비되어 있었고, 침대 시트도 매일 바뀌는 곳이었다. 밥을 먹을 수 있는 공간은 있었지만, 조리시설이 없다는 것이 유일한 단점이라면 단점이었다.

밖에서 저녁을 먹고 들어오는데, 비가 후두둑 떨어졌다. 그 비는 밤새도록 내렸고, 아침이 되어도 그치질 않았다.

우리는 고어텍스 재킷을 걸치고 배낭커버를 씌운 후에 다시 빗속으로 나아갔다. 비는 얼마 지나지 않아 장대비로 변했고, 비로 인해 체온이 내려가기 시작했다. 그런 빗속을 한참 걷고 있는데 키 작은 여자가 힘겹게 걸어가고 있는 것이 보였다. 인사를 하고 지나치려는데 보니 놀랍게도 오십 대의 한국 아줌마였다.

"혼자 오셨어요?"

"아들하고 같이 왔어요."

"근데…, 아드님은…?"

"먼저 걸어갔어요."

이런 우라질놈의 자식, 하고 말이 튀어나올 뻔했다. 아니, 이 빗길에 엄마를 홀로 걷게 놔두고 가버려?

그러다 퍼뜩 떠오르는 생각!

"저 혹시…, 모자母子 팀 아니세요? 첫날 오리손 알베르게에서 쉬지 않으시고 바로 피레네산맥을 넘어가셨다는….."

"네, 맞아요. 저희들이에요."

우리는 속초형님 팀으로부터 모자 팀에 대한 얘기를 들은 적 있었다.

"아니, 첫날부터 왜 그렇게 무리를 하셨어요?"

"여행사에서 정해준 일정이 그랬어요."

옆에서 듣고 있던 내 친구는 어느 여행사가 아니냐고 물었고, 아줌마는 그렇다고 했다.

"그 여행사에서 정해준 일정은 좀 무리가 있어요. 딱 한 달 걸어서 산티아고까지 가는 건 정말 힘들어요. 가시다 힘드시면 버스나 기차를 타세요."

"아니에요. 우리는 무조건 끝까지 걸어갈 거예요."

작은 체구의 아줌마는 야무지게 대답했다.

우리는 고개를 절레절레 흔들었다. 과연? 그 짧은 시간에 완주를? 우리 둘은 그것이 불가능할 거라 생각했다. 어쨌든 우리는 한동안 그 아줌마를 에스코트하며 걸었다. 얼마간 더 걸어가자 이번에는 삼십대 중반의 한국 여성을 만날 수 있었다.

그녀는 고가도로 밑에서 비를 피하며 우비를 다시 입고 있었는데, 그녀보다 어려 보이는 이태리 청년이 기민한 동작으로 도와주고 있었다. 그들은 누가 보아도 까미노 커플이었다. 그래도 일단은 그녀와 반갑게 인사를 나누며 '6·2 지방선거' 결과를 소재로 대화를 나누었다. 나는 스마트폰으로 늘 인터넷에 접속했던 터라 고국의 소식을 상당히 많이 알고 있었다. 아줌마와 그 삼십대 중반 여성은 이미 안면이 있었다. 아마도 길동무로 함께해온 사이인 듯했다. 우리와 아줌마는 그 커플을 놔두고 다시 빗속으로 걸어들어갔다.

한 시간쯤 걸었을까? 드디어 마을이 나타났다. 마을에 들어서자마자 마을에 하나밖에 없는 바로 향했다. 비가 오니 사람들이 워낙 많아서 자리를 확보하는 것이 쉽지 않았다. 겨우겨우 구한 자리가 화장실 앞, 간신히 자리를 만들어 앉았다. 그러곤 아줌마에게 따뜻한 카페콘레체를 대접했다.

바 안을 둘러보니 한 테이블에 모여앉아 있는 세 명의 젊은 한국 여성이 보였다. 우리는 그들과 반갑게 인사를 나누었다. 그 테이블에는 머리가 곱슬곱슬한 이태리 남자가 앉아서 세 명의 아가씨와 손짓 몸짓으로 대화를 하고 있었다.

'뭐야! 또 까미노 커플이야!'

하루 동안 우리나라 여자들이 포함된 커플을 세 팀이나 본 것이었다. 그렇게 혼자서 투덜거리고 있을 때, 아까 고가도로 밑에서 우리나라 여자와 함께 있던 이태리 남자가 혼자 들어왔다. 그는 머리숱이 조금 없어 보였다.

"비가 너무 와서 우리는 이 마을에 남기로 했어요."

그가 영어로 말했다.

'뭐라고? 너희 둘이 여기 남아서 도대체 뭘 하려고?'

나는 그녀의 부모님을 대신하는 마음으로 속으로만 외쳤다.

Exma. Diputación
Provincial de Burgos
Atapuerca
Yacimientos paleontológicos
Patrimonio de la humanidad
Unesco 30·11·2000

12

어머니의 이름으로

비가 여전히 내리고 있는 가운데 바를 나섰다. 세 명의 여자 순례자와 곱슬머리 이태리 남자가 먼저 출발했고, 우리가 그 뒤를 이었다. 중간에 새버린 까미노 커플을 빼곤 모두들 목적지가 같았다. 중간에 아줌마의 아들을 만나기를 기대했지만 끝내 만나지 못했다.

"아니, 어머니가 이렇게 빗속에서 고생하시는데, 아드님이 코빼기도 안 보여도 되는 건가요?"

괜히 내가 분한 생각이 들어서 말했다.

"나는 이게 편해요. 나하고 스피드가 안 맞아서 보조를 맞춰가는 게 너무 힘들대요."

"그래도…."

"어차피 마을에 도착하면 만날 텐데요, 뭘. 그래도 기특하잖아요. 엄마하고 이렇게 여행을 함께 와주고."

"…"

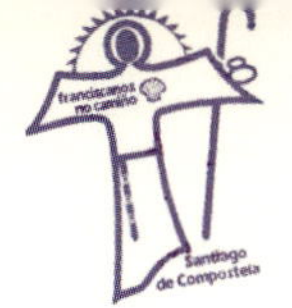

나는 할 말을 잃었다.

나는 어머니를 모시고 여행을 한 적이 없다. 아니, 같이 간다는 것을 생각해보지도 않았다. 어머니는 어머니대로, 나는 나대로 여행을 해야 한다는 것에 대해 단 한 번의 의심도 없었던 것이다.

'왜 그런 생각을 한 번도 못 한 것인가?'

나는 잠시 일행에서 떨어져 천천히 걸으며 어머니 생각을 했다. 사남매를 키우시느라 여행다운 여행 한번 못 다녀오신 어머니….

마음이 착잡해졌다. 이런 내가 누구를 나무라는 건지. 자괴감이 밀려왔다. 그때 지구 반대편에 계신 어머니와 생각이 통했는지 전화가 걸려왔다.

"엄마!"

괜히 울컥했다.

"운동 잘하고 있냐?"

스페인에서 한 달 동안 걷고 오면 살이 쫙 빠질 거라 말씀드렸더니 어머니는 걷기 운동하러 외국에 간 줄로 알고 계셨다. 더 기가 막힌 깃은, 그 얘기를 전해 들은 동생은 내가 필리핀인가 어딘가에 있는 무슨 '살빼기 프로그램'에 들어간 줄 알았다는 것이다. 어느 날 동생은 뜬금없이 전화를 해서 한다는 말이 다짜고짜 당장 그곳에서 나오라는 것이었다. 자초지종인즉슨, 내가 들어가 있을 거라 생각한 살빼기 프로그램이 뉴스에 나온 모양이다. 뉴스에 의하면 그곳에서 살 빼는 약이라며 주는 약이 마약인데, 그것 때문에 사람들이 폐인이 되었다는 것이었다. 내용인즉슨, 살이고 뭐고 간에 그 위험한 곳에서 얼른 탈출하라는 눈물겨운 우애였던 것이다. 차라리 스페인으로 운동하러 간 걸로 알려지는 게 훨씬 나은 듯했다.

"네, 지금 열심히 걷고 있어요."

"몸 아픈 데는 없고?"

"네, 숨쉬기도 편해졌구. 역류성 식도염도 없어진 거 같아요."

"고생이다. 글 쓰느라 그 고생을 했으면 좀 쉬지. 굳이 고생을 하러 외국까지 가니."

"재밌어요. 걸으면서 쉬는 거예요."

"그래, 살은 좀 빠졌니?"

"네, 만날 걸으니까 빠지고 있어요."

"그래, 건강하고. 너무 무리하지 마."

"네…."

"내 다음주에 또 전화하마."

어머니는 매일 전화하고 싶은 걸 꾹 참고, 전화요금을 아끼기 위해 일주일에 한 번씩 전화를 하고 계셨다.

먼 이국땅에서 어머니를 생각하니 괜스레 눈물이 나왔다. 떡 본 김에 제사 지낸다고, 빗물에 얼굴이 젖은 김에 잠시 눈물을 흘리며 울어줬다.

서울 돌아가면 잊을 것이 분명하지만, 빗속을 걸으며 어머니에게 효도해야겠다고 수없이 다짐했다.

다짐에 다짐을 하며 걷다보니 어느덧 목적지에 다다랐다.

오르니요스 델 까미노.

도로 양옆으로 집들이 늘어서 있는 작은 마을이었다. 알베르게는 두 개가 있지만, 바를 겸한 작은 식당 하나, 슈퍼를 겸한 오스탈도 하나인 그야말로 코딱지만한 동네였다.

마을에 도착해 나는 오스탈로 방을 구하러 갔고, 친구는 아줌마를 모시고 알베르게로 갔다. 우리는 아줌마에게 오늘 저녁 한국사람들이 모두 모여 식사를 하자는 제안을 했다. 내가 한턱 내겠다는 장담까지 곁들여서!

오스탈 주인에게 방을 달라고 하자, 스페인 감독 델 보스케를 닮은 주인은 내게 한국사람이냐고 물었다. 그렇다고 했더니 엄지손가락을 세우며 축구를 잘한다며 미소를 지었다. 나도 덩달아 엄지를 세우며 스페인 축구가 짱이라고 화답해줬다. 주인에게 오늘 스페인 팀의 경기가 있으니 오스탈 홀

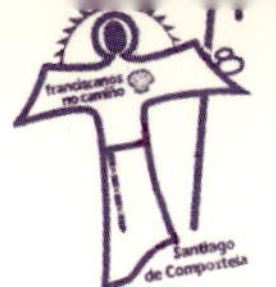

에서 같이 보자고 초대까지 받았다. 물론 나도 좋다고 했고.

오스탈의 방에 짐을 풀고 내려오니 알베르게로 갔던 친구가 돌아오고 있었다. 아줌마를 마중 나온 아들에게 인계하고 오는 길이라고 했다. 아들이 먼저 휑하니 가서 알베르게를 잡아놓고 엄마를 마중 나오는 시스템이라고 하는데 그다지 효성스런 느낌은 들지 않았다.

우리는 방에 (오리손 알베르게에서 과감하게 버린 모기장에서 뺀 2만 5천 원짜리) 빨랫줄을 걸고 젖은 옷을 빨아 널었다. 그러곤 아래층으로 내려가 스페인과 스위스가 벌이는 조별 리그전을 관람했다. 경기는 스페인이 패하는 것으로 끝났다.

우리는 저녁을 먹으러 마을에 하나밖에 없는 식당으로 갔다. 그곳에서 아줌마의 아들을 만났고, 세 명의 아가씨, 그리고 그들과 함께한 곱슬머리 이태리 청년을 만났다.

아줌마의 아들은 중국에서 유학 중인 학생으로 내가 집필한 드라마 〈하얀거탑〉의 열혈 팬이었다. 내 드라마의 팬이라는 얘기를 듣는 순간, 그에 대해 가졌던 부정적인 생각이 어디론가 사라졌다.

동석한 세 명의 아가씨는 한 명은 삼십대 초반의 소아과 의사, 또 다른 한 명은 이십대 중반의 수줍음이 많은 다대포 출신 아가씨(이하 '다대포 소녀')였고, 마지막 한 명은 놀랍게도 열아홉 살의 당차 보이는 소녀였다. 그들은 모두 이 까미노에서 알게 되어 길동무가 된 사이였다.

소아과 의사는 전문의를 딴 뒤 일년의 일정으로 여행을 나섰는데, 현재 4개월째 유럽을 여행하다 산티아고 순례길에 들어섰다고 했다. 다대포 소녀는 지난해 산티아고를 다녀온 친구의 권유로 회사를 그만두고 이 까미노에 왔고, 열아홉 살 막내(이하 '막둥이')는 대안학교를 다니다 자퇴하고 대학입시를 준비하기 전에 심기일전을 하기 위해 이곳에 온 것이었다. 그리고 그들의 보디가드처럼 따라다니는 곱슬머리 이태리인은 다대포 소녀에게 반해 길동무가 된 사이였다. 다대포 소녀는 한국에 남자친구가 있었고, 그 사실을 휴대전화에 저장된 사진으로 확인시켜주었지만 곱슬머리는 아랑곳하지 않고 끊임없이 대시를 하고 있는 상황이었다.

"이국만리에서 모국어를 쓰는 동포를 만나, 반갑기 그지없는 마음으로 식사나 함께하자고 했습니다."

나의 너스레로 식사가 시작되었고, 그곳의 순례자메뉴는 꽤 맛있었다. 식당에서 주문을 받던 할머니는 우리나라 맛집의 욕쟁이 할머니 같았다. 음식을 남기면 야단을 쳤고, 누군가 접시에 와인을 흘리자 접시를 들어 핥아먹으라고 했다. 이래저래 한국 생각이 많이 나는 날이었다.

다음날부터 우리는 단체여행객처럼 함께 걷기 시작했다.

내 친구 변정식은 자연스럽게(?) 충실한 가이드로 변신했다. 마을이나 유적을 지날 때마다 자세한 설명을 하는 것으로 그들로부터 존경과 찬사를 한몸에 받았다.

다대포 소녀와 막둥이는 곱슬머리 이태리인이 에스코트를 해서 대화를 별로 나눌 기회가 없었지만, 따로 떨어져서 걷고 있던 소아과 의사와는 이런저런 대화를 나눌 수 있었다.

공교롭게도 그녀는 내 작품 〈제중원〉이 방영될 당시 세브란스 병원에 근무하고 있었다. 〈제중원〉은 조선 후기 양의학洋醫學이 우리나라에 들어와 뿌리 내리는 과정을 다룬 드라마로, 그 무대인 제중원은 세브란스 병원의 전신이라 할 수 있었다.

"제 드라마에서 의사가 되는 여주인공 이름이 유석란인데, 의사선생님의 성씨가 유 씨라니…, 신기하네요."

사실 신기할 게 없는 얘기였다. 성씨가 같다는 게 신기할 게 뭐 있겠는가. 외려 성씨가 같다고 신기하다고 말한 게 신기한 일인 것이다.

아무튼 이 순간부터 나는 그 소아과 의사를 '유선생'이라 부르기 시작했다.

"그래, 유선생은 〈제중원〉을 좀 보셨나요?"

"죄송해요. 드라마를 하는 동안 과장님께서 보라고 말씀은 많이 하셨는데 한 번도 못 봤어요."

"하하하…."

나는 민망해서 어색하게 웃었다.

"괜찮습니다. 〈제중원〉은 이삼십대 여성들에게 외면을 많이 받았거든요. 하지만 사십대 이상의 여성들에게는 완소 드라마였어요. 특히, 제 어머니한테는요. 하하하."

정말 그랬다. 내 어머니에게 〈제중원〉은 정말 특별한 의미가 있는 소중한 드라마였다. 〈하얀거탑〉으로 아들이 좀 성공하나 싶더니, 다음 작품 〈스포트라이트〉에서 곤두박질치는 것을 보시고 어머니는 나보다 더 충격을 받으셨다. 이후 〈제중원〉을 하기까지 매일 새벽기도를 다니시며 아들의 재기를 빌어주셨다.

"드라마가 방영되면서 시청률이 나오지 않아 저는 스트레스를 많이 받았는데, 어머니는 시청률이 안 나온다는 사실을 전혀 모르시더라구요."

"왜요?"

"나이 드신 동네 아줌마들이 모두 그 드라마를 보고 있고, 어머니 친구분들도 그 드라마를 보고 계셨고, 심지어 목사님께서도 보시고 설교시간에 언급까지 하셨거든요. 어머니가 느끼신 체감 시청률은 아마 50프로 이상

의 국민드라마였을 겁니다.”

“다행이네요. 어머니께서 드라마 하는 내내 행복하셨을 거 같아요.”

“네…. 어제도 전화를 하셔서는, 누가 〈제중원〉을 잘 봤다고 했다고 말씀하시더라구요. 그게 그렇게 행복하신 모양이에요.”

“네, 당연히 행복하시겠죠. 저는 어제 엄마한테 문자 받았는데, 언제 돌아오냐고 하시던데. 일 년을 작정하고 여행만 하려고 했는데, 엄마가 보고 싶어서 곧 돌아가야 할 것 같아요. 김치도 먹고 싶고요.”

우리는 한동안 서로의 어머니에 대한 얘기를 하며 걸었다.

어머니에 대한 얘기는 마르지 않는 샘 같았다.

Come voi giornalisti
centa ...
OM MANI PADME HUM Y'ALL

13

까미노에서만 생길 수 있는 일

우리 일행은 21킬로미터를 길어 가스뜨로헤리스 Castrojeriz에 도착해 한국과 아르헨티나의 조별리그 2차전을 보았다. 결과는 4 대 1, 대패였다. 16강에 가기 위해서 경우의 수를 따져야 하는 상황이 나를 우울하게 만들었다.

우리는 어깨를 축 늘어뜨린 채 알베르게로 돌아왔다. 이날은 오랜만에 알베르게에 묵기로 했다. 친구가 이 도시에 새로 생긴 알베르게로 모두를 안내했다. 다른 두 개의 알베르게가 있었으나 오래된 곳이라 베드벅이 있을 확률이 농후하다는 것이 이유였다. 그런데 새로 생긴 알베르게라는 곳이 더 오래된 곳처럼 보였다. 기부금으로 운영되는 곳이었는데, 정부의 보조가 있는 곳은 시설도 좋고 깨끗했지만 그렇지 않은 곳은 시설이 낙후된 곳이 많았다. 그도 그럴 것이 기부금 상자에 순례자들이 돈을 제대로 넣지 않기 때문이었다. 인색한 기부금에 헐벗은 알베르게가 되는 건 시간문제다. 그래도 하루를 여기서 쉬어갈 수 있는 것으로 만족하려고 했는데, 그게…

진짜 맘대로 되는 일이 아니었다.

샤워실의 열악함은 이해해줄 만했다. 그러나 화장실은 정말 용서하기 힘들었다. 엉덩이를 대고 앉아야 하는 변기커버가 죄다 없는 것이었다.

'아니, 어떻게 앉아서 일을 보라고!'

잘못 앉았다간 엉덩이가 빠질 것이 분명했고, 변기 위에 올라갔다가는 변기가 쓰러질 위험이 있었다. 그렇다고 기마자세로? 그것도 불가능했다. 20킬로미터를 걸어와서 후들거리는 다리로 기마자세를 5초 이상 취한다는 것은 불가능했다.

"변기커버가 없어요."

나는 너무 어이가 없어 다대포 소녀에게 황당함을 토로했다.

"이런 알베르게가 종종 있었어요."

그녀는 대단치 않은 일에 웬 호들갑이냐는 듯 심드렁하게 말했다.

"…."

그동안 오스탈과 호텔, 그리고 아주 좋은 알베르게에만 묵어왔던 나는 입을 다물고 말았다.

'그럼, 그런 곳에서 어떻게…?'

궁금증이 치밀어 올라왔지만 차마 그녀에게 물을 수는 없었다. 그녀라고 뾰족한 수가 있을 리 만무했기 때문이었다.

그날 저녁 우리가 묵던 알베르게로 예기치 않은 손님이 찾아왔다. 어제 빗길에서 비를 핑계로 중간에 샜던 까미노 커플이 그들이었다. 거의 30킬로미터를 걸어서 여기까지 온 것이었다.

그들과 바에서 맥주를 마셨다. 삼십대 중반의 그녀는 프리랜서였는데, 하던 일을 모두 그만두고 훌쩍 스페인으로 날아왔다고 했다. 그녀와 기꺼이 까미노 커플이 된 머리숱이 좀 적은 이태리 친구는 그녀보다 나이가 꽤 어려 보였다. 알고보니 그녀가 나이를 서너 살 속인 것이었다(외국 애들은 정말

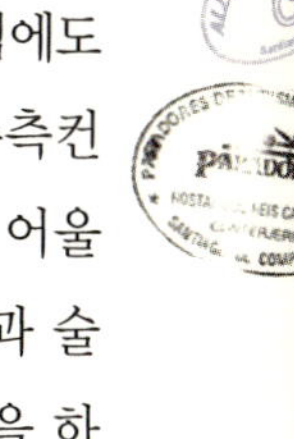

동양인 나이를 모르는 것 같다). 그녀는 생각처럼 범상치 않았다. 어머니로부터 여행 가서 배만 불러서 오지 말라는 얘길 들었다며 깔깔깔 웃는 그녀는 매우 활통한 성격의 소유자였다. 그녀의 영어는 좀 짧은 편이었는데, 그럼에도 어찌나 절묘하게 구사를 하는지 의사소통에 전혀 지장이 없었다. 추측컨대, 한국에 있을 때 이태원이나 홍대 클럽 등지에서 외국인들과 자주 어울렸을 것 같았다. 머리숱이 적은 이태리 청년은 영어를 꽤 했다. 그들과 술을 마시고 수다를 떨면서 어느새 그들 커플이 꽤 잘 어울린다는 생각을 하는 나를 발견했다.

졸지에 우리 일행은 한국인 여덟 명에 이태리인 두 명을 더해 열 명이 되었다. 점심때가 되자 우리 일행에 한 명이 더 추가되었다. 소아과 의사 일행과 함께 오다가 뒤처졌던 아가씨 하나가 버스를 타고 점프해서 합류했던 것이다. 그녀는 신방과 대학생으로 프랑스로 어학연수를 왔다가 성지순례를 온 것이라고 한다.

같은 언어를 쓰는 사람이 많아지자 우리가 네이티브인 것 같은 생각이 들었다. 잠깐잠깐 쉬러 들르는 바나 식당에서 시끄러워지지 않을 수가 없었다. 보통 시끄러운 그룹을 보면 독일사람들인 경우가 많았다. 그들은 모이

면 시끄러운 걸로 산티아고에서 정평이 나 있었다. 이제 우리들도 독일사람들 못지않게 시끄러운 그룹이 되어 있었다.

다양한 사람들과의 한때가 즐겁긴 했지만, 너무 많은 사람들이 몰려다닌다는 생각이 들자 친구와 나는 다시 그들과 분리될 필요가 있다는 결심을 했다.

프로미스타Frómista까지 가는 동안에 새로 지은 사설 알베르게를 홍보하는 전단을 나눠주는 사람들을 만났다. 그들은 자기네 알베르게에 묵으면 짐을 차로 실어다주겠다고 유혹했다. 그 말에 혹한 모자 팀의 어머니가 짐을 맡기곤 홀가분하게 걷기 시작했다. 다른 사람들은 혹시라도 도난당할까봐 무거운 짐을 내려놓지 않았다. 우리 역시 호텔에 묵을 생각을 하고 있던 터라 당연히 짐을 내려놓지 않았다.

일행 중에 막둥이가 일정 때문에 레온León으로 점프하려 하고 있었다. 삼 년 전부터 산티아고에 오려고 부모님을 졸랐던 그녀는 딱 한 달의 여정을 허락받아 이곳에 온 것이었다. 자매처럼 함께 걸어오던 다대포 소녀가 많이 서운해 하는 눈치였다. 하지만 왠지 다대포 소녀에게 연정을 품고 있는 곱

Amigos del
Camino de Santiago
Burgos

Santo Domingo
de la Calzada

슬머리 이태리 녀석은, 이날만을 기다리고 있었는지도 모를 일이었다.

산티아고 순례길은 크게 세 토막으로 나뉘는데, 그 첫 번째가 프랑스 생장 피드포르에서 부르고스다. 그 다음 토막이 부르고스에서 레온이며, 지금 우리가 걷고 있는 구간이었다. 보통 메세타 지역이라고 부르는데, 거의 평지로 이루어져 지루하기 이를 데 없어서 순례자들이 '중간 생략'을 하기도 한다. 세 번째 토막은 당연히 레온에서 산티아고 데 꼼뽀스텔라까지다.

막둥이는 오늘의 목적지인 프로미스타에서 레온으로 기차를 타고 간 뒤 그곳에서 마지막 여정을 하려는 것이었다. 하지만 혼자서 가려니 두렵기도 하고 엄두가 안 나기도 해서 고민을 하고 있는 것 같았다.

우리는 저녁이 다 돼서 프로미스타에 도착했다. 사람들이 많아지니 쉬는 시간이 길어졌던 탓이다. 다들 사설 알베르게로 갔고, 친구와 나는 호텔에 체크인을 했다. 그곳에서 우리는 새로운 세 명의 한국인을 만났다. 그쪽도 따로따로 순례길에 와서 일행이 된 팀이었다.

그중 리더 격인 아가씨가 있었는데, 스페인어 전공자로 마드리드에서 유학생활까지 한 재원이었다. 얼마전까지 멕시코에서 무역회사를 다녔는데, 지금은 그만두고 산티아고 순례길에 도전했다고 했다. 스페인어를 네이티브처럼 구사하는 그녀를 보고 친하게 지내야겠다는 생각을 했다. 내 얄팍한 친목도모의 목적을 알아채기라도 한 듯 아쉽게도 그녀는 일행 중에 아픈 사람이 있어서 내일 레온으로 간다는 것이었다. 레온이라는 얘기를 듣자마자 막둥이 얘기를 꺼냈다. 가는 길에 함께 데려가달라고 부탁했다. 다행스럽게도 스페인어 전공자는 막둥이를 이미 잘 알고 있었다. 순례길 초기에 같이 다니다 헤어졌다고 했다. 막둥이에 대해 부모의 마음(?)으로 걱정하고 있던 나는 그 길로 알베르게로 가서 막둥이를 데리고 왔다. 둘은 반가워하며 한동안 그간의 안부를 주고받았다. 그러나 나의 부모 같은 배려심은 딱 거기까지였다. 혼자 움직이는 걸 꽤나 고민하는 눈치더니 일정을 바꾼 모양이다.

"저 그냥 이 팀하고 가는 데까지 가다가 바로 산티아고로 점프하려구요."

막둥이는 다대포 소녀와 헤어지고 싶지 않아서 그냥 걷기로 했다고 말했다.

"그게 더 낫겠다. 그런데…."

나는 말끝을 흐렸다.

'그 이태리 녀석이 왠지 삐질 것만 같다.'

꼭 말로 해야 아는 것은 아니지 않은가. 그 이태리 청년의 눈길에서 흑심이 느껴졌고, 동서고금의 늑대(?)의 본능상 왠지 그런 느낌이 강하게 들었다. 곱슬머리 이태리인은 막둥이가 떠나면 홀로 남을 다대포 소녀에게 본격적으로 접근할 생각을 갖고 있었을 것 같았다.

나의 막연한 느낌은 바로 적중했다. 아침에 출발해서 일행들을 만났는데, 그 곱슬머리 이태리인이 보이지 않았다. 더 이상 다대포 소녀에게 들이대는 건 낭비라고 생각한 모양이다. 잠시 그 녀석이 안타깝기는 했지만, 어디 감히 대한민국의 여성에게….

산티아고의 순례길에서 일행과 헤어지는 법 두 가지.

일행에서 뒤처지거나, 새벽같이 일어나 더 멀리가거나.

그 이태리 친구는 두 번째 방법을 택한 것이다. 막둥이가 떠나지 않자 실망한 나머지 모든 걸 포기하고 떠난 것 같았다.

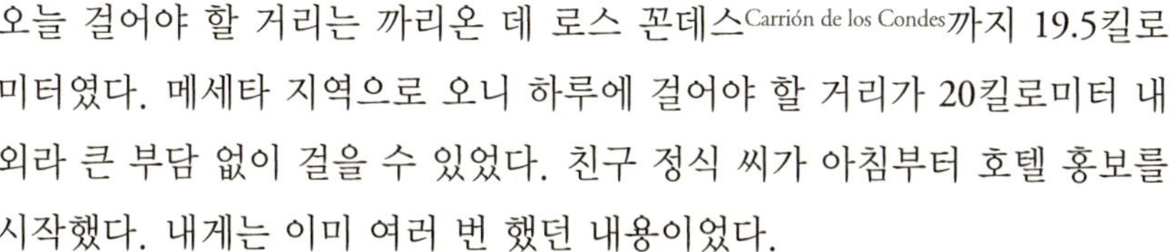

오늘 걸어야 할 거리는 까리온 데 로스 꼰데스Carrión de los Condes까지 19.5킬로미터였다. 메세타 지역으로 오니 하루에 걸어야 할 거리가 20킬로미터 내외라 큰 부담 없이 걸을 수 있었다. 친구 정식 씨가 아침부터 호텔 홍보를 시작했다. 내게는 이미 여러 번 했던 내용이었다.

"까리온 데 로스 꼰데스에서는 파라도르에서 한번 자줘야 합니다. 스페인에는 옛날 수도원을 호텔로 개조한 파라도르라는 국영호텔들이 있는데, 우리가 가는 곳에 비교적 값이 싼 파라도르가 있어요. 트윈룸이 70유로쯤 하니까 우리 돈으로 일인당 5만 원씩만 내면 별 네 개짜리 호텔에서 잘 수 있는 거죠. 제가 지난번에 왔을 때 파라도르에서 묵었는데 정말 좋더라구요."

솔깃한 제안이 아닐 수 없었다. 시끄러운데다가 사생활 보호가 전혀 안 되는, 심지어 변기커버마저 없는 알베르게를 전전하던 그들에게 싼 가격으로 최고급 호텔인 파라도르에서 잘 수 있는 기회는 흔치 않은 것이었다. 만약 산티아고 시내에 있는 파라도르라면 200유로를 줘도 잘 수 없을 것이었다.

"여행은 아름다운 추억을 만들러 오는 것이잖아요. 근데 허구한 날 알베르게에서 잔 것도 뭐 추억일 수는 있어요. 하지만 그중 한 번은 파라도르에서 묵었다는 것이 진정 추억 중의 추억이 아닐까요?"

내가 옆에서 바람을 집어넣었다.

"내일은 시작부터 17킬로미터 동안 마을도 바도 없는 일명 '마성의 17킬로미터 구간'이에요. 오늘 파라도르에서 푹 쉬는 게 좋을 거예요."

친구가 마치 파라도르 홍보대사처럼 말했다. 아마 그저께 허름한 기부제 알베르게로 인도하는 바람에 까미노 전문가로서 스타일을 구겼던 것을 만회하려는 듯했다.

소아과 의사인 유선생, 다대포 소녀, 막둥이, 신방과 아가씨 등 네 명이 우리 설득에 넘어왔다. 하지만 모자 팀인 아줌마와 아들은 알베르게를 고집했다. 아들은 파라도르에 묵고 싶어 했지만, 아줌마는 단호했다. 잠시 내 열혈팬인 아들에게 격려의 눈빛을 보냈다. 안타까운 건 모자 팀만이 아니었다.

머리숱 적은 이태리인과 함께 있던 프리랜서는 파라도르에 가고 싶어도 갈 수 없는 상황이었다. 혼자 가자니 이태리 청년을 두고 가야 했고, 그렇다고 눈치 보이게 트윈룸을 얻어 같이 들어가자니 주위 한국인들의 눈을 의식하지 않을 수 없었던 것이다.

프리랜서는 싱글룸이 얼마냐고 형식적으로 물어보더니 알베르게로 가야겠다며 이태리인과 사라졌고, 모자 팀도 알베르게를 찾아 떠났다.

남은 우리 여섯 명 트윈룸 3개조는 마을 외곽에 있는 파라도르를 향해 진군했다. 마을에서 1킬로쯤 벗어난 곳에 있는 그 파라도르는 고풍스럽기 그지없었다. 우리들은 따뜻한 물로 목욕을 하고, 세탁서비스도 맡기고…, 그동안 잊었던 온갖 편의를 상상하면서 파라도르 안으로 들어갔다.

그러나 돌아온 건…, 마침 주말이라 예약이 꽉 찼다는 청천벽력 같은 소식. 순진한 아가씨들을 꼬여서 이곳까지 오게 한 친구와 나는 황망하기 이를 데 없었다. 다리에 힘이 쫙 빠졌지만, 그녀들에게 미안한 마음 때문에 내색조차 할 수가 없었다.

두 번이나 스타일을 구긴 친구는 마을로 뛰어가 적당한 오스탈을 찾기로 했고, 나는 바에서 아가씨들에게 깔리모쵸(와인과 콜라를 섞은 칵테일)를 한 잔씩 돌렸다. 십여 분이 지나자 친구가 땀을 뻘뻘 흘리며 달려왔다. '산티아고 오스탈'이라는 괜찮은 모텔에 방 세 개를 잡은 것이었다.

우리는 연신 미안하다 말하며 그녀들을 오스탈로 안내했고, 그녀들은 연신 괜찮다고 말하며 우리를 따라 오스탈로 향했다.

"헉!"

세상에 이런 일이. 그 오스탈 프론트에서 우리는 다대포 소녀를 사랑했던 곱슬머리 이태리인과 마주쳤다. 그의 표정이 순간 똥 씹은 얼굴이 되었다. 그는 다대포 소녀에게서 벗어나기 위해 아침 일찍 출발했지만 '마성의 17킬로미터 구간' 앞에서 더 이상 나아갈 수 없었던 모양이다. 하는 수 없이 되돌아섰지만, 혹 알베르게로 갔다가 다대포 소녀를 만날까 두려워 오스탈로 숨어들었던 것 같다. 그런데 정말 재수 없게도 오스탈에서 그녀를 포함한 우리 모두를 만난 것이었다.

"…."

그는 체념한 듯 희미한 미소를 지었다.

오스탈에 체크인을 하고 나와 슈퍼마켓에 가다가 모자 팀을 만났다. 그들은 우리에게 파라도르 좋으냐고 물으며, 자기들은 알베르게 대신 좋은 오스탈에 들었다고 말했다.

"어느 오스탈인데요?"

"산티아고 오스탈이요!"

모자 팀의 아들이 대답했다.

"네? 하하하."

우리는 웃음을 터뜨렸다. 그들도 우리와 같은 오스탈이다. 이런 우연은 까미노에서만 일어날 수 있는 일 아닐까. 우리는 자초지종을 얘기한 뒤 곱슬머리 이태리인도 거기에 방을 잡았다는 소식을 귀띔하자 모자 팀도 깔깔거리며 웃었다.

"여긴 제법 큰 마을이라 오스탈이 여러 곳 있는데, 어떻게 한 군데서 다 만났을까요?"

우리는 이 상황을 무척 재미있어 하면서 오스탈로 돌아왔다.

"헉…!"

우리는 산티아고 오스탈 입구에서 체크인을 하고 나오는 프리랜서와 숱 적은 이태리인 커플을 마주쳤다.

"….'

남자는 미소를 지었지만, 프리랜서는 잠시 얼굴이 굳었다. 한 무리는 파라도르로 갔고, 모자 팀은 알베르게로 갔으니, 단 둘이 오스탈에서 오붓하게 밤을 보내려다 우리에게 들킨 것이었다.

"우리 다 여기 묵기로 했어요."

내가 말했다.

"….'

다시 침묵이 흐른 뒤에 프리랜서인 그녀가 어색하게 미소를 지으며 말했다.

"다들…, 여기로 모였네…. 우리 이따가 다같이 파티해요."

'아, 정말 이럴 의도가 아니었는데…' 하는 약간의 미안함이 몰려들었다.

"아! 그, 그럴까요?"

내가 말을 받았다.

까미노에서만 있을 수 있는 일이 일어난 것이다.

14

또 다른 인연을 만나는 이별

새 벽 6 시 가 되 니 눈 이 저 절 로 떠 졌 다 . 오늘은 친구가 두고두고 예고했던 '마성의 17킬로미터'를 걸어야 하는 날이었다. 까리온 데 로스 꼰데스에서 깔자디야 데 라 꾸에사Calzadilla de la Cueza 까지 17킬로미터를 걸어가는 동안 마을도 바도, 심지어 그늘조차 없어서 요즘처럼 뙤약볕을 쬐며 걸어가다간 육포 되기 딱 좋은 구간이었다. 어제 우리는 프리랜서가 하자는 대로 오스탈 마당에서 조촐한 회식을 했다. 와인에 콜라를 섞어서 깔리모쵸를 만들어 마시고, 뽈뽀와 안초비 통조림 등을 안주로 먹었다. 물론 회식의 호스트는 프리랜서였다. 오스탈의 2인 1실 방에 함께 체크인을 함으로써 공식적 관계가 된 커플의 공인식 성격을 띠고 있던 그 파티는 두어 시간가량 지속되다 끝났다. 외국의 국가원수가 내한한다 하여 강제로 동원돼 태극기를 흔들다 돌아온 아이처럼 허탈한 마음으로 방으로 돌아와 침대에 쓰러졌고, 눈을 떠보니 새벽 6시였다. 보통 알베르게는 5시부터 사람들이 부스럭거리고 일어나기 때문에 6시면

모두들 깨어나 출발준비를 하는데, 각자의 방에서 꿈나라를 헤매고 있는지 우리를 제외하곤 어제의 멤버들 중 그 어느 누구도 나오지 않았다. 그렇다고 일일이 방을 두드리며 깨울 수도 없고 해서 친구와 나 둘이서만 출발하기로 했다. 땡볕 아래에서 더위를 먹지 않으려면 마성의 17킬로미터를 12시 전에는 주파해야 했기 때문이었다.

"어제 숙박료를 미리 내야 한다고 해서 아가씨들 방 두 개에 80유로를 지불했는데, 지금 방문을 두드려 달라고 하기가 좀 뭣하네."

막상 출발하려는데 친구가 난감한 표정을 지었다.

"내가 막둥이 번호를 아니까 문자나 남겨주고 가지 뭐. 다시 만나게 되면

그때 주겠지.”

나는 막둥이에게 쿨한 문자를 날렸다.

「오스탈 방값 냈어요. 내지 마세요」

마치 돈을 대신 내준 것처럼 보이지만, 받아들이는 사람에 따라서 ‘그러니까 방값을 우리에게 줘’ 하는 명령으로 읽힐 수 있는 이중적인 성격의 문자였다.

「헉! 이따가 뵈면 드릴게요. 감사합니다^^」

막둥이에게서 기특한 문자가 날아왔다. 다시 만나게 될지는 모르지만, 우리는 이미 돈을 받은 듯 기분이 좋았다.

바를 찾아 아침을 먹고 바로 출발하기로 했다. 그런데 마을 어디를 가도 문을 연 바가 없었다. 지난 저녁에 슈퍼에서 사다놓은 음식도 없었기에 낭패도 이만저만 낭패가 아니었다. 자칫 맹물로 마성의 17킬로미터를 버텨야 할지도 몰랐다. 다행히도 마을의 끝자락에 있는 주유소에서 운전자들을 위한 작은 바를 발견했다. 그곳에서 카페콘레체와 빵을 사먹고, 간식거리를 준비했다.

그때 막둥이와 다른 방에서 묵었던 유선생에게서 문자가 날아왔다.

「호텔비 내셨다고 들었어요. 저는 그것도 모르고! 길에서 뵈면 이 빚을 꼭. 어쨌든 감솨」

솔직히 기뻤다. 생각지도 않은 그녀의 문자가 아침을 깨운 것 같아 은근히 힘이 나는 것 같았다. 이런저런 생각을 하던 중에 나는 그녀가 매일 커피를 마신다는 사실을 기억해냈다.

「마을에는 문 연 바가 없어요. 마을 끝 주유소 작은 바에서 커피를 마실 수 있어요」

「이야!」

유선생과 약간 행복한 문자질을 하곤 우리는 마성의 길을 접수하기 위해서 일어섰다. 처음 5킬로미터 동안은 양옆에 나무들이 심어져있는 포장도로를 걸었으나, 그 다음부터는 밀밭 사이에 난 비포장길을 하염없이 걸어가야만 했다. 가끔 구간 중간에 포장마차 같은 것이 나와 순례자들에게 음식을 판다는 얘기를 들었는데, 우리가 그 길을 걸을 때에는 코빼기도 볼 수 없었다. 심지어 너무 똑같은 장면이 계속되자 나는 풍경화 앞에서 러닝머신을 하고 있다는 착각에 빠졌다. 배낭 메고 등산화 신고, 게다가 뙤약볕 아래서.

한참을 걷다보니 묘지탑이 보였다. 이제 다 왔나보다 하는 생각에 슬그머니 한숨이 나왔다. 하지만 가까이 보이던 그 묘지탑까지 걸어가는 데 무

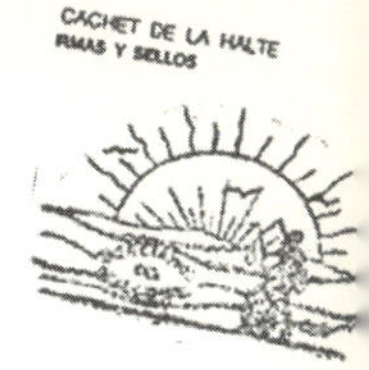

려 한 시간이 걸렸다. 그러곤 간신히 마을 입구에 있는 바에 도착할 수가 있었다.

긴장을 해서 그런지 17킬로미터가 그렇게 힘들지는 않았다. 순례길을 처음 나섰을 때의 형편없는 체력과 무거운 짐을 진 상태의 나였다면 어림도 없을 일이었다. 지금은 어느 정도 순례에 걸맞은 몸이 된 듯 싶었다.

바에서 시원한 생맥주를 마시며 숨을 돌리고 있는데, 모자 팀과 까미노 커플이 나타났다. 네 명의 아가씨들에 대해 물으니 못 봤다고 했다. 한동안 쉬다가 모자 팀과 까미노 커플이 일어났다. 그들은 레온까지 3일을 잡고 있기 때문에 4일을 잡은 우리보다 4킬로미터를 더 가서 숙박을 해야 했다. 우리는 '부엔 까미노'를 외치며 그들과 이별을 고했다.

우리는 10분쯤 더 있다가 바에서 마시던 맥주를 마저 마시고 일어났다. 6킬로미터만 더 가면 오늘 일정은 끝이었다. 유선생을 비롯한 아가씨들과 또 만나고 싶었지만 마냥 기다릴 수는 없었다. 또한 그녀들의 오늘 일정이 어디까지인지도 알지 못했다.

"방값을 내줬다고 하면 좀 그러니까, 맛있는 것 사줬다 생각하고 일어납시다."

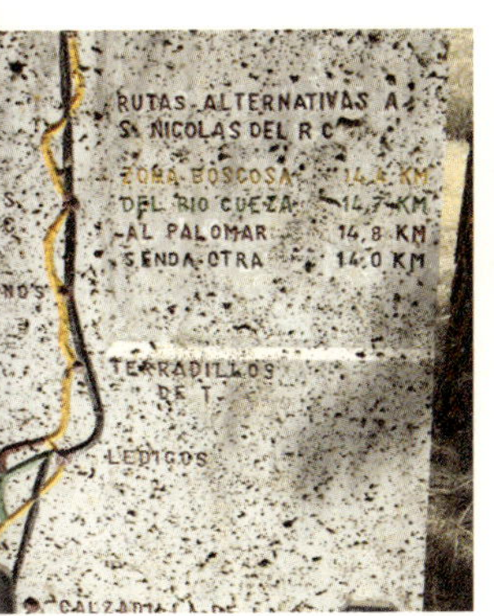

친구가 배낭을 짊어지고 일어섰다.

"내 말이!"

우리는 6킬로미터를 더 걸어 레디고스^{Lédigos}에 도착했다. 오스탈에 묵을 예정이었으나 마을에 단 하나뿐이었던 오스탈은 장사가 너무 안 돼서 망했다고 했다. 역시 마을에 단 하나뿐인 알베르게로 향했다. 뭐, 선택의 여지가 있는 것도 아니었으니까 실망 따윈 하지 않았다. 알베르게는 시골집을 개조한 곳이었는데 나름대로 PC실, 풀장, 바, 식당 등을 갖추고, 심지어 작은 창고에 슈퍼까지 차려놓은 올인원 시스템의 알베르게였다. 우리가 들어간 방은 2인실이었는데 일인당 8유로로 가격도 적당했다.

얼른 빨래를 해서 작열하는 태양 아래 널고는 풀장 근처의 기다란 의자에 드러누워 휴식을 취했다.

「어디세요?」

살짝 낮잠을 자고 있는데 유선생으로부터 문자가 날아왔다.

「레디고스에 있어요」

「우리도 거기까지 갈 생각이에요. 거기 알베르게에 자리 있나요?」

「네, 아직은. 여기 알베르게 좋네요. 2인 1실. 일인당 8유로」

「감사합니다^^ 그런데 가도 가도 끝이 안 나네요」

「오늘 길이 좀 그렇더라구요. 그러다 갑자기 마을이 나타날 거예요」

「지금 묘지탑이 보여요」

「헉! 묘지탑이 보이고 나서 한 시간은 더 걸어야 중간 기착지가 나와요. 거기서 레디고스는 6킬로!」

유선생의 문자는 거기서 끊어졌다. 충격을 받은 듯했다. 시간은 오후 3시를 넘어가고 있었다. 이곳까지 오기 힘들 것 같았다. 친구와 나는, 그녀들과도 이별이라 생각하며 이따가 밤에 문자로 작별인사나 하자고 했다.

우리는 바에서 맥주를 사다가 나른한 오후를 즐겼다. 풀장이 있는 뒤뜰에는 우리 외에도 많은 사람들이 나와 자리를 깔고 광합성을 하고 있었다. 그중에는 어려 보이는 외국인 커플이 있었는데, 서로 끌어안고 누워 과도한 스킨십을 하다 주인아줌미한테 제지를 받기도 했다.

「저희 다 왔어요. 하하하」

서늘한 바람이 불기 시작해서 옷을 가지러 방으로 가려는데 문자가 왔다.

「어디요?」

「레디고스 마을 입구예요」

「아 정말? 잠깐만요」

친구와 나는 서둘러 주인아줌마를 찾아 알베르게에 자리가 남아있는가를 확인했다. 다행히도 4인용 다락방이 남아있었다. 마음이 급해진 우리는 마을 입구로 마중을 나갔다. 유선생, 신방과 여학생, 다대포 소녀, 막둥이가 걸어오고 있었다. 다대포 소녀는 발목이 불편한지 다리를 절룩이고 있었다. 친구와 나는 재빨리 그들의 배낭을 벗겨 들고는 알베르게로 안내했다.

그녀들은 알베르게에 숙박비를 내고 순례자 크레덴시알에 스탬프를 받자마자 우리에게 봉투를 내밀었다. 어제 친구가 대신 지불했던 오스탈 숙박비 80유로가 들어있었다.

"이걸 주려고 여기까지 온 거예요?"

"아뇨. 여기까지 올 생각이었어요."

다들 해맑게 웃었다. 착한 친구들이란 생각이 들었다. 나 같으면 옳다구나 하고 떼어먹을 생각을 했을지도 모르는데. 만나지 않기를 빌며 이리저리 피해 다니다가 정작 마주치게 되면, 과장된 몸짓과 말로 '제가 얼마나 찾았는데요' 하며 마지못해 돈을 꺼내주었을지도 모르는데….

다음날 창문을 타고 들어온 새벽의 냉기에 잠에서 깨어났다. 우리는 어둠 속에서 짐을 꾸리고는 닫혀있는 알베르게 문을 열고 나왔다. 낮에 너무 더워서 우리는 되도록 일찍 출발하기로 마음먹었던 것이다. 다락방의 아가씨들은 아직 꿈나라일 게 분명하다고 생각했다.

한 시간을 걸어 도착한 첫 번째 마을에서 우리는 대충 아침을 먹었다. 다시 한 시간을 걸어 두 번째 마을에 도착했는데, 그곳 바에서 또 어제 헤어졌던 모자 팀과 까미노 커플을 만났다. 그런데 그들과 함께 유선생도 있었다.

"다른 아가씨들은요?"

"새벽에 일어나서 다락에서 하늘을 봤는데…, 별이 너무 예뻐서 짐 싸들고 나왔어요."

"동생들을 버리신 거군요."

"아니에요. 얘기하고 나왔어요."

유선생이 당황하며 말했다.

"농담입니다."

우리는 자리에 앉고 그들은 출발했다. 왠지 같은 마을에서 숙박할 것만 같은 예감이 들었다. 그리고 몇 시간 뒤 우리는 레디고스에서 불과 17킬로미터 떨어진 사아군Sahagún에서 모두 만났다. 레온까지 3일을 잡고 있는 우리에겐 정상적인 숙박이었지만, 모자 팀은 일정 하루를 까먹는 것이었다. 사아군에 있는 사립 알베르게에 부엌이 있어서 밥을 해먹고 가겠다 해서 그렇게 된 것이었다. 일정을 멈추고 오삼불고기를 해먹었던 로르까의 알베르게 생각이 났다.

레스토랑에서 하얀 빵으로 만든 맛있는 햄버거를 먹은 뒤 산책을 나왔다가 자전거를 타고 달려오는 유선생을 만났다. 알베르게에서 무료로 빌려주는 자전거를 타고 저녁 장을 보러 가는 길이라고 했다.

"그렇찮아도 문자 드리려고 했는데요. 6시에 저녁 드시러 오세요."

"아닙니다. 그냥 알아서 먹을게요."

“오세요. 저녁을 대접해드리고 싶어서 그래요.”

“네. 그러면 와인 한 병 사들고 갈게요.”

저녁 때 사립 알베르게를 찾아갔더니 부엌에서 아가씨들이 부산스럽게 저녁을 준비하고 있었다. 유선생의 문자를 받은 동생들이 사립 알베르게로 온 것이었다.

“정말 버린 게 아니군요.”

내가 와인을 내놓으며 농담을 했다.

프리랜서 커플은 둘이서 스파게티를 해먹고 나갔다고 했다. 친구는 아끼고 아꼈다가 귀한 손님에게만 내놓는 오뚜기 진라면 스프 두 개를 꺼냈다. 나는 그것을 가지고 정말 귀한 손님께만 내놓는 라면스프 계란탕을 만들었다. 라면스프를 물에 넣고 끓이다가 계란을 서너 개 풀면 되는 것이지만 산티아고 순례길에서는 그 어떤 음식보다 맛있는 것이었다.

유선생은 여행 중에 만난 네덜란드 사람에게서 배웠다는 대구요리를 해 보였다. 토마토소스에 야채를 썰어넣어 끓이다가 그 위에 대구살을 얹어서 익혀내는 것이었는데, 약간 싱겁긴 했지만 맛이 제법이었다. 게다가 우리의 라면스프 계란탕이 완벽하게 그 싱거움을 보완하니 길 위에서 맛본 천상의 식탁이나 다름없었다.

유선생은 우리를 위해 밥상에 숟가락을 두 개 더 놓은 것이 아니라, 나와 친구에게 그간의 호의에 대한 대접을 하고 싶어서 요리를 했다고 했다. 알고보니 이 저녁식사는 우리가 객이 아니라 모자 팀과 동생 아가씨들이 객이었던 것이다. 기분 좋게 와인병을 따고, 반주를 즐기며 저녁식사를 했다. 유선생과는 좋은 순례길 동무가 될 것만 같았다.

다음날 아침, 우리는 호텔 바에서 직접 짜주는 오렌지주스에 크루아상을 먹고 출발했다. 마을 중앙로를 걸어가는데 바에서 커피를 마시며 재잘거리고 있는 신방과 여학생, 다대포 소녀, 막둥이 등을 만났다.

“소아과 선생님은 어떻게 하고, 셋만 있어요? 이번에는 이쪽에서 버렸나
요?”

역시 아침에는 시시껄렁한 농담이 제격이라 생각하며 물었다.

“언니 아침에 기차를 타고 떠났어요.”

“….”

친구와 나는 말없이 서로의 얼굴을 바라보았다.

왠지 모를 서운함이 밀려들었다. 어제의 만찬이 이별의 음식이었던 것이
다. ‘버리다’라는 말을 하다가 그 말이 씨가 되어 우리가 마치 버림을 받은
느낌이었다. 드라마를 보면 왜 그런 거 있지 않은가. 아이를 버리려는 엄
마가 아이에게 정말 맛있는 것을 해서 배불리 먹이는 장면….

바로 그 장면과 어제의 만찬 장면이 오버랩 되었다.

“이제 지적인 대화도 끝이군. 기차를 타고 갔으니 이제 만나려야 만날 수
가 없겠다.”

친구가 시운힘을 담은 목소리로 말했다.

그럼에도 불구하고 나는 왠지 그녀를 다시 만날 것만 같았다.

이미 여러 번 경험했다시피 산티아고 순례길에서 헤어진 것은 헤어진 게
아니지 않은가.

3
길은,
삶은 이어지고

판타지가 아름다운 건
현실을 살고 있기 때문!
'인생을 걷고 또 걷다'

함께하는 여정에도
가끔은 혼자일 때가 필요하다

이 틀 후, 드디어 우리는 레온에 도착했다. 원래는 3일 동안 걸어야 하는 코스지만, 우리는 새로운 사람들을 만나고 싶다는 바람 때문에 조금 무리를 했다. 부르고스에서 레온까지 이르는 이 구간은 길 자체로만 따지자면 지루하기 짝이 없는 코스였다. 눈에 번쩍 뜨이는 문화재도 별로 없었고, 그저 묵묵히 걸어 목적지에 다다르는 성취감 정도랄까.

그 길에서 그나마 낙이 있었다면 새로운 사람들과의 조우, 월드컵 축구경기를 볼 수 있었다는 것, 그리고 하루동안 걸어야 할 거리가 비교적 짧아서 휴식을 많이 취할 수 있었다는 것 정도였다.

유선생이 떠난 그제, 우리는 엘부르고라르고에서 한국과 나이지리아가 펼치는 본선 마지막 리그전을 보았다. 속초형님과 우리 팀의 승리를 기원하는 문자를 주고받으며, 신방과, 다대포, 막둥이 등과 함께 바에서, 비록 몸은 이국의 땅에 있지만, 우리 팀 승리를 위해 열심히, 혼신을 다해 응원했다.

시골 마을의 한적한 바는 우리로 인해 활기를 띠었다. 어느새 마을사람들이 하나둘 바로 몰려들었는데, 축구를 보려고 온 게 아니라 축구를 보는 우리를 보러온 것이었다. 그럼에도 우리 팀이 골을 넣으면 함께 기뻐해주었다. 그중 한 명은 동시에 펼쳐지는 그리스 대 아르헨티나전의 소식을 수시로 전해주기도 했다. 경기는 우리 팀의 승리로 끝났고, 16강 진출이라는 쾌거를 이루었다. 아르헨티나와 함께 16강에 진출했다는 소식에 그곳에 모인 마을사람들 모두가 박수를 치며 축하해주었다. 기분이 황홀할 만큼 좋아진 우리는 호기롭게 그들에게 맥주를 한 잔씩 다 돌렸다.

즐거운 기억은 그것이 임계점이었다. 다음날부터는 레온에 이르기까지 정말 지루하기 짝이 없었다. 신방과 여학생, 다대포 소녀, 막둥이로 이루어진 '꼬꼬마 트리오'는 우리 뒤로 한참 처졌으며, 모자 팀은 (예의 그 여행사가 짜준) 일정 때문에 우리가 축구경기를 보던 날 우리보다 13킬로미터를 더 걸어가버렸다. 그 지루한 길에서 우리는 프리랜서 커플과 앞서거니 뒤서거니 걸어야 했는데, 그리 재미있는 조합은 아니있다. 대화를 하더라도 머리숱 적은 이태리 친구를 위해 누군가는 영어로 옮겨줘야 했다. 그러다보니 대화 소재가 한정적일 수밖에 없었다. 유창하지도 않은 영어 때문에 우리는 체력 소모로 지치는 게 아니라 대화 때문에 지치기 시작했다.

그럴 때 쓰는 방법은 딱 한 가지.
'최대한 빨리 걸어서 그들에게서 멀어진다.'
그렇게 해서 우리는 레온에 입성했던 것이다.

레온은 산티아고 순례길에 있는 도시 중에서 부르고스와 함께 가장 번성한
도시로 꼽히는데, 일 년 내내 축제가 열리는 곳이기도 하다. 레온에는 스페
인 역사상 가장 위대한 건축물 중 하나로 꼽히는 성당이 있다. 그 레온 성당
의 거대함과 화려함에 압도된 나는 잠시 걸음을 멈춘 채 다리가 아픈 줄도
모르고 감상을 했다. 워낙 유적들이 많은 나라라 여행을 하다보면 다 그것
이 그것 같아서 무심해지는데, 레온 성당은 눈을 번쩍 뜨게 하는 독특한 아
우라가 있었다.

우리는 성당 근처의 호텔을 잡았다. 오랜만에 무리를 했더니 발바닥에 불이 난 것처럼 아팠다. 순례길 초창기 때 겪었던 익숙한 무릎통증도 세트로 찾아 왔다. 하지만 레온에 왔다는 도취감으로 인해 '그깟 아픔쯤이야' 하는 나만 의 캐치프레이즈를 가슴에 품고, 몸 상태는 전혀 아랑곳하지 않은 채 시내를 활보했다. 이제 두 번째 구간을 마치고, 산티아고까지 마지막 구간을 남겨놓 은 것이있다. 그 길을 걸이 (점프했던 기억은 잠시 밀이두기로 했다) 내가 여기 서있 다는 사실이 나를 더 들뜨게 했다.

일단, 금강산도 식후경. 중국집을 찾아내 코스요리를 주문해 굶주린 위장에 오랜만에 기름기를 보충시켜줬다. 내친 김에 식당주인에게 중국슈퍼를 묻 고, 그 길로 찾아가 신라면 6개를 샀다. 맘 같아서는 한 박스쯤 사고 싶었지 만, 짝퉁일지도 모른다는 두려움이 구매를 주저하게 만들었다. 그리고 나를 위해 빨간색 반팔 티셔츠를 샀다. 사이즈는 미디엄(M). 그동안 얼마나 살이 빠졌는지 확인하고 싶어서 과감하게 한 사이즈를 작은 것으로 골랐다. 심봤 다! 욕실에서 입고 거울을 봤는데 정말 살이 많이 빠져 있었다. 적어도 5킬 로그램 이상은 확실하게 빠진 것 같았다. 으하하! 건강도 챙기고, 몸에 붙은 군살은 좀 빠진 데다, 길 위에서 영혼을 살찌우기까지 하다니…

다음날 아침, 따사로운 햇살을 받으며 마지막 구간을 힘차게 시작했다. 그 것도 잠시, 노란 화살표를 놓쳐 헤매기 시작했다. 큰 도시에서 이리저리 헤매다가 역시 우리처럼 헤매고 있는 길 잃은 한국 젊은이를 만났다. 곱상하게 생긴 얼굴에 순례길을 떠난 복장이라고 하기엔 너무 일반적인 복장을 한 친구였다. 스페인에 교환학생으로 와서 있다가 다음달이면 한국으로 돌아갈 예정이라고 했다. 같이 와 있던 친구들은 마지막을 기념하기 위해 로마로 여행을 떠났고, 이 친구 혼자만 쌀 한 줌과 라면 한 개를 배낭에 담아 산티아고 순례길에 나선 것이란다.

"저는 부르고스에서 순례를 시작했는데요. 밤에 알베르게를 찾아가니 늦었다고 안 열어주는 거예요. 그래서 하는 수 없이 오스탈로 갔더니 세상에 70유로(10만 원쯤)를 달래서 포기하고, ATM기계가 있는 곳에 들어가 배낭을 끌어안은 채 쪼그리고 잤어요. 근데 아침에 눈을 뜨니, 전날 밤에 분명히 쓰고 잠이 들었는데 쓰고 있던 모자가 바닥에 떨어져 있고, 그 안에 동전들이 있지 뭐예요."

"하하하. 거지라고 생각했구나!"

"그런가봐요. 저야 횡재한 거죠. 그걸로 따뜻한 빵과 카페콘레체를 사먹고는 순례를 시작한 거예요."

"순례를 제대로 시작했군."

우리는 그 학생이 좋아졌다.

우리 셋은 바에서 함께 아침을 먹었다. 그는 오다가 만난 한국사람들과 찍은 사진을 보여주었다. 며칠 전 헤어진 신방과 여학생과 다대포 소녀가 그의 카메라 안에 있었다.

"막둥이가 안 보이네."

"아, 그 아이는 점프했어요. 일정이 짧은 데다 부모님이 빨리 돌아오라고 성화셔서."

"응. 그런다고 했지. 참 야무진 아이였어. 미래에 대한 생각이 확고한…."

우리는 마치 이산가족의 소식을 묻는 사람처럼 교환학생에게 그 꼬꼬마 트리오에 대한 소식을 물었다. 그러다 대화가 힘들어 앞질러 온 프리랜서 커플의 소식도 물어보았다. 그는 그 커플은 만나지 못했다고 했다. 그들의 로맨스는 여전히 이어지고 있는지 문득 궁금해졌다. 하긴 우리는 여전히 길 위에 있으니까, 어디서든 그들을 만날지 모를 일이다. 이 길에서 맺어진 인연의 끈은 뫼비우스 띠 같은 면이 있다.

교환학생과 이런저런 대화를 즐기며 함께 걷다가, 마침 ATM기계 앞에서 경비를 인출하고 있던 모자 팀을 만났다. 우리 일행이 다시 다섯 명이 되었고, 앞서거니 뒤서거니 하면서 25킬로미터 떨어진 산마르띤 델 까미노 San Martín del Camino까지 걸었다.

교환학생은 한국에 돌아가면 그동안 열심히 공부했던 스페인어를 까먹게 될까봐 두려워하고 있었다. 언어감각을 잊지 않기 위해 NGO 단체에 들어가 멕시코로 6개월 정도의 봉사를 떠날 계획을 세우고 있었다. 대화가 깊어질수록 맘에 드는 친구였다. 아직 어린 나이지만 그가 인생을 보는 태도는 굉장히 진지했다. 속 깊은 어린 친구가 생긴 것 같아 함께 걷는 길이 더 행복하게 느껴졌다.

그는 스페인에 온 선배와 둘이서 스페인을 횡단하는 무전여행을 떠난 얘기도 들려주었는데, 나는 교환학생의 젊음과 도전정신이 너무 부러웠다. 그 친구를 보고 있노라니, 오랫동안 잊고 있었던 친구의 얼굴이 떠올랐다.

나와 대학시절을 같이 보냈던 그 친구는 군 생활 중에 부상을 입어 남들보다 일 년 일찍 의가사 제대를 했다. 일 년, 길고도 짧은 시간이지만, 그는 그 일 년을 인생의 보너스라 생각하고 값지게 보내기로 결심했다. 그 시간을 '세계여행'으로 채울 계획을 세웠다. 지금부터 이십 년 전이라 배낭여행도 대중화되지 않았을 때였다.

학생에서 군인, 그것도 갑자기 제대한 친구에게 세계여행을 떠날 정도의 거금이 있을 리 만무했다. 그 친구는 신문사나 잡지사 등을 찾아다니며 스폰서를 구했지만, 번번이 실패했다. 그렇다고 포기할 친구는 아니었다. 15일짜리 일본비자를 내서 배를 타고 일본으로 건너가 일본민단을 통해 막노동으로 돈을 벌어 들어오기를 서너 차례 했다. 또한 돌아올 때도 그냥 돌아오지 않았다. 일본인들이 집 앞에 버리는 전자제품을 주워가지고 돌아와 그것을 고쳐서 팔아 여행경비에 보태기 시작했다.

막노동과 폐가전제품의 재활용으로 몇 달에 걸쳐 돈을 모은 뒤 여행을 떠났다. 그렇다고 경비가 다 만들어진 것도 아니었다. 여행 중에 돈이 떨어지면 현지에서 일자리를 구해 다시 여비를 만들기도 여러 번. 그렇게 일 년 동안 세계를 돌아다닌 후 귀국했다.

당시 나는 세상에서 그가 제일 부러웠다. 아마도 그는 꼭 성공한 삶을 살

거라는 강한 믿음도 있었다. 지금의 모습이 그가 꿈꾼 성공의 모습인지는
모르겠지만, 그는 현재 대기업의 해외홍보실 고위간부로 재직 중이다. 나
는 오늘 만난 이 교환학생도 나중에 성공한 삶을 살 거라는 생각을 했다.
그러면서 그의 젊음과 패기가 한없이 부러웠다.

부러운 것은 부러운 거고, 일단 나는 무릎과 발바닥이 무척 아팠다. 그렇다, 나는 그 청년보다 덜 젊은이였다. 순례를 시작한 처음보다 좋아지긴 했지만, 그 친구의 거의 두 배에 달하는 나이가 아니던가. 레온 지역으로 넘어오면서 하루에 걷는 거리가 평균 25킬로미터나 되니 체력이 딸리기 시작했다. 이삼일 무리한 것도 분명 영향이 있었을 것이다.

알베르게에 도착해 등산화를 벗고 발을 들여다보니 다시 발바닥에 물집이 잡혀있었다. 아마도 발이 부어서 그렇게 된 듯했다. 물집을 따고 포비돈을 발랐다. 남은 여정에서 물집은 그다지 문제가 될 것 같지 않은데, 부은 무릎과 발이 문제가 될 것 같았다.

그리고 그 예감이 맞았다. 아침에 일어나 침대에서 내려오는데 무릎에 예리한 통증이 느껴졌다. 등산화를 신는데 발이 꽉 차는 느낌이 왔다. 발에 붓기가 안 빠진 것이다. 아침을 먹고 출발하는데 아무래도 오늘 하루가 범상치 않을 것 같다는 무서운 예감이 몰려들었다.

아스또르가Astorga까지 25킬로미터. 정말이지 걷는 것이 너무 힘들었다. 아픈 무릎 때문에 절룩일 수밖에 없었고, 발바닥이 저미는 듯 아파서 살얼음을 걷듯 걸을 수밖에 없었다.

내 속도는 점점 더디어졌고, 그 때문에 친구도 빨리 갈 수 없게 됐다. 또한 우리가 좋아하는 교환학생과도 헤어지고 말았다. 그 학생이랑 더 오래 걸으면서 신선한 젊음의 기를 받았어야 했지만, 그러지 못해 아쉬웠다.

아스또르가에 어떻게 왔는지 모르겠다. 아스팔트를 걸으면 발바닥에 너무 직접적으로 통증이 와서 길 옆의 풀들을 즈려밟고 걸어봤지만 전혀 도움이 되지 않았다(예전에 내리막길에서 몸을 뒤로 하고 걸었던 게 기억이 났다. 그때는 부끄러운 모습이기는 했지만 약간은 효험이 있었는데 오늘의 폭신폭신한 풀들은 도움이 되질 않는다), 어쨌든 8시간 이상을 걸어서 아스또르가에 도착했다. 이런 젠장, 설상가상이란 말이 튀어 나온다. 이 도시는 언덕 위에 요새처럼 조성된 곳이었다. 언덕을 오르면서 나는 빰쁠로나의 악몽이 순간 떠올랐다. 몸안의 모든 에너지가 소진된 느낌. 그때도 무릎과 발바닥이 아팠었다. 하지만 이때의 내 몸 상태는 그런 생각조차도 허락하지 않을 정도로 좋지 않았다. 나는 정신을 놓친 채 관성에 의해 앞으로 나아가고 있었다. 나는 이것이 탈진 상태라는 것을 알았다. 하지만 그 모든 것이 남의 일처럼 느껴졌다.

이십여 년 전 신병 시절, 자대배치를 받고 첫 행군이 있던 날 새벽밥을 먹는데 생쌀이 제대로 씹혔다. 도저히 삼킬 수가 없어서 삼분의 일도 채 먹지 못했다. 수통에 물을 채우고 집합을 했는데, 나를 지독히도 괴롭히던 한 고참은 이렇게 더운 날 행군하려면 염분을 섭취해야 한다며 내 수통에 소금을 한 움큼 집어넣었다. 고참의 말이라 의심조차 할 여유 없이, 그 물을 마셔야 했다. 갈증을 참다 그 소금물을 조금 마셔봤는데 이건 완전히 바닷물이었다. 바로 구토가 치밀었다. 그러나 그 상태로 행군을 해야 했다. 날은 더웠고 수통의 물을 먹을 수가 없었다.

신병이라 고참에게 물을 달라고 말할 수도 없었다. 50분을 걷다가 멈추면 신병이라는 이유로 사주경계를 서게 했다. 쉼 없이 흐르는 땀은 몸속의 수분을 거의 밖으로 배출시켰고, 입이 바짝바짝 말라갔다. 머릿속의 전구에 불이 들어왔다 나갔다 했다. 이러다 죽겠구나 싶었다. 도저히 참을 수 없어 개구리밥이 둥둥 떠 있는 논에 얼굴을 처박고 물을 마셨다. 달았다. 농약으로 죽을지도 모른다는 생각이 퍼뜩 들긴 했지만, 그것은 나중에 걱정할 일이었고, 사실 남의 일처럼 느껴졌다. 일단 물을 마음껏 마셨다. 정말로 살 것 같았다.

하지만 그것은 오산이었다.

내가 마신 물이 다시 땀으로 쏟아져 나오면서 나는 탈진을 하고 만 것이다. 나는 어느 순간 대열을 이탈해 엉뚱한 방향으로 걸어가고 있었다. 머릿속은 백지처럼 하얘졌고, 몸은 관성에만 의지하고 있는 걸어다니는 좀비였던 것이다.

"기원 씨! 기원 씨!"

친구가 달려와 내 어깨를 잡아 돌려세웠다.

"왜 그래?"

그가 넋 나간 듯한 내 얼굴을 보더니 물었다.

"어? 어…."

나는 내 상황을 어떻게 설명해야 할지 몰랐다. 하지만 친구는 상황을 파악한 듯했다. 그는 나를 데리고 왔던 길을 되짚어 갔다.

"왜 되돌아가…?"

걸어온 게 아까웠다.

"불러도, 불러도 대답도 없고. 엉뚱한 길을 가면 어떡해?"

"어…? 내가 그랬나?"

아마 나는 이십 년 전의 행군과 오늘 이 길의 중간쯤, 어쩌면 모호한 차원의 결계에 갇힌 것인지도 모르겠다. 다행히도 옆에 있는 친구가 내가 살고 있는 현실의 세계로 나를 이끌었다.

친구는 스페인이 자랑하는 건축가 가우디가 만든 성 앞에 있는 호텔가우디로 나를 데리고 들어갔다. 어떻게 된 건지 기억나는 것은 하나도 없고, 나는 방에 들어가자마자 침대에 엎어졌다. 친구가 등산화를 벗겨주고 있다는 것만 어렴풋이 느낄 뿐이었다. 그에게 고맙다는 말을 할 새도 없이, 금세 수마睡魔에 빠져들었다. 끙끙 앓으면서 실신한 듯 자고 일어났더니 샤워까지 마친 친구가 빨래를 의자와 테이블에 널고 있었다. 몸을 일으키는데 속초형님의 문자가 와 있었다.

「어디십니까? 우리는 몰리니세끼. 내일 까까벨로스까지 갑니다」

속초형님과 음대교수님은 부르고스에서 레온으로 바로 점프해서 우리보다 앞서 가고 있었다.

「우리보다 3일 앞서 가시네요. 발이 부었는데 어떻게 하나요?」

「찬물에 발을 담그고 있어요. 잘 때 발을 높게 하고 자고」

나는 속초형님의 처방대로 욕조에 찬물을 받아 발을 담갔다.

"내일 걸을 수 있겠어?"

친구가 걱정스레 물었다.

"…."

나는 선뜻 대답할 수 없었다.

"…."

친구 역시 말이 없었다.

저녁을 먹으며 남은 일정을 어떻게 해야 할까 하는 숙명적인 논제를 놓고 숙의를 했다. 이내 결론을 냈다. 남은 일정을 따로, 또 같이 하는 것. 친구와 잠시 동안 이별하는 방법을 택했다. 다음날 아침, 아스또르가에서 나 혼자 버스를 타고 삼 일치 거리인 까까벨로스로 먼저 이동해서 걸어오는 친구를 휴식을 취하며 기다리는 것이 가장 현명한 선택인 것 같았다. 여러 방법론이 도출되었지만, 서로를 위한 최선의 방법이라는 생각이었다.

하지만 이국만리 먼 땅에서 친구와 헤어진다는 것은 두려운 일이었다. 물론 까까벨로스에 도착하면 속초형님 팀을 만날 수 있겠지만, 자칫 영영 헤어지는 것은 아닐까 하는 생각도 들었다. 친구와의 이별(?)을 앞에 둔 나는 마치 생전 처음 엄마 품에서 떨어져 먼 친척집으로 혼자 심부름을 가는 기분이었다.

다음날, 친구와 함께 버스터미널까지 가는 내내 우리는 아무 말도 하지 않았다. 안토니오 가우디가 만든 아름다운 주교궁(현재는 까미노박물관)을 지나갔지만, 하나도 눈에 들어오지 않았다. 터미널에서 표를 끊고 버스에 올랐다. 친구는 따라 올라와서 운전기사에게 나를 까까벨로스에 내려주라는 부탁까지 하고서야 버스에서 내렸다.

차창 밖에 서 있는 친구의 모습이 쓸쓸해 보였다. 그리고 차창에 비친 내 얼굴도 쓸쓸해 보였다.

내가 손을 흔들자, 친구도 손을 흔들었다.

그리고 버스가 출발했다.

16

가장 먼 곳에서
가장 가까운 사람을 만나다

버스는　　　아스또르가를　　　벗이나　　　구불구불 언덕길을 올라갔다. 한동안 보지 못했던 산들이 눈앞에 나타났다. 친구가 버스이동을 권한 가장 큰 이유가 바로 이 구간이었다. 피레네산맥 정도는 아니지만 지금의 봄 상태로는 레온산맥도 만만치 않을 거라는 것이 친구의 생각이었다. 가파른 산악도로를 달리는 버스 안에서 나는 버스를 타서 다행이라는 생각을 하고 있었다. 내 친구는 이곳을 걸어서 오를 것이다. 그에게도 만만치 않은 길이지만, 그나마 위로가 되는 것은 그의 짐 일부를 내 배낭에 옮겨 넣어, 조금은 가벼운 몸으로 이 길을 걷게 될 거라는 것뿐이다. 더욱이 뒤에 처지는 내 존재가 없기 때문에 좀더 속력을 낼 수 있을 것이다.

친구의 부탁을 받은 버스 운전기사가 나를 까까벨로스에 내려줄 것이라는 믿음으로 나는 한층 느긋한 마음으로 경치를 즐겼다. 덧붙여 여유롭게 속초형님에게 문자를 날렸다.

「지금 출발했습니다. 까까벨로스 알베르게에서 기다릴게요」

잠시 뒤에 답문이 왔다.

「오케이. 이따가 홍합 수제비 해줄게요」

입 안에 침이 고이면서 위장이 파도를 쳤다.

산맥을 통과하고 평지가 시작됐다. 버스가 작은 마을들을 지났다. 도로가로 순례자들이 걸어가는 것이 보였다. 왠지 아는 사람을 볼지도 모르겠다는 생각이 들었다. 그리고 그 예상은 채 5분도 지나지 않아 현실로 나타났다.

신방과 아가씨와 다대포 소녀가 걸어가는 것이 포착된 것이다. 그들은 레온까지 걸은 뒤 기차를 타고 레온산맥을 넘은 것이 분명했다. 나도 모르게 순간적으로 몸을 수그렸다. 속사정이야 어쨌든 마음속으로 버스를 타고 이 길을 지나는 것이 나쁜 짓이라 규정지은 모양이다. 그녀들을 지나친 후 몸을 일으키는데 헛웃음이 나왔다.

얼마 뒤 버스는 나를 까까벨로스에 내려놓고 떠났다. 버스로 한 시간도 채 안 걸리는 거리인데 도보로는 꼬박 삼 일이 걸리는 거리였다. 버스에서 내려 얼마 걷지도 않았는데 저질이 된 내 체력으론 배낭이 무거웠다. 옮겨 담은 친구의 짐까지 그 무게를 더하니, 모르는 누군가 나를 보았다면 레온산맥을 걸어서 넘어온 것으로 봤을지도….

겨우 마을 외곽에 있는 알베르게를 물어물어 찾아갔다. 안타깝게도 문은 오후 2시에 연다는 안내문이 붙어 있었다. 터덜터덜 걸음을 옮겨 공원 벤치에 앉아 배낭에서 바나나와 토마토를 꺼내 아침을 해결했다. 스페인은 그야말로 과일 천국이다. 일조량이 좋은 탓에 과일의 당도도 매우 높다. 스페인에 와서 특히 토마토를 즐겨 먹었는데, 육질이 단단하고 당도가 높아 식감이 훌륭한 데다 맛도 기가 막히게 좋았다. 이제 아침을 때웠으니, 바에 가서 커피라도 한잔 할까 하는데 전화가 왔다.

"기원이냐?"

"누구세요?"

"나 영인인데….”

누구…? 맞다, 속초형님의 이름이었다.

"아, 네….”

다짜고짜 말을 놓으니 좀 어색했다.

"야, 우리 말 놓자, 기원아.”

"아…, 그러세요.”

아, 이분! 말을 놓는 시점도 절묘했다. 이런 상황에서 어떻게 안 된다고
할 수 있을까?

"기원아, 근데 까까벨로스 알베르게 말이야. 거기에 부엌이 없대. 그래서
우리 폰페라다 알베르게에서 멈추기로 했거든. 여기엔 대형 마트도 있어.
맛있는 거 준비할 테니, 니가 일루 와라.”

"네? 네에….."

대답은 했지만, 전화를 끊으며 절망감에 휩싸이기 시작했다. 까까벨로스에서 폰페라다로 가려면 15킬로미터 이상을 되돌아가야 했다. 특히 산티아고 순례길에서 되돌아가는 법이란 절대, 절대 없어야 하는 일이다. 이런 젠장! 안 가고 말지. 그깟 수제비 먹자고 되돌아오라고?

나는 차라리 근처 오스탈에서 삼 일 동안 푹 쉬는 게 낫겠다고 마음을 굳혔다. 어차피 만나봐야 내일이면 또 헤어져야 할 사람들이었다. 몇 년 전에 방영되었던 모 예능 프로그램의 〈인생극장〉에서 주인공이 외치던 것처럼, '그래, 결심했어. 나는 그냥 까까벨로스에 머무는 거야'를 호기롭게 외치던 바로 그 순간, 그러니까 속초형님에게 못 간다고 문자를 보내려는 그 순간, 새로운 문자가 왔다.

놀랍게도 소아과 유선생이었다.

「작가님, 다시 뵙게 돼서 영광입니다. 산니콜라스 데 플루에 있는 알베르게로 오세요」

우리를 버리고 떠났던 유선생이 레온에서 속초형님 일행을 만난 모양이었다.

「아, 반가워요. 최대한 빨리 갈게요」

나는 문자를 확인하자마자 바로 답문자를 보냈다. 조금 전 내가 무엇을 하려 했는지는 전혀 기억나지 않았다. 그저 유선생이 기다리는 알베르게로 한시라도 빨리 가야겠다는 마음뿐이었다(아울러 속초형님과 홍합 수제비가 기다리는). 인간의 마음이란 참으로 간사하다.

이제 문제는 폰페라다로 어떻게 갈 것이냐다. 아무리 생각해도 갈 방법이 묘연했다. 까까벨로스는 작은 마을이라 버스터미널이 없다. 그 말인즉 배차시간표를 보고 표를 살 수 없다는 뜻이었다. 남은 방법은 한 가지, 버스 정류장에 가서 지나는 버스마다 폰페라다 가냐고 물어서 타야 하는데, 내겐 그런 숫기(?)가 존재하지 않았다. 그럼 다른 방법은, 음…, 궁하면 통한

다더니 또 다른 방법이 떠올랐다. 바로 택시를 타는 것! 내가 알기론 스페인 시골에서는 지나가는 택시를 세워서 타고 갈 수는 없었다. 이른바 콜택시를 불러야 하는 것이다. 일단 도로변에 있는 바에 들어갔다.

"깔리모쵸!"

주인의 환심을 사기 위해 먼저 와인 칵테일을 시켰다. 이제 칵테일을 마시면서 주인에게 말을 걸면 된다.

"택시…? 탁시…? 딱시…? 땍시?"

어떻게 발음해야 알아들을지 몰라 내가 알고 있는 단어를 아주아주 다양하게 발음해주었다. 이내 주인은 내 의중을 파악했는지 택시 명함을 건네주었다. 이런 센스쟁이 같으니라구.

이제 명함에 있는 전화번호를 눌러 통화를 하고, 택시를 부르면 된다. 어려울 것 하나 없는 일 같았다. 호기롭게 통화버튼을 눌렀고, 곧이어 상대편이 나왔다. 상대방이 스페인어로 인사를 해왔다. 얼굴에 온통 미소를 담은 채, 휴대전화를 바 주인에게 건네주었고, 그는 내 대신 통화를 했다.
"폰페라다…? 뽄뻬라다…? 혼혜라다?"
이번에는 목적지 역시 나의 다양한 발음을 통해 주인에게 선택할 수 있도록 했다.

잠시 뒤, 벤츠C200이 바 앞에 도착하고 젊은 운전기사가 내렸다. 나를 유선생이 있는 폰페라다로 데려다줄 택시였다. 엔돌핀이 마구 넘쳐흐르던 나는 바 주인에게 '땡큐, 베리 무쵸!'라고 외치곤 택시에 올라탔다. 맹세컨대, 그곳으로 가지 않겠다고 했던 생각 따윈 조금도 나지 않았다. 나는 나를 기다리는 사람들이 있는 곳으로 달려가는 중이었다.
스페인에서는 택시요금이 1킬로미터에 1유로 정도 한다. 16유로를 치르고, 폰페라다에 단 하나뿐인 알베르게 앞에 내릴 수 있었다. 시간은 정오가 지나고 있었다. 알베르게 안에는 아직 속초형님 일행이 보이지 않았다. 아마도 오고 있는 중이거나, 장을 보고 있을 것이다. 일단 파라솔 밑에서 수십 킬로미터를 달려온(?) 내 몸을 쉬게 하며, 친구 정식 씨에게 문자를 보냈다.
「속초형님이 폰페라다로 오라고 해서 왔어. 내일 오후에 여기서 봐요」
물론, 그에게 보낸 문자에도 유선생의 문자 때문에 거의 날아왔다는 얘기는 하지 않았다. 나는 분명 속초형님의 전화를 받고 온 거니까. 유선생은 그냥, 음 그냥…, 우연히 다시 만나게 된 기쁜 인연이라는 생각을 하며 자꾸 벌어지는 입매를 단속했다.
한 시간 정도가 흐르고, 속초형님 일행이 나타났다. 우린 반가움의 포옹을 했고, 음대교수님과도 반가운 악수를 나누었다. 그 뒤를 따라온 유선생과도 밝은 미소로 인사를 나누었다. 그리고 세 사람이 더 있었다. 두 명의 한 국인, 부산에서 왔다는 클라이머 아줌마 프란체스카와 386운동권 출신의 아버지를 둔 덕에 '한겨레'라는 이름을 얻은 여대생과 스페인 남자 한 명이 었다. 호세라는 이름의 그 스페인사람은 속초형님 팀의 식객이었다. 무전 취식하며 순례길을 걷는 중에 속초형님을 만나 몸을 의탁하고 있는 상태 였다. 서로 인사를 하고, 바로 알베르게에 등록을 했다.

일행은 숙소에 들자마자 식사준비를 시작했다. 속초형님은 멸치가루를 이 용해 국물을 냈고, 유선생은 홍합을 씻었으며, 나는 감자를 깎았다. 공동 으로 이용하는 알베르게 냉장고에는 순례자들이 두고 간 음식들이 있었 다. 그것들을 재빨리 확보했다. 물론 그 옆에 옷과 책, 약품들도 있었지만 우리의 관심사는 식량뿐이었다. 일단 냉장고에서 확보한 사과, 배, 복숭 아, 체리, 계란, 파스타 등을 가져다 우리 테이블에 놓았다. 보고만 있어 도 마음이 푸근해졌다.

속초형님은 밀가루 반죽을 해서 수제비를 떴고, 물을 끓여 오징어를 데쳤 다. 제대로 된 냄새가 알베르게 안으로 속속 확산됐다. 외국인들조차 그 냄새에 부엌을 기웃거렸다. 인정 많은 우리는 그들에게도 홍합 수제비를 한 그릇씩 희사했다.

우리도 우리지만, 그들도 지상 최고의 수제비 맛을 보았다. 한참을 시시덕 거리며 식사를 하는데, 한국인 세 명이 알베르게로 들어왔다. 하나는 카이 스트에 다닌다는 젊은 학생이었는데, 특이하게도 '프랑스 길'을 걷지 않고 세비야에서 시작되는 '은의 길Via de la plate'을 걸어서 온 친구였다.

야고보 성인의 유해가 묻힌 스페인 북부에 있는 성지 산티아고로 가는 길은 23개이다. 가장 대표적인 코스로는 첫 번째로 프랑스 생장피드 포르에서 피레네산맥을 넘어 산티아고까지 820킬로미터를 가는 '프랑스 길'을 비롯하여, 두 번째로 스페인 남부 세비야에서 출발하여 로마 시대부터 광산·목축에 이용되었던 유명한 무역루트인 1,040킬로미터의 '은의 길', 세 번째로 스페인 북부 이룬을 출발하여 산세바스티안 을 경유하는 950킬로미터의 '북쪽의 길'이 있다.

그에게도 수제비 한 그릇이 제공되었다. 물론 그 또한 감동에 감동을 하며 수제비를 먹었다. 다른 두 사람은 노부부였다. 사실 그 부부는 오삼불고기를 먹었던 로르까에서부터 마주쳤던 사이였다. 그 이후에 이라체에서도 만났고, 부르고스의 공립 알베르게에서도 만났었다. 그때는 그냥 인사만 나눴는데, 저녁식사를 하면서 꽤 많은 대화를 나눌 수 있었다. 독일에서 오래 사셨고, 한국에 돌아와 남편이 신학대 교수로 재직 중인데, 안식년을 맞아 부부가 순례길에 나선 것이었다.

식사를 마치고 나는 속초형님과 호세를 앞장세워 한국의 월드컵 16강전을 보러 갔다. 호세는 눈치가 빠른 사내로, 속초형님의 의중을 기가 막히게 파악했다.

"호세!"

호세는 축구를 보다 말고 비어있는 속초형님의 맥주잔을 채워갖고 돌아왔다.

"호세!"

호세는 재빨리 일어나 라이터를 빌려와 속초형님의 담배에 불을 붙여주었다.

"호세!"

호세는 속초형님이 내민 돈을 가지고 계산을 끝마쳤다. 이렇듯 호세는 속초형님에게 매우 유용한 인물이었다.

한국 팀은 잘 싸웠으나 우루과이에 패했다. 이제 더 이상 이 길 위에서 열광하며 축구를 볼 일이 없어졌다. 우리는 알베르게로 돌아와 보드카에 물을 타 소주 도수로 맞춘 '짝퉁소주'를 마시며 패배의 아쉬움을 달랬다.

어김없이 날이 밝았고 우리는 기념사진을 찍은 뒤 헤어졌다. 그런데 그중에서 한 사람이 나와 함께 남았다. 바로, 바로, 소아과 유선생! 그녀는 유럽여행 중에 얼결에 온 산티아고 순례길을 마치려 하고 있었다.

이런 상황이면 늘 등장하는 대사가 있다.

"잘해봐라. 괜찮은 여자더라."

속초형님은 마치 소개팅을 시켜주고 가는 주선자처럼 말했다.

"형, 됐습니다. 조만간 또 봬요."

우리는 알베르게 앞에서 헤어졌다. 하지만 이제는 그들과 헤어져도 끝이라는 생각이 들지는 않았다. 고작 나보다 하루 앞선 일정일 뿐이니까. 그리고 우리는 여전히 인연의 길 위에 있으니까.

나와 유선생은 와이파이가 되는 카페에서 시간을 보내기로 했다. 그녀는 내 친구의 넷북으로 내일 아침 산티아고행 기차편을 확인했고, 나는 그동안 못 올렸던 사진들을 트위터를 통해 올렸다.

문자가 하나 도착했다. 산티아고에 도착한 막둥이에게서 온 것이다.

「잘 걷고 계세요? 저는 오늘 산티아고에 도착했어요. ㅎㅎ 작가님이 알베르게에 두고 왔다는 연금술사를 어떤 한국 분이 갖고 계시더라구요. 건강하시고, 끝끼지 부엔 까미노 하세요」

내가 오리손 알베르게에 두고온 책『연금술사』가 나보다 먼저 산티아고에 도착한 것이었다. 책을 프랑스 바욘의 모텔에다 버리지 않기를 잘했단 생각이 들었다. 아마도 내가 두고 온 그 책은 산티아고를 걷는 동안 누군가의 위안이 되었을 것이다. 어쩌면 여러 명의 손을 거쳤을지도 모를 일이었다.

「걱정했는데 잘 갔군요. 연금술사를 갖고 있는 사람을 만났다니. 까미노는 참 묘한 곳입니다」

그렇다. 산티아고는 참으로 묘한 곳이다.

기다란 하나의 길.

그 길에서 인간의 희노애락을 모두 만나고, 삶이 되풀이되고 있었다.

길 하나라는 이유만으로.

『연금술사』에서 읽었던 단어가 떠올랐다.

마크툽. '운명적으로 어차피 그렇게 될 일이다'라는 뜻.

우리는 운명적으로 어차피 그렇게 될 인생을 살아가고 있는지도 모르겠다.

친구가 도착할 시간이 되어 유선생과 나는 알베르게로 되돌아왔다. 이런저런 얘기를 하다가 묘한 사실(?) 하나를 알게 되었다. 그녀와 내가 같은 동네에 산다는 것이 그것이다.

"와! 동네 주민을 지구 반대편에서 만나네요."

신기했다. 어쩌면 동네에서도 부지불식간에 마주치고, 지나치고 했을지도 모를 일이었다. 그녀가 우리 동네로 이사 온 지는 이 년이 넘었지만, 병원에서 레지던트 생활을 하느라 동네 지리를 잘 모른다고 했다. 거의 터줏대

감인 나는 우리 동네에서 가장 오래된 두 곳의 맛집을 소개해줬다. 돌아가신 아버지의 단골집이기도 했던 우렁된장집과 숙취 해소를 위해 십여 년째 줄기차게 찾고 있는 북엇국집. 전문가적인 견해에 감동했는지, 그녀는 꼭 가보겠다고 약속하듯 다짐을 했다. 순간 같이 가자고 말하고 싶었지만, 너무 오버인 듯 싶어 참았다. 여행에서 만난 사람들이 서로 열심히 연락처를 교환하고, 돌아가서 꼭 다시 보자고 약속하지만, 집이라는 현실로 복귀하는 순간 까맣게 잊어버리는 것이 일상다반사가 아닌가.

오후 3시가 되어 '땡칠이'가 된 친구가 알베르게 마당으로 들어섰다. 무척이나 그리웠다는 듯이 과장된 액션으로 그를 껴안았다. 솔직히 숨 가쁘게 흘러간 이틀 동안 그를 그리워할 새가 거의 없었다. 미안한 마음에 그를 한 번 더 꼭 껴안았다.

우리는 폰페라다의 명물인 템플 기사단의 성 앞에 있는 고풍스런 오스탈에 방을 잡았다. 유선생도 우리와 같은 층에 방을 잡았다. 셋이 함께 도시 중심부에 있는 맥도날드를 찾아가 거기서 송별식을 했다. 유선생은 산티아고에서 오스트리아로 넘어갈 계획이었다.

오스탈로 돌아와 방 앞에서 우리는 유선생과 헤어졌다.

이전에는 그다지 몰랐는데, 산티아고에 점점 가까워지는 것이 실감나기 시작했다. 막둥이가 산티아고에서 보내온 문자도 그랬고, 유선생이 내일 산티아고행 기차를 탄다는 사실도 그랬다. 이제 열흘 남짓이면 우리의 여정도 끝날 것이었다.

갑자기 불안감이 엄습했다. 한때는 빨리 여행을 끝내고 싶던 때가 있었지만, 막상 여행의 끝이 보이자 집으로 돌아가야 한다는 사실이 두려웠다. 또 다시 현실 속에서 부대끼고 살아가야 한다는 것이 조금은 끔찍하게 느껴졌다.

"까미노 블루라는 현상이야."

나를 지켜보던 친구가 말했다.

산티아고 순례길 막바지에 순례자들에게 우울증이 찾아오는데, 그것이 바로 '까미노 블루'라는 것이었다.

산티아고 순례길은 일종의 판타지 같다. 하지만 이 판타지가 깨지면 다시 현실로 돌아가야 한다. 나도 이 판타지를 깨고 나가면, 또 다시 일상으로 복귀할 것이다.

새로운 드라마를 기획하고, 관련 분야를 공부하여 시놉시스를 만들고, 방송국에 노크를 하고, 제발 또라이 같은 감독을 만나게 되지 않길 기도하고, 골방에 틀어박혀서 대본을 쓰고, 피 말리는 시청률전쟁을 하고, 방송국의 선임 프로듀서나 국장으로부터 이런저런 간섭하는 전화를 받고….

이것이 내가 다시 직면하게 될 현실이었다.

"산티아고 순례길이 영원히 끝나지 않았으면 좋겠다."

내가 한숨 쉬듯 말했다.

"그럼 장가는 언제 가려고?"

친구가 생뚱맞게 말을 받았다.

"갑자기 장가 얘긴 왜 나와? 혹 내가 같이 살아달라고 할까봐?"

"아니, 소아과 유선생이랑 잘해보라고. 괜찮은 여자 같아."

"어휴, 속초형님도 그러더니, 정식 씨까지 왜 그러슈?"

"정말 괜찮으니까 그렇지."

"잠이나 자야겠수다."

나는 이불을 뒤집어쓰고 누웠다.

결혼을 못하고 있는 상태가 오래 지속되면, 주변 사람들의 걱정거리가 된다. 그렇다고 뭐 딱히 좋은 사람을 소개해주는 것도 아니다. 그들이 하는 행동이란, 우연히 어느 자리에 미혼인 이성이 나타나면 '괜찮은 것 같으니 잘해보라'는 것 정도다. 그래서 관심 없다고 하면, 눈이 아주 높은 사람 취급하거나 심지어 이상한 취향을 가진 변태로 취급하기 일쑤였다. 언젠가

부터 나는 어느 자리 어떤 모임에서건 그런 식으로 연결시키는 사람을 피하게 되었다. 괜히 가만히 있는 나를 갖고 노는 것 같기도 하고, 생각 없이 뱉어낸 말에 내가 상처를 받게 되는 때도 왕왕 있기 때문이다.

하지만 내 친구 정식 씨는 그런 사람이 아니다. 그는 진심으로 나를 생각했고, 그녀를 생각했을 것이다. 우리 둘을 하나로 묶어 보는 모습이 꽤 괜찮아 보여서 그런 말을 했을 터였다.

나는 이불 속에서 소아과 의사에게 문자를 보냈다.

「오스트리아 가서 좋은 음악 많이 들으시구요. 나중에 동네에서 동주민 자격으로 우렁된장 함 같이하시죠」

초조하게 그녀의 문자를 기다렸다. 하지만 답문자는 쉽게 오지 않았다. 괜히 문자를 보냈다는 후회가 밀려들었다. 그렇다고 다시 문자를 보내 좀 전의 문자는 취소해달라고 할 수도 없는 노릇이었다.

이런 젠장! 10분이 지나고, 20분이 지나고, 30분이 지났다.

옆 침대에서 잠든 친구가 낮게 코고는 소리가 들려왔다.

왜 그런 소리는 해가지고….

자고 있는 친구의 목을 조르고 싶어졌다.

나는 엎드린 채 애꿎은 베개를 상대로 머리를 팍팍 찧었다.

그러다 잠이 들고 말았다.

17

할머니의 여심에 마음이 흔들리다

아침에 일어나자마자 제일 먼저 문자를 확인했다. 스팸문자 두 개 외에는 아무런 메시지도 없다. 어제 내 잠을 설치게 한 그 문자가 철저히 씹혔다는 생각이 들었다. 까미노 블루가 사람을 잡아도 유분수지. 나는 어제의 문자를 순전히 그때의 울적한 기분 탓으로 돌렸다.

"소아과 유선생한테 시간 되면 같이 아침이나 먹자고 하자."

친구가 남의 속도 모르고 말했다.

아니, 내가 어제 누구 때문에 문자를 보냈는데?

"기차 시간이 한참 남았는데, 새벽같이 깨워선 뭐 하려구."

"어쩌면 지금이 기원 씨한테 마지막 기회일지도 모르는데…."

다시 한 번 친구의 진심이 느껴졌다.

그래도 그 마지막 기회를 지난밤에 날렸다는 말을 도저히 할 수는 없었다.

"됐어! 됐거든!"

나는 그녀에게 조금도 관심이 없는 양 단호하게 말했다.

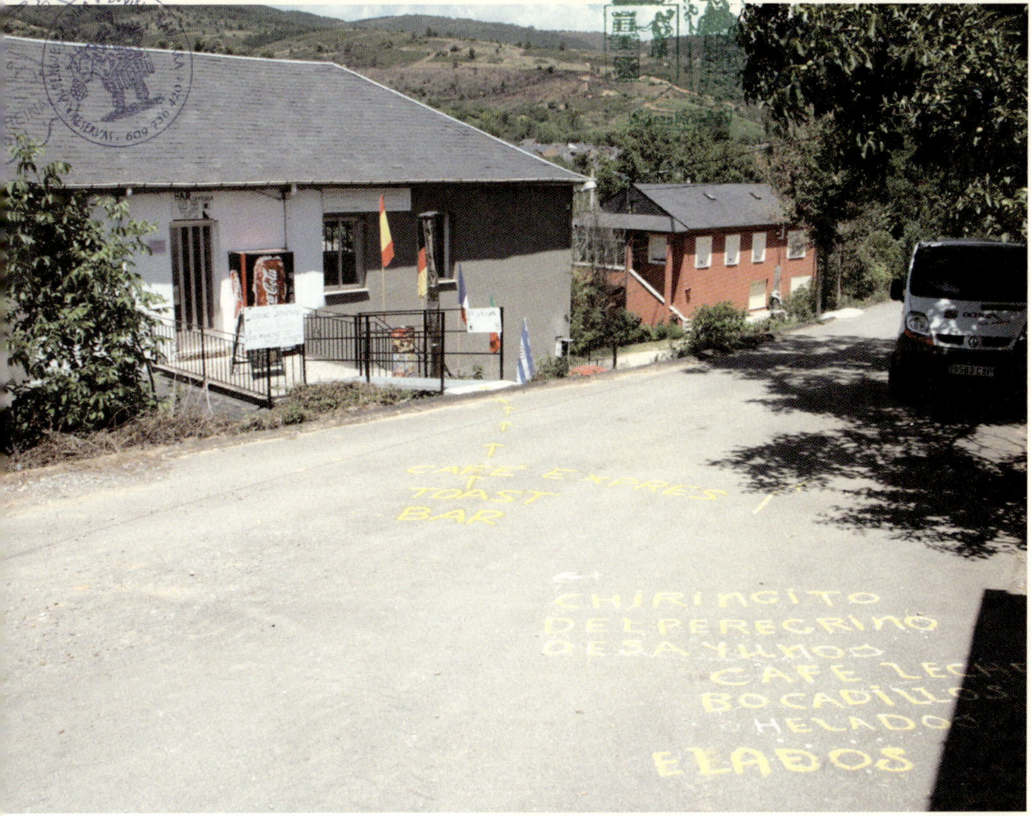
CAFE EXPRES
TOAST
BAR
CHIRINGITO
DELPEREGRINO
BOCADILLOS

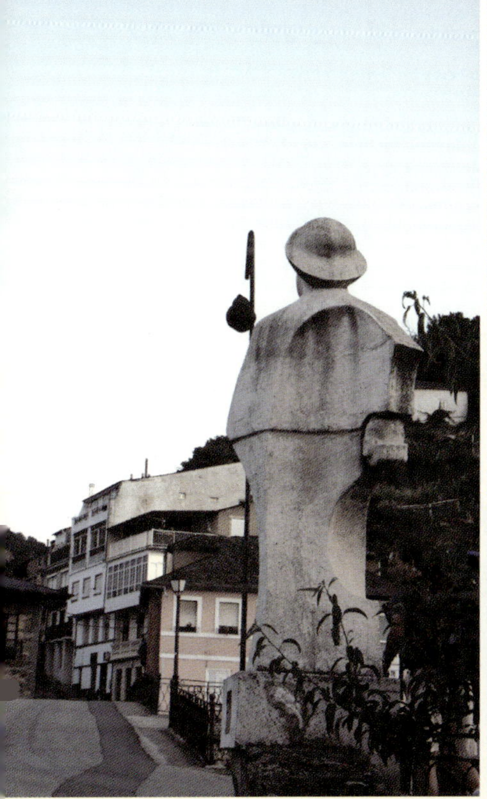

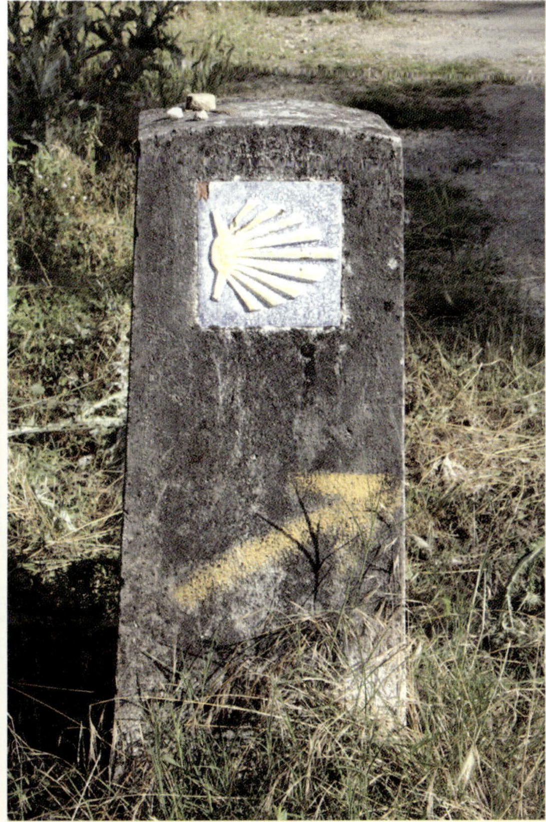

우리는 오스탈 1층의 바에서 계란프라이와 오렌지주스를 주문해 후딱 먹어치우고 길을 나섰다. 친구는 어제 좀 무리해서 걸었는지 엉덩이 고관절 통증을 호소했다. 친구에게 미안하다는 생각이 들었다. 내가 까까벨로스에 그냥 멈췄다면 친구는 어제 무리해서 폰페라다까지 오지 않았어도 됐을 것이다. 그랬더라면 오늘 나는 하루를 더 쉬었을 테고, 그는 까까벨로스에서 나를 만났을 것이다.

아무튼 내가 어제 역주행(?)을 했기 때문에 우리는 일정 조정이 불가피했다. 우리는 까까벨로스에서 7.5킬로미터를 더 걸어 비야프랑카 델 비에르소Villafranca del Bierzo까지 가기로 했다.

6월 2일 지방선거가 있던 날 투표를 하고 떠난 지 27일째가 되는 날이었다. 도착할 때부터 더웠지만 여름의 한복판으로 달리고 있는 지금은 아예 푹푹 찌고 있었다.

길가에 늘어선 과실수 열매들이 눈에 띄게 영글어가고 있었다. 특히 체리는 바로 따서 먹을 수 있을 정도로 익어 있었다. 그래서인지 순례자들이 지나는 길목에 체리를 파는 마을사람들이 자주 보였다. 하지만 우리(정확히는 나)는 굳이 돈을 주고 체리를 사먹을 필요가 없었다. 체리나무가 길가에 늘어서 있었고, 시에스타가 시작되는 2시부터는 사람 코빼기조차 볼 수 없었기 때문이었다. 물론 제대로 체리를 따려면 나무를 타고 올라가야 했지만 굳이 그러지 않아도 갖고 다니는 스틱으로 가지를 걸어 당기면 먹기에 충분한 양의 체리를 딸 수가 있었다. 가을이 되어 포도, 사과, 배 같은 과일이 익으면 정말 행복한 순례길이 될 것 같았다.

이틀 동안 푹 쉰 데다 중간중간 체리 따먹는 재미에 빠져 다리가 아픈 줄도 모르고 비야프랑카 델 비에르소에 도착했다. 마을 입구에 새로 지은 알베르게가 있었으나 우리는 마을 중심부로 들어가기로 했다. 마을로 들어가다보니 허름한 알베르게가 하나 나왔다.

그곳은 밤이 되면 순례자들에게 스페인의 전통주인 오루호^{orujo}(와인을 만들고 남은 포도 껍질과 씨를 다시 발효해 만든 증류주)를 주는 행사를 하는 곳이었다. 호기심에 그곳에서 묵자고 했지만, 친구는 오래된 알베르게라 베드벅이 있을지도 모른다며 깨끗한 곳으로 가자고 나를 이끌었다. 베드벅에 무슨 원수가 졌는지 걸핏하면 베드벅 타령이었다. 베드벅 걱정이 없는 오스탈을 찾다가 우리는 꽤 괜찮은 카사루알(민박집)을 발견했다. 시설은 오스탈 수준인데, 오스탈과 차이점은 주인이 그곳에 상주하며 생활을 한다고 한다. 외관은 좀 허름해 보였는데, 실내에 들어서니 아기자기하게 잘 꾸며져 있었다. 얘기를 들어보니 17세기 건물을 일 년 반에 걸쳐 내부수리를 하고, 본격적으로 민박집으로 만든 것이었다.

영국에서 공부를 했다는 삼십대 주인의 영어는 훌륭했고, 폴란드 출신의 아름다운 여주인은 매우 친절했다. 세탁서비스를 한다는 것을 알고 부탁을 했더니, 민박집의 안주인이 깨끗이 빨아 팬티까지 차곡차곡 개서 갖다 주었다. 폴란드 미녀가 해준 빨래를 받는데 송구스러우면서 행복한 기분이 들었다. 그래도 오루호에 대한 미련은 여전하다. 다른 곳에서라도 아쉬움을 달래려 주인에게 오루호 마실 수 있는 곳을 물었다. 친절한 주인은 자기 집에 있는 오루호를 맛보게 해주었다. 고량주 같은 냄새가 나는 투명한 독주였는데, 정작 맛은 꼬냑과 비슷했다. 알고보니 오루호의 재료가 포도 껍질이란다.

우리가 감탄하자 주인도 기분이 좋았는지 마을에 다니엘라라고 하는 오루호 장인이 살고 있다며 소개해주겠다고 했다. 주인 말에 의하면 오루호는 감기에 걸렸을 때 정도만 원액으로 먹고, 그 외엔 커피에 몇 방울 떨어뜨려 먹거나, 페퍼민트나 체리즙 등을 섞어 도수를 낮춘 칵테일로 먹는다고 했다. 쇠뿔도 단김에 뽑자며 다니엘라 할머니 집으로 데려다달라고 청했다. 주인은 흔쾌히 오루호 장인의 집으로 우리를 안내했다. 가는 길에 작은 와이너리가 하나 있었는데, 그 지방의 명품 와인인 루나^{luna}가 생산되는 곳이라고 알려주었다.

어느새 오루호 장인의 집에 도착했다. 풍만한 몸매의 다니엘라는 전형적
인 스페인 할머니의 모습을 하고 있었다. 그리고 한 가지 더. 엄청난 수다
쟁이였다. 할머니는 오루호를 사고 싶다는 우리의 말에 볼에 뽀뽀를 해주
지 않으면 팔 수 없다면서 사람 좋은 웃음을 지었다. 친구와 나는 차례로
할머니를 껴안고 뺨을 사정없이 비벼댔다.
할머니는 우리를 부엌으로 안내하더니 스트레이트 잔에 오루호를 한 잔씩
따라주고는 쿠키와 함께 내주었다. 아마도 안주와 먹으라고 하는 것 같았
다. 별생각 없이 원샷으로 오루호를 들이켰다. 순간, 목이 타들어가는 것
같았고, 이어 뱃속이 얼얼해왔다. 그럼에도 불구하고 우리 둘은 약속이라
도 한 듯 미소를 지으며 안주로 쿠키를 먹었다. 그런 우리 모습에 할머니
는 적잖이 놀란 모습이었다.

"그건 도수를 측정한 적이 없는 아주 순수한 알코올이에요. 조금씩 마셔야 하는데….”

민박집 주인이 우리에게 상황을 설명했다.

"아, 그래요? 그런데 우리나라에선 이런 거 보통 원샷으로 마셔요."

내가 의기양양하게 뽐내듯 말을 받았다.

"한 70도쯤 되겠네요. 그 이상일 수도 있고.”

이어 내 친구가 그 말을 받았다.

우리가 술이 아주 센 사람들처럼 행동하자, 할머니는 체리로 담근 오루호를 가져와 따라주었다. 모양새는 집에서 소주로 담는 과실주 같았지만, 도수는 훨씬 높았다. 이번에도 원샷으로 맛있게 마셨다. 이쯤이야, 내가 이래봬도 대한민국의 건강한 청장년이라구! 할머니는 우리를 바라보며, 술 속에 담긴 체리를 꺼내 먹으며 우리에게도 권했다. 어렸을 때 담근 술 안에 들어있던 포도를 먹고 취해 비틀거렸던 기억이 떠올라, 이번에는 사양할 수밖에 없었다.

다니엘라 할머니의 오루호는 이틀 동안 1리터밖에 만들 수 없는 것이라 했다. 증류기에서 한 방울씩 떨어지는 것을 48시간 모이야 1리터가 된다는 것이다. 그렇게 오랜 시간을 들여야 만드는 것이라면 그 값도 무척 비쌀 거라는 생각이 들었다.

"저희한테 1리터만 파시겠어요?"

나는 준비해간 1리터짜리 물통을 들어 보였다.

할머니는 흔쾌하게 고개를 끄덕이더니 수통에 오루호를 담아주었다. 순수한 알코올에 가까운 명품 오루호였다.

"들고다닐 수 있겠어? 1리터면 1킬로그램이잖아."

"술은 원래 하나도 안 무거운 거야. 나 이거 서울까지 들고 갈 거야."

"…"

내가 뿜어내는 알코올성 호연지기(?)에 친구는 고개를 절레절레 흔들었다.

배낭 무겁다고 질질 짜던 놈이 그런 말을 하니 한심하다 생각했을 것이다.
"얼마 드리면 될까요?"
나는 조심스럽게 물었다. 너무 비싸면 술을 도로 반납해야 할지도 몰랐다.
"볼 뽀뽀해줬으니까 3유로만 내요."
할머니는 손가락 세 개를 펴며 말했다. 4천500원에 해당하는 금액이었다.
"…!"
우리는 깜짝 놀랐다. 사실 30유로를 달란다 해도 기꺼이 지불할 생각이었
다. 그래봐야 4만 5천 원. 그것도 이틀에 1리터를 만드는 할머니의 정성에
비하면 턱없이 싼값이라 생각했던 것이다. '말하지 않아도 알아요'라는 노
래가사처럼 친구와 나는 미소를 교환하곤 할머니께 10유로를 내밀었다. 할
머니는 거스름돈을 주려 했으나 거절했다. 우리의 거절에도 할머니는 이러
면 안 된다며 한사코 돈을 주려고 했다. 하지만 우리가 누군가.
결국, 우리가 이겼다.
할머니는 주먹만한 병에 담근 체리 오루호를 선물로 주었다. 일종의 미니
어처 같았다. 체리가 서너 알 들어 있고, 나뭇잎이 들어 있었다.
"페퍼민트 이파리예요."
민박집 주인이 알려주었다. 어쩐지 독특한 향이 나더라니.
수통에 든 오루호를 품에 안고 오면서 나는 세상을 다 가진 듯 행복했다.
그때 문자가 도착했다는 신호음이 들렸다.
「산티아고에 잘 도착했어요! 함께 걷지 못해서 많이 서운했어요. 몸 조심
하시고 즐스(스포츠)하세요!」
소아과 유선생의 메시지였다. 스포츠라는 말은 내가 우스갯소리로 스포츠
목적으로 산티아고에 왔다고 했기 때문에 한 것이었다. 그녀의 메시지에
나는 세상을 하나 더 가진 것처럼 행복해졌다. 이런 나를 눈치 챘는지 옆
에서 친구가 재촉한다.
"빨리 답장해줘."

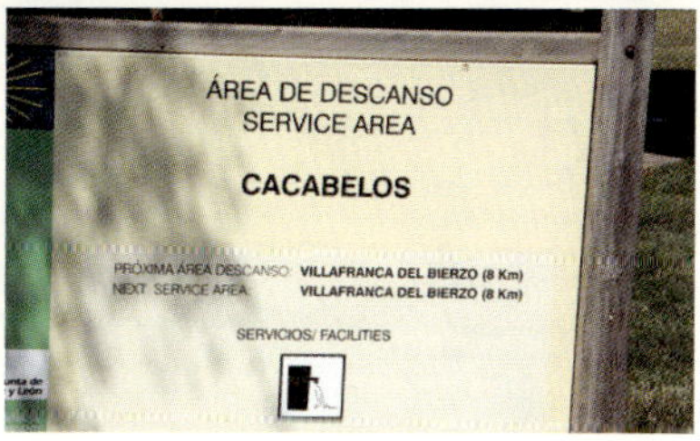

메시지를 엿보고는 더 부추겼다.

'내 메시지를 못 받았나?'

나는 합리적인(?) 의심을 하기 시작했다. 그래, 내 문자는 씹힌 게 아니고 사고였던 거야. 나조차 산티아고 순례길에서 메시지 배달사고를 몇 번이나 경험하지 않았던가. 그럴 수도 있는데, 내가 너무 과민반응한 거야. 그리고 결론을 내렸다.

'우렁된장 먹자는 내 메시지를 못 받은 게 분명해.'

민박집 주인이 소개해준 식당에서 비야프랑카의 명품 와인 루나를 마시면

ALBERGUE
MUNICIPAL DE CACABELOS
NO MORE
BREAKUPS
MOSCOW
4EVER
ANCONA
2753 KM

서 다시 생각하니 어느새 확신에 이를 지경이었다.

"이 와인 정말 맛있다. 그냥 공짜로 주는 하우스와인과는 차원이 달라."

내 친구가 말했다.

"프랑스 와인처럼 텁텁하지도 않고, 그렇다고 칠레 와인처럼 부드러운 것도 아닌…. 그 중간 어딘가에 있는 듯한, …묘한 맛인데."

나는 생각에 빠져 와인이 입으로 들어가는지 코로 들어가는지 몰랐다. 그럼에도 친구의 비위를 맞추기 위해 무슨 와인전문가라도 된 양 대충 전문적인 식견을 담은(?) 문장으로 와인 맛을 평가했다.

"유선생한테 답장을 뭐라 보내지?"

맞다, 지금 이 순간 내게 필요한 것은 그녀에게 보낼 메시지의 내용이었다. 와인이 와인이지, 하는 생각이 들 만큼 답신으로 보낼 문자메시지에 대한 고민이 더 심각했다.

"오스트리아 가서 좋은 음악 많이 듣고, 나중에 서울에서 밥 한번 하자고 해."

친구가 와인을 음미하며 지나가는 투로 말했다.

'헉, 저 자식이 혹시 내 문자메시지를 본 게 아닐까?'

순간 나는 움찔했다. 하지만 암호가 걸려있는 내 휴대전화의 메시지를 친구가 보았을 리 만무했다. 아마 같은 생각을 한 거겠지. 시치미를 떼고 무지하게 쿨한 척 대답을 했다.

"그래, 그렇게 보내야겠다."

나는 어제 보냈던 문자메시지를 그대로 다시 전송하기로 마음먹었다. 가끔 같은 문자가 시간차를 두고 전송되기도 하지 않는가. 이미 머릿속에선 온갖 시나리오 구성이 끝났다. 어제 문자를 못 받았다면 이번 문자를 받고 어떤 식으로든 답신을 보내올 것이다. 만약 어제도 받았고, 오늘도 또 같은 문자메시지를 받았다면? 그녀는 아마도 어제 받은 메시지를 이동통신 회사의 실수로 다시 받았을 거라 생각할 것이다. 그렇다면, 자신이 보낸 문자가 씹혔다 생각할 수도 있겠지. 아! 나의 소심한 복수!

맛있는 와인이 몸속으로 서서히 퍼지자, 잔머리가 팍팍 돌아갔다.

「오스트리아 가서 좋은 음악 많이 들으시구요. 나중에 동네에서 동주민 자격으로 우렁된장 함 같이하시죠」

복수는 소심하건 대범하건 달콤하다.

나는 원본을 보며 철자와 띄어쓰기까지 정확하게 맞춰서 답신을 보내곤 느긋하게 저녁식사를 즐겼다. 하지만 식사가 끝날 때까지 답신이 오지 않자 그 빌어먹을 초조함이 다시 찾아들기 시작했다.

"매너가 없네. 문자를 보냈으면 답장을 후딱 보내야지."

식당을 나서며 투덜거렸다.

"30분밖에 안 됐잖아. 그런 기원 씨는 한 시간이나 지난 다음 보냈으면서."

"그, 그런가…?"

"날씨도 시원한데 광장 노천카페에 가서 맥주나 한잔씩 합시다."

친구가 내 어깨를 툭툭 치며 앞장섰다.

"그러지 뭐. 가서 한잔 빱시다."

그때 문자가 왔다는 신호음이 왔다.

"문자 왔나보네?"

친구가 걸음을 멈추고 뒤돌아섰다.

"뭐…, 스팸이겠지. 대출해준다거나 대리운전, 빵빵 터지는 릴게임…. 이런 스팸 보내는 놈들 모두 잡아서 아오지탄광으로 보내야 한다니까."

내심 일어나는 기대를 혹시 모를 실망감으로 감추며, 별일 아니라는 듯 휴대전화를 꺼내 문자를 확인했다.

목적지로 가는 길을 선택하는 건
내 마음이다

「네, 우렁된장 집에서 봬요. 무사귀환하시구요」
결국 내 예상이 맞았다.

어제 보냈던 문자는 씹혔던 것이 아니라, 사고사가 분명했다.

친구는 다시 답신을 보내라고 했지만, 나는 안 된다고 주장했다. 문자의 남발은 자칫 상대에게 부담감을 주어 일을 그르칠 수가 있는 것이다.

어제는 비록 베개에 머리를 박다가 엎어져 잠들었지만, 오늘은 '하프 할머니'처럼 가슴에 손을 가지런히 모으고 성자처럼 잠들 수 있을 것 같았다.

그리고 새벽 6시 정각에 거짓말처럼 눈을 떴다.

우리는 주인 부부가 깨지 않도록 어두운 복도와 계단을 살금살금 지나 카운터에 열쇠를 놓고 밖으로 나왔다. 거리에 하나둘 걷고 있는 순례자들이 보였다. 마을을 벗어나자 고속도로가 나타났고, 우리는 고속도로를 따라 난 보도로 걸어가기 시작했다. 5킬로미터쯤 걸어가자 고속도로 옆으로 마을로 들어가는 길이 보였고, 그 길로 들어서 몇 백 미터 걸어가자 뻬레헤

라는 마을이 나왔다. 우리는 바에서 빵과 카페콘레체로 아침을 때우고 잠시 휴식을 취했다.

어제는 이틀이나 쉬었던 터라 걸을 만했지만 오늘은 느낌이 좋지 않았다. 딱딱한 콘크리트길을 걸으니 피로가 더 쉽게 찾아오는 것 같았다. 마을을 벗어나자 길은 다시 고속도로와 만났고, 나는 쿠션 없는 길을 터벅터벅 걸어가야 했다.

다시 5킬로미터를 걸어가자 마을로 들어가는 길이 나왔고, 우리는 휴식을 취했다. 내가 무릎에 보호대를 차는 것을 보고 친구가 내 상태를 물어왔다. 발바닥이 다시 부어오르며 아파오고 있음을 솔직하게 고백했다. 하지만 오늘 목적지인 베가 데 발까르세Vega de Valcarce까지 18킬로미터는 충분히 갈 수 있다고 말했다.

"걸으러 와서 교통수단을 너무 애용하면 안 되잖아."

원래 나는 이 여정을 징징 짜는 얘기보다는 '걷는 게 제일 쉬웠어요' 콘셉트로 쓰고 싶었다. 하지만 그러기에 나의 체력적 한계가 너무 적나라하게 무너졌고, 또한 교통수단에 대한 사랑(?)이 너무 강했다. 이 정도면 세상의 중심에서 대한민국 포병부대 출신의 대사, '3보 이상 승차'를 외칠 수도 있을 것 같았다. 어쩌다 한번 버스나 택시를 탔다면, 산티아고까지 800킬로미터를 도보로 완주했다고 눈 질끈 감고 거짓말을 했을지도 모른다. 하지만 그러기엔 내 알량한 양심이 허락할 정도를 넘었고, 또한 안 걸은 것을 걸었다고 쓰게 되면 이 글에서 논리적인 허점들이 마구 발견될까 두려웠다. 역시 내 머릿속은 온갖 시나리오로 가득 차 있다. 몸 중에서 머리 무게가 가장 많이 나간다는데, 이렇게 생각이 많으니 그럴밖에….

사실 이곳에 오기 전의 나는 산티아고 순례길을 도보로만 완주했다는 사람들의 무용담을 곧이곧대로 믿었다. 하지만 내가 와서 경험해보니 그들의 말을 곧이곧대로 믿어서만은 안 된다는 생각이 들었다. 그들이 내놓는 증

거란 것이 대개 산티아고에 도착해서 받는 완주증과 걸으면서 순례자 여권에 받은 스탬프 정도였다. 하지만 그것만으로 자신이 실제로 완주를 했는지 안 했는지를 증명할 수가 없다. 순례자 여권에 날짜를 적고 찍은 숙소의 스탬프만으로는 어제 숙소와 오늘 숙소 사이를 어떻게 이동했는지 알 수 없다. 도보완주를 증명하는 것은 오롯이 자신밖에 없다. 물론 동행한 이들도 있겠지만, 가끔은 혼자가 될 때도 있는 법이니까. 나처럼!

나는 이 사실을 점프를 하면서 좀더 자세히 알게 되었다. 가령 걷다가 너무 힘이 들어서 점프를 했는데, 도착지에서 아침에 같이 출발했던 사람들을

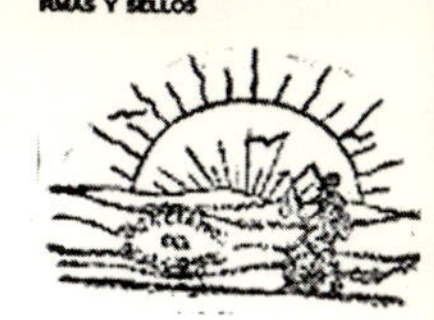

만나는 경우 그런 의심을 하지 않을 재간이 없었다. 게다가 상대방이 우리를 보고 흠칫 놀라는 표정이라도 보이면, 더욱더 의심이 갔다.

나는 산티아고까지 도보로 완주한 사람은 딱 두 부류라고 생각하게 됐다. 걷는 것 외에 다른 이동수단을 타는 법을 모르는 사람과 완벽하게 짜인 일정을 매일매일 정확하게 지키는 사람이다. 그 외의 사람들에게 탈것의 유혹은 너무나 강력하다. 특히, 매일매일의 일정을 지키지 못하고 '오늘 못 걸은 건 내일 보충해야지' 하는 식으로 미루는 사람들은 나중에 밀린 거리가 하루이틀로 해결되지 않는 지경에 이르게 되고, 결국엔 귀국날짜에 쫓겨 벼락치기하듯 택시와 버스 혹은 기차를 이용하게 되는 것이다.

만약 내가 도보로 완주했다면, 이 글은 '도보예찬론'이 되어 사뭇 다른 분위기가 흘렀을 것이다. 걸어서 완주하는 것의 숭고함과 위대함에 대해서 역설했을 것이 분명하다. 그리고 가벼운 사색 대신 더 무거운 생각의 짐을 가슴에 얹어 왔을 것이다. 하지만 인간은('나는' 이란 말을 쓰지 않은 것을 용서하시라) 원래 자기합리화에 강한 법.

이제야 말하지만 산티아고 순례길은 반드시 다 걸을 필요는 없다. 낭만으로 가득 찬 그 길을 오롯이 다 걸어야 한다는 생각이 이 까미노를 자칫 '극기훈련' 코스로 만들 소지가 있다.

아무튼 나는 이 글이 산티아고를 다 걸은 사람이 쓴 것보다 더 쓸모 있는 내용을 더 많이 담고 있고, 산티아고 여행을 꿈꾸고 있지만 체력이 약해 엄두를 못 내고 있는 사람들에게 꿈과 희망을 줄 수 있을 거라고 확신한다.

사설이 길어졌다. 뜬금없이 무슨 자기성찰인가 싶을지도 모르겠다. 사실 내가 왜 또 이런 장광설을 늘어놓은 것이냐 하면, 이날 나는 또 다시 점프를 했기 때문이었다. 앞서 밝혔듯이 사람은 누구나 '자기합리화'에 강하다.

발바닥이 다시 부어올라 발을 제대로 디딜 수 없었음에도 불구하고 그날의 정량인 18.5킬로미터를 다 걸었다. 그런데 문제는 그 거리를 다 걸었을 때 시간이 겨우 12시밖에 안 됐다는 것이다. 어제 비아프랑카까지 걸었기 때문에 오늘 걸어야 할 거리가 7.5킬로 줄어들었다. 상황을 따져 내일 걸어야 할 거리를 점검해보니 13.5킬로였다. 하루 일정치고는 매우 짧은 거리다. 하지만 그 길은 시작부터 계속 오르막으로 거의 1,300고지까지 올라야 하므로 온전히 하루가 걸리는 난코스였다.

"욕심 같아선 단숨에 1,300고지에 있는 오세브레이로^{O' Cebreiro}로 가고 싶지만…."

나는 아쉽다는 표정을 지으며 친구를 바라보았다.

"기원 씨, 우리 욕심 부리자."

친구는 무 자르듯 단호하게 말했다.

"뭐라고?"

나는 괜히 말을 꺼냈음을 후회했다.

"아, 안 돼. 나 지금 발바닥에 불이 났단 말이야."

엄살이 아니었다. 정말 발바닥이 화끈거려 발을 내딛는 것이 너무 고통스러워 쉴 때마다 신발을 벗고 발바닥을 식혀주는 것으로 응급처치를 하고 있었던 것이다.

"우리 일정이 조금 앞당겨진 거 알지?"

그렇게 점프를 했는데, 안 당겨졌으면 그게 이상한 일이었다.

'그래서 뭐?'

"조금 더 당겨서 서울에 일찍 돌아가자. 회사 일이 좀 걱정돼."

"…."

회사 일이 걱정된다니 마음이 조금 움직였다. 사실 발만 아프지 않으면 내가 앞장이라도 서고 싶은 생각이 들긴 했다. 그렇지만 현실은, 발. 이. 너. 무. 아. 팠. 다.

"어차피 지금 1,300고지에 오르긴 힘드니까, 택시를 부릅시다."

"택시? 뭐? 점프하자고? 사진은 안 찍어?"

"찍어야지. 그래서 말인데…. 기원 씨가 내 짐을 갖고 먼저 정상에 올라가 오스탈을 잡고 있어. 난 카메라만 들고 따라 올라갈게."

"…"

친구는 나를 택배기사로 활용하려 하고 있었다.

나도 사실, 하루 쉬고 나서 오세브레이로를 내 발로 점령하고 싶었다. 아무리 오르막이 가파르다 해도 14킬로미터도 안 되는 거리지 않은가.

"기원 씨잉… 나 여기 세 번째 오르는 건데… 정말 힘들거덩…."

친구는 전혀 어울리지도 않는 애교까지 동원하고 있었다.

"우리가 오늘 오세브레이로까지 가면 하루 앞서 간 속초형님 일행이 있을지도 몰라. 우리가 가면 맛있는 것도 만들어줄지 모르는데…."

그가 유혹의 혀를 날름거렸다.

"올라가다 들키면 안 되는데…."

나는 몸에 마약을 감추고 비행기에 오르는 밀수꾼의 심정으로 말했다. 이미 내 영혼의 반 이상, 그리고 내 육체의 90퍼센트는 그 유혹 앞에 굴복하고 있었다. 나도 모르게 입맛을 다셨다. 며칠 전에 먹었던 홍합 수제비가 생각났다.

"그럽시다. 까짓거."

나는 마치 큰 인심이라도 쓰듯 말했다.

바에서 택시를 부르고 기다리니 승용차로 택시영업을 하는 '나라시' 택시가 왔다. 트렁크에 짐을 싣고 뒷자리에 탔다. 몸을 시트에 깊숙이 묻고는 눈 바로 위까지 모자를 푹 눌러썼다. 혹 누가 볼까 부끄러워서.

친구와 나는 다시 헤어졌다. 택시를 타고 가면서 길 좌우로 부지런히 눈동자를 굴렸다. 내가 아는 순례자들을 발견할까 해서였다. 올라가는 동안 내가 아는 순례자들은 한 명도 눈에 띄지 않았다.

택시는 구불구불한 도로를 부지런히 올랐다. 처음엔 친구에게 이용당하는 것 같은 느낌이었지만, 뙤약볕 아래서 힘겹게 오르는 순례객들을 보니 친구의 배려에 감사하는 마음이 우러나는 여유까지 생겼다.

얼마간 산을 오르던 택시가 어느 바 앞에서 멈춰섰다. 바 앞에는 짐을 내려놓고 기다리던 순례객이 있었다. 그가 트렁크에 짐을 싣고 택시에 올랐다(여기서 깨달은 사실 하나, 산티아고에도 '합승'은 존재한다). 나는 안쪽으로 자리를 비켜주었다. 택시는 얼마간 또 올라가다 다른 순례객을 짐과 함께 실었다(아니, 이 아저씨 도대체 몇 탕을 뛰는 거야?). 산을 오르다 포기한 순례객들이 택시를 불러 이동하는 것이었다. 어느새 택시는 만차가 되었다.

그날의 호황에 운전기사 아저씨는 신나서 (한 번에 세 배의 돈을 벌 수 있으니 기분이 좋을 만도 하겠다) 스페인어로 떠들어댔지만, 아무도 대꾸 하지 않았다. 그래도 뭐가 신나는지 운전기사 아저씨는 일방적인 떠들기를 멈추지 않았다. 그가 공기 중에 내뱉은 수많은 단어들 중에 두 단어가 귀에 들어왔다.

'레온'과 '갈리시아'라는 지명.

이제 레온 지역에서 갈리시아 지역으로 넘어간다는 뜻이었다. 나는 레온 지역에서 있었던 일들을 떠올려보았다. 스페인 교환학생과의 만남, 폰페라다로의 점프, 유선생과의 재회, 다니엘라 할머니와 오루호 등등….

이제 갈리시아 지방으로 넘어가면 산티아고까지는 불과 150킬로미터밖에 남지 않게 된다. 산티아고 순례길의 마지막 단계가 남아있는 것이다. 물론, 우리의 여정은 산티아고에서 유럽 대륙의 끝인 피스테라까지 100킬로미터를 더 가야 끝나지만, 이 순례길의 상징적인 완성이 산티아고까지임을 감안할 때 이제 일주일이면 그야말로 끝이었다.

택시는 드디어 오세브레이로에 도착했다. 해발 1,296미터에 만들어진 작은 마을이었다. 이곳에는 산티아고로 가는 순례자들을 위한 노란 화살표를 만든 돈 엘리아스 발리냐 신부의 흉상이 있었다. 이 신부는 '까미노의 친구들' 협회를 만들어 산티아고 순례길을 활성화한 인물이기도 했다.

마을에 도착하자마자 오스탈에 방을 잡고, 샤워를 하고 마을을 둘러보았다. 순례자들을 위한 매우 작은 마을이었다. 기대했던 속초형님 일행은 보이지 않았다. 대신 며칠 전 만난 적이 있던 일본인 커플과 마주쳤다. 100리터가 넘는 엄청난 부피의 배낭을 진 남자와 키가 매우 작은 여자 커플이었는데, 그들을 보고 나는 산티아고에 여자를 데리고 오는 것은 자살행위일지도 모른다는 생각을 했었더랬다.

나와 마주치자 그들은 흠칫 놀라는 표정이었다. 물론 나도 흠칫 놀랐다. 무슨 같은 집에 든 도둑처럼 서로를 보고 못 본 채 슬그머니 외면했다.

그들도 점프를 한 게 분명했다. 보아하니 여자는 비교적 쌩쌩했고, 남자는 상당히 지친 모습이었다. 나는 필요 없는 짐을 버리라고 충고하고 싶었지만, 배낭이 아닌 여자를 버릴까봐 꾹 참았다.

작고 아름다운 성당을 둘러보고, 성당 앞에서 파는 체리를 한 봉지 사서 순례객들이 올라오는 길이 내려다보이는 성곽의 명당에 앉아 친구를 기다렸다. 스페인의 체리는 알이 굵고 참 달콤했는데, 특히나 과육이 단단한 편이어서 베어먹는 맛이 있었다. 씨를 뱉어가며 체리를 먹다가 문득 친구에게 문자를 보내야겠다는 생각을 했다. 하지만 휴대전화를 꺼내자 생각이 조금 바뀌었다.

「오스트리아에서 음악 잘 듣고 계신가요? 산티아고 일주일 전입니다」

우정을 잠시 접어두고 그 자리에 사랑을 채워 넣었다. 하지만 이내 후회를 하고 말았다. 이 첩첩산중에서 문자가 제대로 갈 수 있을까 하는 의구심이 들었기 때문이었다. '답신이 오지 않으면 배달사고가 난 것이다'라고 미리 결론을 내두곤 접어둔 우정을 꺼내어 친구에게 문자를 보냈다.

「오스탈 잡았수다. 속초형님은 보이지 않네. 얼른 와요」

하지만 친구는 얼른 오지 않았다.

오후 4시가 넘어가자 서늘한 바람이 불기 시작했다. 나는 오들오들 떨다 성당에서 일어나 오스탈로 향했다.

그때 문자가 왔다.

「부지런히 올라가고 있는 중. 한 시간이면 도착할듯」

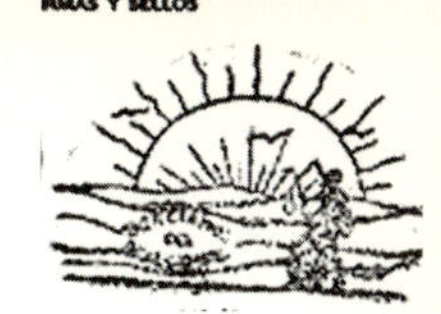

나도 모르게 혼잣말이 흘러나왔다.

"치… 누가 궁금하대? 오면 오는 거지. 누가 오는 거 몰라?"

공연히 심술이 나서 오스탈 대신 바로 향했다. 일본과 파라과이가 16강전을 하고 있었고, 아까 나를 놀라게 한 일본인 커플이 텔레비전을 보며 와인을 마시고 있었다. 여자는 남자 옆에 찰싹 달라붙어 있었고, 아까 죽도록 힘들어하던 남자는 행복한 미소를 지으며 경기를 보고 있었다. 여자를 버리지 않은 이유가 저기에 있다 생각하니 심술에 심술이 더해졌다.

'에잇, 일본 져라!'

맥주를 한잔 사들고 일본인 커플 옆에 앉았다.

'일본 져라!'

나는 다시금 주문을 외웠다. 그때 문자가 하나 도착했다.

「와! 부러워요. 산티아고를 계속 걸을 것을… 살짝 후회가…」

유선생의 문자였다.

내가 조울증환자이기나 한 것처럼 갑작스럽게 조증이 되었다.

나는 맥주잔을 들어 일본인 커플과 눈인사를 교환했다.

"재팬 파이팅!"

그리고 일본의 선전을 진심으로 기원했다.

"코리아 파이팅!"

그들도 한국의 선전을 기원해줬다. 그들은 우리가 16강전에서 졌다는 사실을 모르는 모양이었다.

나는 맥주를 시원스레 들이켰다. 꿀맛 같았다.

"기원 씨!"

돌아보니 친구가 실내로 들어서고 있었다.

"정식 씨! 안 힘들었어? 시원하게 맥주 한잔 마실래? 늦어지는 거 같아서 얼마나 걱정했는데….”

나는 호들갑을 떨면서 일어나 친구를 맞이했다.

사랑 때문에 우정을 살짝보다는 좀더 많이 접어두었다는 사실이 못내 찔렸던 것이다.

ASOCIACIÓN RIOJANA DE AMIGOS DEL
CAMINO DE SANTIAGO
ALBERGUE DE PEREGRINOS
Tel. 941 260 234 - LOGROÑO

K 147
Alto de
San Roque
DIPUTACION
PROVINCIAL
LUGO

GALICIA
Camiño
de
Santiago
Itinerario Cultural Europeo
Consejo de Europa
DIPUTACION
PROVINCIAL
LUGO

19

마라톤 코스를 하루에 걷다

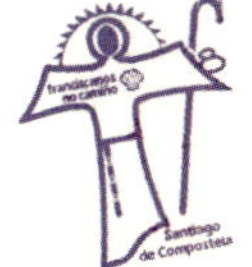

새벽에 오세브레이로를 내려가는 길은 강력한 바람이 우리와 동행했다. 우리의 발 아래로 구름이 보였는데, 흡사 지리산 노고단에서 본 광경과 비슷했다. 한 시간쯤 내려가니 산 로케 언덕이 나왔다. 그곳에서 우리를 맞아준 것은 어딘지 낯이 익은 순례자 동상이다. 아니, 내가 동상에게 작업을 거는 것도 아닌데, 왜 이리 친숙한 지 모르겠다. 강풍에 날아갈까봐 모자를 손으로 잡은 채 산 아래로 내려가는 모습….

'어디서 봤더라…?'

우리는 잠시 인증샷을 찍기 위해 멈춰섰다.

"이 동상 어디서 본 적 없어?"

친구가 히죽거리며 물었다. 갑자기 그를 어디서 봤는지 기억이 났다.

"아하, 이 동상 정식 씨 가이드북의 표지모델이잖아?"

그랬다. 내 친구가 쓴 가이드북의 표지를 장식하고 있는 동상이었다. 까미노에서 가끔 순례자 동상을 만나게 되는데, 그들은 모두 제각각의 모습을 하고 있었다. 길에 앉아서 쉬는 모습도 있었고, 보초병처럼 부동자세를 취한 모습도 있었고, 유람하듯 걸어가는 모습도 있었다.

오늘 만난 동상은 산티아고 가는 길의 마지막 고비인 이곳을 안간힘으로 내려가는 모습이었다. 이제 정말 얼마 남지 않았다는 실감이 몸으로 부딪혀왔다. 어쩌면 이 내리막 바로 아래에 산티아고가 기다리고 있을지도 모른다는 생각마저 들었다.

고지를 앞둔 내리막에서 최대한 무릎에 무리가 가지 않도록 스틱에 힘을 주고 살금살금 내려갔다. 자동차도로가 끝나고 시골길이 나오면서 가축 떼를 수시로 만나게 되었다. 물고기가 많은 낚시터를 '물 반, 고기 반'이라고 표현하듯 이 갈리시아의 시골길은 '흙 반, 똥 반'이라는 표현이 너무도 잘 어울리는 곳이었다. 소똥, 염소똥, 양똥, 그리고 그들을 모는 개의 배설물. 간혹 휴지가 덮혀 있는 것이 보이기도 하는데, 아마도 사람의 것이리라. 노아의 방주처럼 온갖 동물의 배설물을 모아놓은 곳 같다는 생각에, 아주 먼 훗날 수천 년 전인 21세기의 지구생물환경이 궁금하다면, 이곳의 토양을 보관한 캡슐을 개봉하는 것이면 족할지도 모르겠다는 실없는 상상을 하며 길을 내려왔다.

친구를 돌아보니, 그의 모습이 참으로 독특하다. 경험자답게 똥과 똥 사이에 절묘하게 발을 디디며 내려가는 그 모습은 한때 그가 트위스트깨나 췄을지도 모른다는 의구심을 갖게 했다. 하지만 발이 붓고, 발바닥에선 화재경보가 울리며, 무릎 또한 시원찮은 나는 똥이 나를 피해주길 바라며 걷는 수밖에 없었다.

우리는 이날 총 22킬로미터를 걸어 뜨리아까스떼야^{Triacastela}에 도착했다. 알베르게 대신 민박집에 방을 구한 우리는 빨래를 해 널고는 맥주를 마시러 나갔다. 그리고 또 다른 길 위의 인연을 만났다. 한국인 세 명이었는데, 우리는 그저 '안녕하세요, 부엔 까미노'라는 인사말만 하곤 지나쳤다. 여정

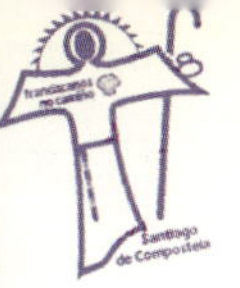

도 거의 끝나가는데 새로운 인연을 만든다는 게 다소 부담스럽기도 했고, 귀찮기도 한 까닭이었다. 더 이상 말을 걸어 오지 않고, 짧은 인사말만 남기고 지나치는 그들의 모습을 볼 때, 그들도 아마 우리와 같은 생각을 했을 것이라 짐작했다.

슈퍼에서 산 간편식품으로 식사를 했는데 메뉴선택에 실패한 탓에 기분이 상했다. 순례도 육체노동이라면 육체노동인데, (거기다 나는 밥심으로 사는 한국사람이 아닌가) 맛있는 식사라는 보상이 이루어지지 않으면 왠지 그날 헛

일 한 느낌이 들었다.

그때 속초형님으로부터 문자가 왔다.

「사리아Sarria에서 짬뽕 해먹었다. 다 뒤집어졌다. 어디냐?」

짬뽕이라니! 중국식당에서 먹은 것도 아니고 알베르게에서 만들어 먹었다
는 얘기인데, 어떻게 그게 가능할 수 있단 말인가.

「뜨리아까스떼야입니다. 짬뽕을 어떻게 만들었단 말입니까?」

나와 친구는 군침을 흘리며 문자를 보냈다.

「현지 재료로 완벽한 짬뽕을 만들었다. 한국인 네 명, 외국인 세 명, 얘네
들이 그릇을 핥는다」

「염장을 지르시는군요」

「내일은 오징어덮밥인데 먹으러 와라. 뽀르또마린Portomarín으로」

뽀르또마린은 이틀 동안 가야 하는 거리였다. 사리아에서 1박 하고, 그 다
음날 도착해야 하는 도시였다. 아무리 먹는 것에 환장을 했어도 도저히 걸

어서는 갈 수 없는 거리였다.

"점프라면 모를까…?"

친구의 눈치를 슬쩍 보며 말끝을 흐렸다. 차마 점프를 하자고 단도직입적으로 말할 순 없었다. 사실 코끝에서 맴도는 짬뽕냄새와 오징어덮밥이 눈앞에 둥둥 떠다니는 것 같아 완벽한 문장을 말하기도 어려웠다. 그저 입 안에 고이는 침을 삼킬 뿐이었다.

"점프를 너무 많이 하면 나중에 기원 씨 여행기 망가져."

"이미 망가질 대로 망가졌어. 나는 '산티아고 제대로 가기'가 아니라 '산티아고 야매로 가기'에 대한 여행기를 쓰게 될 거야."

"그러니까 걸어갑시다. 뽀르또마린까지. 오징어덮밥 먹으러."

"뭐라고? 나 죽는 꼴 보고 싶어?"

아니, 저 인간이…! 친구의 말에 살의殺意를 느꼈다. 내가 걷다가 길에서 죽으면, 즐거운 마음으로 길가에 순례자 무덤을 만들어줄지도 모른다는 생각이 들었다.

'Rest In Peace. 이기원. 2010년 여름. 오징어덮밥 먹으러 무리하게 걷다가 길에서 그만….'

상상을 하는 것만으로도 나는 몸서리를 쳤다.

"짬뽕은 뭐고, 오징어덮밥은 또 뭐야? 우리를 오게 하려는 '낚시'일 게 분명해. 그냥 사리아까지만 갑시다."

나는 현실을 애써 외면했다. 내가 먼저 죽기 전에 친구를 말려야겠다는 생각이 밀려들었다. 그래도 청춘인데, 오징어덮밥 때문에 길 위에서 산화할 수는 없는 노릇 아닌가. 다행스럽게 목숨보다 밥에 더 큰 가치를 둘 정도로 이성을 잃진 않았다. 인간 이기원은 한 끼의 밥보다 목숨이 더 중요했다. 그래, 짬뽕이고 오징어덮밥이고 집에 돌아가면 원없이 먹을 텐데, 좀 미루자.

"내 말은 그냥 가자는 게 아니라, 우리 짐을 뽀르또마린까지 부치고, 난 카메라, 기원 씨는 스틱만 들고 가자는 거지.”

“오옷!”

하마터면 나는 그를 부둥켜안고 뽀뽀를 날릴 뻔했다. 스페인에 와서 동성애 커플로 오인을 받은 적이 없었다면 정말 그랬을지도 몰랐다. 눈앞에 짬뽕과 오징어덮밥을 떠올리며, 일단 진정하기로 했다. 침을 한 번 꿀꺽 삼키고 나니 약간의 자제력이 돌아왔다. 내 마음을 전문적인(?) 군사용어로 표현하기로 했다.

“하하, 완전군장으로 가자는 게 아니라 단독군장으로 가자는 얘기군.”

완전군장은 군인이 군용배낭에 모포, 침낭, 반합 등등 야전에서 필요한 모든 것을 넣어서 꾸린 상태를 말하고, 단독군장은 철모에 무기만 든 상태를 말하는 것이다.

나는 이십여 년 전 군 시절로 돌아간 기분으로 문자를 날렸다.

「낼 뽀르또마린으로 완전군장 부치고, 단독군장으로 쏠 예정입니다!」

우리는 영어를 모르는 바 주인에게 어떻게 사정을 설명해야 할지 고민하며 주인을 만나러 갔다. 배가 볼록하게 나온 육십대 할아버지는 우리의 장황한 얘기를 듣더니 간단하게 대답했다.

“사리아 20유로. 뽀르또마린 40유로.”

1킬로미터당 1유로로 환산한 택시요금과 같았다.

“아, 네….”

그다음에는 그가 손짓 발짓으로 우리에게 설명을 했다. 우리가 파악한 내용은 아침에 바가 문을 열면 짐을 놓고 가라는 것이었다. 그러면서 호텔 이름을 적어주었다. 이런 일이 비일비재한 모양이었다.

순간, 잊고 있었던 사실이 떠올랐다. 이 산티아고 순례길이 만들어진 지가 천 년이 넘는다는 것 말이다. 그동안 수많은 사람들이 이 길을 걸어갔고, 그중 일부는 분명 우리처럼 잔머리를 굴렸을 거란 생각이 들었다. 동서고금을 막론하고! 그런 생각을 하니 가슴에 얹어둔 죄책감이 조금, 아니 조

금보다는 더 많이 사라지는 것 같았다. 사람 사는 거 다 거기서 거기지, 하는 어딘지 달관한 듯한 인생관을 관조하면서. 왠지 내일 아침에 우리처럼 이 바에 짐을 두고 가는 사람들이 꽤 있을 거란 생각이 들었다…. 역시나 다음날 아침, 바에는 우리 말고도 다른 순례자의 짐들도 꽤 있었다.

"산티아고에 가까울수록 체력이 떨어지기 때문에 짐을 부치고 가볍게 걷는 사람들이 많아. 산티아고 100킬로미터 안으로 들어가면, 전문적으로 짐을 옮겨다주는 회사도 있지."

산티아고의 비밀이 하나씩 벗겨지는 느낌이 들었다. 또한 '점프'에 대한 죄책감은 더 빠른 속도로 벗겨져가고 있었다.

우리는 단독군장 차림으로 거리를 나섰다. 여정의 초창기에 집으로 짐을 부치고 우체국을 나섰을 때 느꼈던 해방감이 다시금 찾아왔다.

뜨리아까스떼야에서 사리아까지 가는 길은 두 개였다. 사모스라는 마을을 지나가는 24.5킬로미터의 사모스 루트와 산실 마을을 지나는 19킬로미터의 산실 루트. 친구는 이제껏 사모스 루트로만 다녔다고 했다. 아름다운 수도원이 있는 사모스를 지나고 싶기 때문이란다. 하지만 오징어덮밥을 먹으러 짐을 버리고 가는 주제에 수도원의 아름다움이 눈에 들어올 리 없었다.

"가까운 산실 루트!"

우리는 추호의 망설임 없이 산실 루트로 걸었다. 초반에 급경사 오르막을 만났으나 단독군장으로 가는 이상 거칠 것 없는 청장년에게 그리 문제될 것이 없었다.

한참을 걷다 제법 무거운 짐을 지고 가는 한국사람을 만났다. 어제 마주쳤던 세 사람 중 한 명이었는데, 알고보니 예비역 대학생이었다. 리투아니아에서 교환학생으로 있다가 귀국 전 순례길에 나섰다고 했는데, 체력이 좋아 하루 평균 40킬로를 걷는 철각鐵脚이었다. (어제는 스친 인연이었지만, 길 위에 있

는 이상 인연은 여러 번 다가오기 마련이다.) 이런저런 얘기를 나누다 마침 오늘 그의 목적지가 뽀르또마린이라기에 거기서 속초형님이 만들어주실 오징어덮밥을 같이 먹자고 제안했다. 예상대로 뛸듯 기뻐했다. (당연하겠지, 산티아고에서 먹는 오징어덮밥이라니!) 그는 지난 6개월 동안 제대로 된 한국음식을 먹어본 적이 없다는 말을 덧붙였다. 우리는 한 가족, 한 민족이 아니던가. 갑자기 동포애가 더 끓어올랐다. 일단 오늘의 셰프에게 연락을 해야 할 것 같았다. 동포애(?) 때문에 혹시라도 나의 오징어덮밥 양이 줄어서는 안 되니까.

「형님, 길에서 한국인 하나 주웠습니다. 1인분 추가요!」

「알았다」

나와 속초형님은 긴밀하게 문자를 주고받았다.

오늘의 철각, 리투아니아 교환학생은 부산 태생으로 서울에서 대학을 다닌다고 했다. 철각답게 서울에서 부산까지 걸어간 적도 있다고 했다. 보기에도 무거운 짐을 지고 씩씩하게 잘 걸었다.

"하루에 40킬로를 걸으면 매번 새로운 사람들을 만나겠네."

"아뇨. 40킬로씩 걷는 사람들을 매일 만나요. 지금까지 저처럼 하루 40킬로씩 걷는 프랑스 할아버지를 만나 함께 걸어왔는걸요."

"그 할아버지는?"

"헤어졌어요. 너무 귀찮게 말을 시켜서요."

"아무튼 대단하네. 그 짐을 지고 매일 40킬로라니…."

"오면서 거의 뛰다시피 걷는 사람도 봤어요. 그 사람은 산티아고 순례길을 10일 만에 주파한대요."

"…!"

어디를 가나 그렇게 기록에 목매는 사람이 꼭 있는 법이다. 나도 북한산과 지리산에서 그런 사람들을 본 적이 있다. 북한산에서는 '불수사도북'이라고, 다시 말해 불암산, 수락산, 사패산, 도봉산, 북한산 등을 하루에 종주하는 것을 보았다. 그리고 지리산에서는 성삼재에서 천왕봉까지 왕복종주를 하루에 하는 사람을 보았다.

나는 그들이 결코 부럽지 않았다. 산티아고는 스포츠로만 즐기기엔 너무 아깝기 때문이었다. 적당히 스포츠로도 즐기고, 자기 자신도 돌아보고, 문화체험도 하면서 가는 게 좋지 않은가. 지금 나처럼 말이다. 하, 하, 하.

리투아니아 교환학생과 바에서 음료수를 마시고 있는데, 나머지 두 사람이 더 나타났다. 그중 여자는 이십대 후반으로 캐서린이라는 이름의 캐나다 교포였다. 그보다 어린 남자는 군대를 제대한 후 다짜고짜 순례길을 떠난 대학생이었다. 그는 콧수염을 기르고 있어서 나이가 많은 줄 알았는데, 이십대 중반으로 나이가 어렸다. 그들 역시 길을 걸으면서 자연스레 길동무가 된 사이였다.

"뽀르또마린에 같이 가시죠. 오징어덮밥 먹게 해드리겠습니다."

우리는 그들에게도 '거절할 수 없는 제안'을 했다. 캐나다 교포는 마라톤 코스 길이와 비슷한 오늘의 여정(41.5킬로미터)에 겁을 냈지만, 한식이 그리

웠던 콧수염은 급격한 관심을 보였다.

"가다가 힘들면 우리가 배낭을 들어드릴게요."

우리가 '한층 더 거절할 수 없는 제안'을 했다.

"…."

캐서린은 잠시 생각에 잠겼다. 표정을 보니 음식이 무지하게 당기는 모양이었다. 그렇겠지, 오징어덮밥이라는데….

잠시 후 나는 속초형님과 다시 긴밀하게 문자를 주고받았다.

「형님, 2인분 추가입니다. 한국인 둘 더 주웠습니다」

「그래, 한국애들 보이는 족족 다 주워와라」

「5명이 갑니다만 여유 있게 7인분 정도 준비해주세요」

「알았다. 오기나 해라」

한식에, 아니 더 정확하게 오징어덮밥에 걸신이 들린 다섯 명의 한국인은 걷고 또 걸었다.

걷고 또 걷고….

걷고 또 걷고….

산티아고 순례길 와서 가장 긴 거리를 걷는 일이었다. 아무리 집이 없다손 치더라도 40킬로미터나 되는 길은 군인들이 행군으로 하루 동안 가는 거리였다. 400미터가 1리이니 하루 100리 길이었다.

나는 당연히 발바닥이 부어오르기 시작했고, 무릎이 아파왔다. 하지만 친구 정식 씨는 나비처럼 날아서 벌처럼 쏘듯 사뿐사뿐 걸으면서 연신 카메라 셔터를 눌러댔다. 리투아니아 교환학생은 무거운 배낭을 들고서도 지치지 않고 잘도 걸었고, 콧수염 역시 아직 군기가 덜 빠져서인지 씩씩하게 잘도 걸었다. 하지만 캐서린은 무척 힘들어하는 모습이었다. 문득 캐서린의 배낭을 들어주겠다는 약속을 했던 사실이 가슴 아프게 떠올랐다.

「뽀르또마린 8킬로미터 전이다. 어디냐?」

「저희는 금방 사리아에서 점심 먹고 출발했습니다. 22킬로쯤 남은듯 ㅠ.ㅠ」

속초형님과 문자를 주고받는데 한숨이 나왔다. 그까짓 오징어덮밥이 뭐라고 이 개고생인가 하는 생각 하나, 왜 또 다른 애들은 끌어들였을까 하는 생각 하나. 그들을 끌어들였기 때문에 우리는 죽이 되든 밥이 되든 오징어 덮밥을 먹으러 가야만 했고, 그 와중에 나는 곤죽이 되어가고 있었다.

「어디만큼 왔니?」

「뽀르또마린 11킬로 전입니다. 어느 알베르게로 찾아가나요?」

「우린 무니시팔 알베르게에 들었다」

30킬로미터 이상을 걷자 다들 말이 없어졌다. 체력의 한계가 온 것이었다. 나는 이미 한계를 넘은 상태였다. 하지만 아무리 그래도 문자를 보낼 힘은 있었다.

「오징어덮밥 정말 해주시는 거죠?」

만약 세 명의 새 식구에게 한식을 먹게 해주지 못하면 몰매를 맞을까봐 두려웠다.

「짬뽕국물 만들어서 밥 말아먹게 해줄게」

나는 메뉴가 바뀌었다는 소식을 전했다. 나를 비롯해 모두 그 정보에 감사했다. 오징어덮밥보다는 짬뽕밥이 더 당겼던 것이다.

국물에 밥을 말아먹는 상상만으로 1킬로미터 정도는 고통을 잊고 걸어갈 수 있었다. 하지만 이내 고통이 찾아왔고, 지쳐가는 캐서린이 배낭을 벗어 줄지도 모른다는 두려움도 찾아왔다.

"캐서린, 힘들면… 배낭 벗어요. 들어줄게…요….'"

그녀보다 더 지친 내가 말했다. 하지만 그것은 어디까지나 아까의 약속을 잊지 않았다는 예의상의 발언이었다. 나는 그녀가 고작 그런 형식적인 말에 반응해서 배낭을 벗어줄 여자는 아니라 믿었다. 아니, 믿고 싶었다. 그 것도 아주 간절히.

"아니에요. 괜찮습니다. 힘들면 얘기할게요."

'다행이다, 정말 다행이다….'

캐서린은 힘들어하면서도 씩씩하게 대답했다.

어린 나이에 캐나다로 이민을 간 그녀는 독립심이 강한 것 같았다. 나는 잠시 그녀를 독립심 강한 여성으로 키워낸 부모님께 감사하는 마음을 가졌다. 하지만 그녀가 마지막에 한 말, '힘들면 얘기한다'는 말이 못내 마음에 걸렸다. 절대로, 절대로, 다시 한 번 배낭을 벗어달라는 말을 하지 않았다. 혹시나 진짜로 배낭을 넘겨받음으로써 그녀의 독립심을 훼손시키고 싶지 않았던 것이다.

"여기가 산티아고 100킬로미터 지점입니다!"

정식 씨가 걸음을 멈추고 표지석을 가리켰다. 길가에 세워진 표지석에 100킬로미터라는 글씨가 선명하게 보였고, 순례객들이 인증샷을 찍느라 난리였다. 우리도 서로 돌아가며 인증샷을 찍어댔고, 나는 속초형님께 그 사실을 보고했다.

「산티아고 100킬로미터 전 이정표입니다. 어디세요?」

「무니시팔에 들었는데 여긴 부엌이 없다. 너희 중에 부엌 있는 사설 알베르게에 가면 바로 재료 들고 찾아가마」

나는 속초형님의 문자를 보여주며 일행을 독려했다. 우리는 마지막 힘을 짜내며 걸어가기 시작했다. 시계를 보니 오후 5시가 넘어가고 있었다. 뜨리아까스떼야를 출발한 지 11시간째였다.

「마중 나갈까? 어디쯤 왔니?」

「한 시간쯤 남은 거 같대요. 다리에 도착하면 연락드릴게요」

「다리에 나와서 기다리고 있다」

「빨리 갈게요」

다시 속초형님과 문자를 주고받을 때 6시였다. 12시간째 걷고 있는 것이었다. 내가 미쳤지, 하는 생각이 강력하게 밀려들었다. 내 친구도 미쳤고, 우리 꾐에 속아 따라온 저 아이들도 미친 것 같았다. 40킬로미터가 애들 장난도 아니고.

하지만 한 시간만 더 가면 강으로 둘러싸인 뽀르또마린으로 들어가는 다리를 건널 수 있을 것이었다.

한 시간쯤 뒤인 7시, 우리가 13시간째 걷고 있을 때 다시 문자가 날아왔다.

「다리에서 한 시간째 기다리고 있다. 어디냐?」

「형님, 다리를 건너고 있습니다!!!!」

다리를 건너며 문자를 날리는데 저 멀리 다리 끝에 속초형님이 보였다. 우리는 이산가족이 상봉이라도 하듯 진한 포옹을 했다. 내가 길에서 '주워온' 순례자들을 소개했다. 속초형님은 그들을 반갑게 맞이하더니 내게 슬쩍 이런 말을 했다.

"기원아, 내 친구는 떠났다."

"네? 그게 무슨 말씀이세요?"

속초형님은 음대교수님이 새벽에 자기를 두고 떠났다는 얘기를 들려주었다.

"새벽 2시에 자고 있는데, 깨워서는 헤드랜턴을 달래서 쓰고는 가버렸다."

"다른 얘긴 없었구요?"

"며칠 후에 산티아고 성당 앞에서 보기로 했는데, 그때 만나면 다시 같이 움직이고, 만약 자기가 나타나지 않으면 그냥 각자의 길을 가자더라."

"그런 말이 어딨어요?"

"그러게 말이다…."

속초형님은 들고 있던 1리터들이 종이팩 와인을 마셨다. 빼앗아서 마시려 했는데 이미 비워져 있었다. 우리를 기다린다는 핑계로 강가에 나와 혼자서 술을 마시고 있었던 것이다.

"…."

속초형님의 얼굴에 그늘이 드리워져 있었다. 음대교수님은 속초형님의 삼십 년 지기였던 것이다. 둘 사이에 무슨 일이 있었는지 모르지만 안타까운 일이었다.

"짬뽕국물 만들어서 술이나 한잔 하자."

"네…."

세 명의 한국인은 부엌이 있는 알베르게를 잡았다. 속초형님은 재료를 들고 호세, 클라이머 출신의 프란체스카, 그리고 카이스트와 함께 오기로 했다. 우리는 짐이 도착해 있는 호텔로 가서 체크인 하고 오기로 했다.

친구와 나는 호텔로 가면서 야반도주(?)를 한 음대교수님에 대해 얘기했다. 그러곤 우리는 그렇게 헤어지지 말자고도 했다.

샤워를 하고 빨래까지 한 다음 모임 장소인 알베르게에 도착하니 전혀 예상치 못한 상황이 펼쳐지고 있었다. 속초형님이 짬뽕국물을 만들다가 알베르게에서 쫓겨나 밖에 서 있는 것이었다. 알베르게의 여자 관리인이 요리를 하는 속초형님이 숙박객이 아니라는 사실을 알고 내보낸 것이었다. 하지만 속초형님은 이에 굴하지 않고, 부엌에서 나오는 냄새를 맡으며 부엌에 있는 콧수염과 리투아니아 교환학생에게 지시를 내리고 있었다. 아, 짬뽕국물의 힘이여!

이윽고 짬뽕국물이 다 됐지만, 짬뽕밥을 먹을 수는 없었다. 숙박객이 아닌 탓에 주방에 들어갈 수 없었기 때문이다. 마당에 있는 파라솔에서 먹을 수 있도록 호세를 통해 부탁도 해보았지만 거절당했다. 게다가 밥 냄비와 짬뽕국물 냄비도 반출하지 못하게 했기 때문에 다른 곳으로 가져갈 수도 없었다.

친구와 나는 캐서린, 콧수염, 리투아니아 교환학생이라도 먹게 됐으니 괜찮다고 애써 마음을 가라앉혔지만, 캐서린 일행은 자기네만 먹을 수 없다고 버텼다. 일단 우리는 알베르게에서 나와 공원에 가 있기로 했다. 그들은 부엌에서 짬뽕밥을 먹다가 기회를 봐서 냄비들을 들고 공원으로 오기로 했다.

우리(속초형님, 친구 정식 씨, 나, 프란체스카, 카이스트 등)가 공원에서 와인을 따서 마시고 있는데 콧수염이 짬뽕국물을 들고 나타났다. 그의 표현에 의하면, '맛이, 맛이, 완전 죽인다'고 한다. 와인을 마시려고 사온 컵으로 국물을 떠서 맛보았는데, 이건 정말 완벽한 (국내에서도 맛보기 힘든) 진국 짬뽕국물이었다. 색깔이며 국물에 뜬 고추기름, 홍합, 모시조개, 오징어 등등 짬뽕을 구성하는 모든 것이 완벽했다.

"형님…, 죽여요! 어떻게 이런 일이 가능하단 말입니까?"

내가 감동의 눈물을 글썽이며 소리쳤다.

"내가 옛날에 중국집 2층에 자취한 적 있는데 주방장형님과 친해져서 한 6개월 중국요리를 배웠지."

"그건 그렇다 쳐도, 양념들은 어떻게 구했어요? 현지 양념들은 이런 맛을 못 내잖아요."

"내가 수페르 메르카도에 파는 양념들을 죄다 사서 일일이 맛을 보고, 그것들을 섞어서 만들어냈다. 이젠 짜장면도 만들 수 있을 거 같다. 단, 색깔은 검은색이 아니라 붉은색이 될 테지만, 맛은 짜장 그대로 그 맛일 거다."

"형님, 형님은 신이십니다, 신!"

내가 아부를 하면서 분위기를 돋우고 리투아니아 교환학생이 가져올 밥을 기다리고 있는데, 누군가 앙칼진 소리를 지르며 공원을 가로질러 뛰어

왔다. 이런, 젠장! 알베르게 여자 관리인이었다. 작달만한 키에 뚱뚱한 그 여자는 숨이 넘어가듯 헐떡이며 알아들을 수 없는 말을 연신 뱉어냈다. 그러곤 짬뽕이 담긴 냄비를 들어올렸다. 아하, 자기네 냄비라는 거군. 그녀는 내용물을 공원 바닥에 확 뿌려버릴 기세로 들어 올리다가 (완전 살벌한) 우리 표정을 보곤 가져가버렸다. 호세는 냄비를 되찾기 위해 그녀를 설득하며 따라갔다.

잠시 뒤 리투아니아 교환학생이 와서 냄비를 외부로 반출하지 못하게 해서 밥도 못 가지고 나왔다고 했다. 정말이지 화가 머리끝까지 치솟았다. 지금까지 이런 알베르게는 처음이었다.

보통의 다른 알베르게라면, 누군가 요리를 하면 다른 알베르게 사람은 물론 그 알베르게에 숙박한 다른 일행들까지 모두 함께 먹었다. 그것이 알베르게 문화였다. 어떤 날은 이태리사람이 이태리요리를 해서 모두에게 먹이

고, 어떤 날은 프랑스사람이 프랑스요리를 해서 모두에게 먹이고….

우리 역시 그랬다. 짬뽕국물을 만들어 우리는 물론 그 알베르게에 묵고 있는 다른 순례객, 그리고 그 뚱뚱한 여자 관리인까지 다함께 먹을 생각이었다. 해도 너무 한다는 생각이 들었다. 그때 호세가 분노한 표정으로 달려오더니, 속초형님에게 돈을 달래서 커다란 락앤락 통 두 개를 사왔다. 그러곤 알베르게로 뛰어가 한 쪽엔 밥을, 다른 쪽엔 짬뽕국물을 담아 가지고 공원으로 되돌아왔다.

시간은 9시를 넘어가고 있었다.

우리는 그제야 어두운 공원에서 컵에다 밥과 짬뽕국물을 배식받아 먹을 수 있었다. 우여곡절 끝에 내 앞으로 온 짬뽕밥이지만, 정말이지 다시는 먹어볼 수 없는 환상의 맛이었다.

나는 오늘의 고행(?)을 충분히 보상받고도 남았다고 생각했다.

20

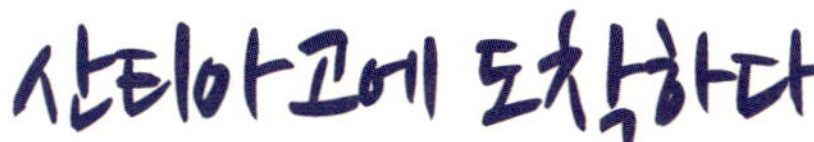
산티아고에 도착하다

짬뽕국물로 포식한 후 우리는 근처 술집에 가서 오루호를 마셨다. 우리는 무엇보다 속초형님의 베스트프렌드인 음대교수님 애기가 궁금했다.

"두 분이 싸우셨어요?"

"싸우긴 뭘…."

속초형님은 쓸쓸하게 웃으며 술을 들이켰다.

"…."

나는 말없이 술잔을 부딪쳐주었다.

속초형님은 음대교수님이 애길 꺼내기 전까지 산티아고 순례길이 뭔지도 몰랐다고 했다. 중학교 동창생인 그들은 아주 오래전에 나중에 어른이 돼서 같이 여행을 하자는 약속을 했고, 그 약속을 삼십 년 가까이 지난 후 지킨 것이었다. 그들은 이 순례길이 끝나면 스페인의 대표적 휴양지인 말라가로 가서 휴식을 취하고, 일상으로 복귀할 예정이었다. 그런데 이 고행길이 거의 끝나가는 시점에 친구로부터 버림을 받은 것이었다.

친구와 여행을 하다가 헤어지는 경우는 왕왕 있다. 소아과 유선생도 레지던트를 마치고 함께 전문의를 딴 베스트프렌드와 유럽여행을 나섰다 헤어졌다고 했다. 남유럽을 가고 싶어 하는 자신과 북유럽을 보고 싶어 하는 친구가 의견 대립을 하다가 각자 보고 싶은 곳을 보기로 하고 찢어졌다는 것이다.

속초형님의 경우에는, 아무리 좋게 생각해서 적당한 단어를 떠올려보려 해도 '버림받았다', '팽개쳐졌다', '유기됐다' 같은 이상한 표현만 자꾸 생각났다. 새삼 내 친구 정식 씨가 존경스러워졌다. 그라고 나를 버리고 싶지 않았을까? 만약 내가 그의 입장이었다면 '입만 살아있는' 투덜이에다 징징이인 친구를 버려도 수십 번 버렸을 것이기 때문이었다.

아침에 침대에서 내려와 발을 디디는데 발바닥에서 불에 데인 것 같은 극심한 통증이 느껴졌다. 발이 퉁퉁 부어있었다. 배낭을 지지 않았다고는 해도, 몸안에 축적된 체지방을 끌어안고 40킬로미터가 넘는 길을 걸은 대가를 치르는 것이었다. 아무리 짐 없이 걸었기로, 무리는 무리였다.

간신히 등산화를 신고 배낭을 지니 발바닥과 무릎에 어마어마한 하중이 느껴졌다. 체크아웃을 하려고 호텔 프론트로 갔는데, 벽에 붙어있는 안내문이 눈에 '확' 들어왔다. 순례자를 위한 짐 배달 서비스였다. 뭐 눈에는 뭐만 보인다더니, 딱 그 짝이다.

"산티아고에 그만큼 가까워졌다는 증거야."

친구가 말했다.

체력이 바닥난 순례자들을 위해 마지막 여정을 순조롭게 해주려고 짐 배달 서비스를 하는 것이었다. 가격도 매우 저렴했다. 택시로 보낼 때는 1킬로미터당 1유로를 내야 하는데, 이 짐 배달 서비스는 화물차로 옮기는지 짐 하나당 3유로만 받고 있었다. 우리는 짐을 부치면서 속초형님께

문자를 드렸다.

「형님, 3유로면 짐 부칠 수 있는데, 편하게 걸으시죠」

「그냥 걸으마. 죽기 전까지 온갖 것 다 짊어지고 터벅터벅」

속초형님의 마음이 느껴졌다.

마을을 벗어나서 가는데, 속초형님 일행을 만났다. 속초형님, 프란체스카, 그리고 호세뿐이었는데, 예전의 대식구 시절에 비해 너무 단출한 식구였다.

카이스트는 우리가 길에서 '주워온' 세 명과 팀을 이루어 떠났다고 했다.

"한겨레라는 친구가 안 보이네요?"
"좋은 놈이 나타나서 짝 지워 보냈다."
속초형님은 마치 자기 딸을 시집이라도 보낸 양 말했다.
"누구요?"
"스페인에서 교환학생으로 온 친구예요."
프란체스카가 대답했다.
"아! 그 친구!"
친구와 내가 거의 동시에 '찌찌뽕'으로 말했다.
"그 친구라면 믿을 만합니다."
스페인 교환학생과 헤어지고 소식이 궁금했는데, 선행(?)을 펼치면서 산티
아고로 가고 있다는 소식을 들으니 기분이 좋았다.

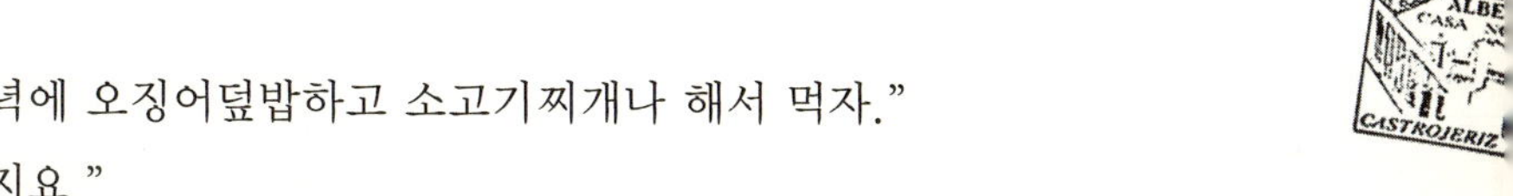

"저녁에 오징어덮밥하고 소고기찌개나 해서 먹자."

"좋지요."

속초형님의 제안에 우리는 쌍수를 들어 반겼다. 하지만 그날 우리는 속초형님과 합류하지 못했다. 25.5킬로미터를 걸어 빨라스 데 레이Palas de Rei에 도착했지만 속초형님이 묵은 알베르게와 우리의 짐이 있는 오스탈까지 거리가 2킬로미터 이상 차이가 났기 때문이었다. 우리의 짐은 마을 외곽의 장사가 시원찮은 오스탈로 배달되었던 것이다. 쉽게 온 대가를 여기서 치르는구나, 하는 생각에 문득 씁쓸함이 밀려왔다.

맛없는 순례자메뉴를 먹으며 우리는 어제 먹은 짬뽕국물을 생각했다. 먹을 땐 몰랐지만, 나중에 곰곰이 생각해보니 의아한 점이 있었다. 짬뽕에 들어가는 조개나 홍합, 오징어는 둘째치고, 빨간 고추기름국물을 어떻게 냈을까 하는 점이었다. 설마 고추기름을 가방에 넣어 다니는 것도 아닐 테고. 궁금증이 밀려오자 참을 수가 없었다. 다음날 길에서 다시 속초형님을 만나자마자 그 부분에 대해서 물어보았다. 그런데 답이 너무 싱거웠다고 할까?

"그냥 마트에서 파는 양념이란 양념은 모두 사다가 맛을 보고 조합을 해서 하는 거다."

"그게 가능합니까? 아…!"

순간, 나는 속초형님이 약사라는 사실이 떠올랐다.

"약을 조제하듯이 양념들을 섞어서 맛을 만들어내는 거군요!"

"하하하…. 그래, 일종의 직업병이지."

새삼 속초형님에 대한 존경심이 느껴졌다. 약을 조제하는 것에서 멈추지 않고 조미료를 조제하는 경지에 이른, 그야말로 진정한 장인이었다. 거기다 넘쳐나는 그 인정까지. 나는 어디 먼 여행을 갈 때 꼭 함께 가고 싶은 1인으로 속초형님의 이름을 마음속에 새겨놓았다. 그리고 저녁에 우리는 속초형님이 조제(?)한 양념으로 만든 오징어덮밥을 배가 터지도록 먹었다.

MELIDE
SANTIAGO
PALAS DE REI
LUGO

CAMIÑO DE SANTIAGO
CAPELA DA
STA. IRENE
ALBERGUE
PRIVADO
ALBERGUE
PUBLICO

CAMINO DE SANTIAGO
CAMINO
PEREGRINO

이제 산티아고까지 이틀밖에 남지 않았다. 거리로는 40킬로미터. 우리는 30킬로미터를 걸어가기로 했고, 속초형님 일행은 20킬로미터를 걸어가기로 했다. 우리가 30킬로미터를 잡은 이유는 다음날 아침에 출발해서 12시 전에 산티아고에 입성하기 위해서였다. 그렇게 되면 산티아고 대성당에서 순례자를 위해 열리는 미사에 참석할 수 있기 때문이었다.

산티아고에 오후에 도착하면 순례자 미사를 위해 산티아고에서 하루를 더 묵어야 했다. 미사를 안 봐도 그만이지만, 순례자를 위한 미사는 종교를 믿고 안 믿고를 떠나 순례길의 화룡점정이었다.

속초형님 일행은 뻬드로우소에 묵었고, 우리는 10킬로미터를 더 가서 라바꼬야에 묵었다. 내일이면 드디어 산티아고 도착이라 생각하니 만감이 교차했다. 친구와 각각의 침대에 누워 프랑스 생장피드포르에서 시작된 여정부터 추억하다가 잠 속에 빠져들었다.

새벽에 속초형님으로부터 문자가 왔다. 우리를 만나기 위해 다른 일행들을 데리고 꼭두새벽에 출발했다는 것이었다. 아침에 일어나 바에서 커피와 크루아상을 먹는데 속초형님이 캐서린 일행까지 데리고 나타났다.

어제 뻬드로우소에 있는 알베르게는 광란의 도가니였다고 했다. 마지막이라 긴장을 풀어버린 스페인 순례자들이 밤새도록 술을 퍼마시고 떠들고, 심지어 발가벗고 돌아다녀서 잠을 잘 수가 없었다는 것이었다.

“누가 벗었는데?”

‘누가 벗었냐’에 따라 잠을 못 자더라도 짜증이 안 날 수도 있다. 혹시…, 하고 나도 거기 묵었으면 좋았을 걸, 하는 생각이 잠시 들기도 했다.

“누구긴, 사내놈들이지. 프란체스카하고 캐서린이 무척 괴로워했다.”

흐흐, 다행, 아니 안됐다!

“아휴…! 저런…, 욕봤어요.”

나는 그녀들에게 진심의 위로를 보냈다.

우리 모두는 라바꼬야 바에서 전의를 다지고는 다함께 출발했다.
"자! 산티아고로 가자!"
우리는 마지막 10킬로미터를 걷기 시작했다.
5킬로미터쯤 걸어가자 산티아고로 이르는 길에서 마지막 마을인 몬떼도 고소가 나왔다. 거기서 희미하지만 시야에 산티아고 데 꼼뽀스텔라 대성당의 탑이 잡혔다. 이제는 정말 다 온 것이다.
우리 일행들 모두 말없이 걷기만 했다. 저마다 지난 한 달의 여정을 되새기고 있는 것 같았다. 나 역시 과거가 되어버린 소중한 시간들을 하나하나 떠올리고 있었다.
36부작 드라마 〈제중원〉을 끝내고 한층 격하게 무거워진 몸에, 무릎까지 시원찮은 상황에서 출발한 산티아고. 무거운 짐 때문에 고생을 하고, 발바닥의 물집으로 고생했던 날들. 그러다 어느새 순례길에 적응해서 누구보다 행복하고 즐겁게 보냈던 날들. 길에서 만난 여러 인연들과 그들과 함께 만들어낸 추억들. 이 모든 것이 내 삶의 일부분이 되었다.

산티아고 시에 들어섰다. 과거와 현재가 공존하는 아름다운 도시였다. 우리는 고속버스를 대절해서 온 관광객들과 앞서거니 뒤서거니 하며 성당을 향해 마지막 행군을 했다. 성당을 불과 1킬로미터 앞에 두고는 그대로 다 걷기가 아까워서 바에서 맥주를 마시며 잠시 쉬기도 했다.
드디어 산티아고 대성당의 웅장한 모습을 마주하게 되었다. 우리는 서로를 부둥켜안고 토닥이며 대장정의 마감을 축하해줬다. 그리고 서로 인증샷을 찍기에 바빴다. 그러나 그중에서 속초형님은 왠지 불안한 모습으로 미사에 가야 한다며 미사시간을 챙겼다. 아마도 이 기쁨의 순간에 함께 있어야 할 음대교수님이 없어서 그러는 모양이었다.

CAMPING
AS
CANCELAS
Rúa 25 de Xullo, 35
Telfs. 981 580 266
981 580 476
Fax: 981 575 553
15704 SANTIAGO DE COMPOSTELA

우리는 그런 속초형님을 모시고 대성당 옆에 있는 산티아고 순례자 협회로 갔다. 그곳에서 순례자 여권을 보여주었다. 협회사람은 거기에 찍혀있는 스탬프를 주욱 훑어보곤 내 얼굴을 쳐다보았다.

도둑이 제 발 저린다고, 여기까지 오면서 몇 번 점프를 했던 것이 떠올랐다.

"부에노스 디아스(안녕하세요)."

나도 모르게 인사말이 튀어나왔다.

그녀는 미소를 지으며 크레덴시알에 맨 마지막 스탬프를 쾅 하고 찍어주었다. 그러곤 산티아고 완주증을 작성해서 내게 내밀었다.

"무차스 그라씨아스(감사합니다)."

나는 완주증을 받으며 말했다.

완주증을 둘둘 말아서 넣을 수 있는 종이통을 1유로에 사서 넣으니 왠지 졸업장을 받은 느낌이 들었다.

성당 안에는 짐을 가지고 들어갈 수가 없어서 2유로씩 내고 짐을 맡겼다. 흥분된 마음을 삭인 채 경건한 마음으로 성당 안으로 들어갔는데, 이미 성당 안은 순례객들로 가득했다.

그곳에서 아스또르가에서 버스를 타고 점프할 때 버스 안에서 보았던, 다대포 소녀와 신방과 여학생을 다시 만났다. 결국 이곳에서 다시 만나게 된 것이었다.

곧 미사가 시작될 시간이었다.

할머니 수녀님이 청아한 목소리로 노래를 하고 있었다.

속초형님은 성당 안 한쪽 문 앞에서 기웃거리며 서 있었다. 나는 좋은 자리로 가자며 그를 잡아끌었다.

"형님, 여기서 서성이지 말고 저쪽으로 갑시다."

"잠깐만….."

그때 문 안에서 빨간 옷을 입은 신부님들이 이열종대로 걸어 나오기 시작했다.

"있다."

속초형님이 나지막하게 중얼거렸다.

나는 속초형님의 시선이 닿아있는 곳을 바라보았다. 신부님들의 노란 머리 사이로 검은 머리에 안경 쓴 신부님이 유독 눈에 띄었다.

"앗! 교수형님!"

나도 모르게 소리쳤다.

속초형님을 알베르게에 두고 야반도주했던 음대교수님이 내게 윙크를 했다. 음대교수님은 종교음악과 교수였고, 그 자신이 신부님이었던 것이다. 그리고 안식년을 맞은 신부님이 옛 친구와의 약속을 지키며 산티아고에 왔던 것이다. 그러고보니, 우리가 만났을 때마다 매일 저녁 성당에 가서 미사에 참여하는 것을 본 기억이 났다. 그저 신앙심이 깊은 신자 정도로만 생각했었는데, 신부님이셨다니…. 나뿐 아니라 다들 그렇게 생각했었다. 그런 까닭에 우리가 벌이는 술자리에 그다지 적극적으로 끼지 않은 것은 단지 교수로서의 위엄 때문이라고만 생각하고 더 이상 마음에 두지 않았던 것이다.

속초형님과 신부님은 금세 화기애애해졌다.

신부님(이제 속초형님 친구가 아니라 신부님이라고 호칭을 해야 할 것 같았다. 경건한 마음을 담아)은 우리 모두의 잠자리를 알아봐주었다. 산티아고의 숙박비는 프리미엄이 붙어서 이전에 우리가 묵었던 곳에 비해 세 배에서 열 배 가까이 비쌌는데, 신부님 덕분에 우리는 비교적 저렴한 비용으로 숙소를 잡을 수 있었다.

우리는 오늘 하루 산티아고를 즐기기로 했다. 거리는 순례를 마친 순례객들로 넘쳐났다. 기념품가게와 술집들이 즐비한 거리는 생동감이 넘쳤다. 그 생동하는 즐거움에 동참하기 위해 일단 노천 바에서 맥주를 마시는 것으로 시작했다. 다대포 소녀와 신방과 여학생을 카페에서 다시 만났고, 다

대포 소녀를 쫓아다니던 곱슬머리 이태리 청년도 다시 만났다. 우리는 그들과 어깨동무를 하고 사진을 찍었다. 저녁엔 신부님이 좋은 식당으로 우리를 초대해서 식사를 사주셨다. 맛있는 화이트와인과 해산물요리와 우리의 추억을 마음에 담았다.

와인이 들어가 맥주와 화학작용을 일으키니 취기가 쉽게 올라왔다. 그리고 유선생이 그리워졌다. 취기와 함께한 사람들 덕분에 용기를 내어 유선생에게 문자를 날렸다.

「산티아고입니다. 모두들 소아과 선생님을 그리워하네요」

모두들 그리워한다는 말은 거짓말이었다. 이 순간 유선생에게 신경을 쓰는 사람은 아무도 없었다. 그래도 나는 그녀가 보고싶었다.

「축하드려요! 너무 대단하십니다. 다들! 브라보!」

「나, 정식 씨, 속초형님, 교수님, 프란체스카, 모두 유선생을 그리워해요」

SANTIAGO

술이 취하긴 취한 모양이었다. 문자로 중언부언을 했다.

「크크. 비행기 타고 그리 갈까요? 제겐 산티아고 데 꼼뽀스텔라가 쓸쓸했는데 멋진 피날레 축하드려요」

「지금 어디신가요?」

「런던입니다. 지금 앗! 배터리가… 투 비 컨티뉴 할게요」

「그럼 양평동에서 봐여」

「넵. 스포츠 도시 양평동에서 뵐게요」

우리는 한강 고수부지와 인접한 양평동에서 어떻게 운동을 하는지 얘기한 적이 있었다. 비록 이 순간을 함께하는 것은 아니지만, 현실로 돌아가도 그녀를 만날 수 있을 거란 기대감에 괜히 마음이 설레었다.

「며칠날 귀국하시나요?」

「그게 아직… 뱅기가 꼬였어요. 홍콩에서 팔월 삼일 출발인데 바꿀 수 있으면 빨리 가려구요. 집보다 김치가 더 그리워요」

「유선생, 우리 보고싶죠?」

여기서 '우리'는 다름 아닌 나 자신이었다. 나는 그녀도 나처럼 나를 그리워하길 바랐다.

「네! 무쵸 배리 무쵸 보고 싶습니다」

무지 많이 보고 싶다는 뜻인데…. 용기가 급속도로 솟아나는 게 느껴졌다. 그리고 나는 다음 문자에서 살짝 오버를 했다. 나를 무척 보고 싶어 하는 줄 알고 말이다.

「우리도 뱅기가 꼬였어요. 최대한 빨리 가려구요. 아이 미쓰 유」

나는 그만 우리가 아닌, 내가 보고 싶다는 말을 해버렸다. 그래서인지 그 다음 문자는 날아오지 않았다.

그리고 난 점점 더 취해갔다.

여전히 인생의 한 부분을 걷는 중

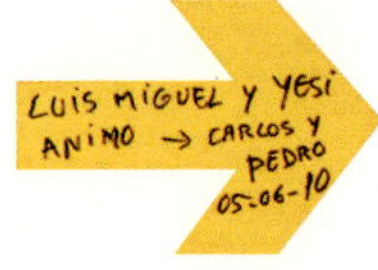

산티아고까지 순례를 마친 사람들 중 일부는 유럽의 '땅끝마을'이라 할 수 있는 피스떼라Fisterra('피니스떼레'라고도 불린다)에 가서 신발이나 소지품을 태우는 의식을 한다. 대개 버스를 타고 가지만, 그곳을 찾는 일부는 삼일에 걸쳐 걸어가기도 한다. 우리(나와 정식 씨)도 '그곳을 찾는 일부'에 속했다.

'또 걸어야 한다니!'

막상 산티아고에 도착해 해방감을 느끼는 사람들을 보니 억울하다는 생각이 들었다. 하지만 일정이 그렇게 짜여있었고, 정식 씨는 이전에 버스로 피스떼라로 갔기 때문에 이번에야말로 걸어서 가겠다고 벼르고 있었던 것이다. 산티아고에서 피스떼라까지 가면서 스탬프를 받으면 거기서도 완주증을 주는데, 우리는 그것마저 노리고 있었다(정확히 말하면, 친구만 노리고 있었다).

하지만 도착한 다음날 나는 침대에서 제대로 일어날 수가 없었다. 어제 와

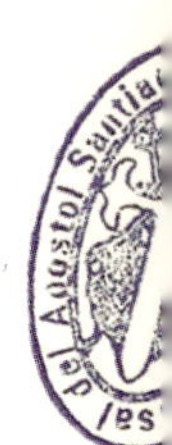

인을 마시다가 기억이 페이드아웃^{Fade out}(텔레비전이나 영화 연출의 기술용어로서 화면의 피사체가 차츰 사라져가는 것을 말한다. 극적 전개의 연속성을 단절시킴으로써 일정한 시간이나 공간, 주제나 상황변화를 알리는 데 사용된다) 된 이후로 아무것도 생각나지 않았다. 친구의 증언으로는 숙소로 돌아와 이별주를 나누는 속초형님과 호세의 술판에 끼어 빼갈(고량주)까지 마시고, 빨래를 걷으며 속초형님과 검은색 팬티가 서로 자기 것이라 우기며 싸웠다고 한다(결국 내 것으로 판명되었다).

아무튼 나는 머리가 터질 것 같은 통증을 느끼며 숙소를 나섰다. 속초형님과 신부님이 우리를 배웅하며 서울에서 만날 것을 약속했다. 버스를 타고 피스떼라에 간다는 둘이 부러워서 미칠 지경이었다.

산티아고를 빠져나가는 길, 두통과 메스꺼운 느낌이 열심히 내 몸을 괴롭혔다. 물 이외엔 아무것도 먹을 수가 없었다. 친구는 내 상태가 걷기엔 무리라는 판단을 했는지, 네그레이라^{Negreira}로 먼저 가 있는 게 어떻겠냐는 얘길 꺼냈다. 물론 택시로. 솔직히 이제는 차를 타고 이동하는 데 아무런 거리낌도 없었다. 그런 권유를 해준 친구에게 고맙다고 얘길 하고, 냉큼 택시를 불러 탔다.

네그레이라에 도착하자마자 오스탈을 잡았다. 방은 4층이란다. 이런 젠장, 그런데 엘리베이터는 없단다. 좀비 같은 몸상태로 4층까지 힘겹게 올라가 침대에 엎어졌다. 한참을 비몽사몽으로 침대에 누워있는데 문자가 들어왔다는 소리가 들렸다.

「기원아, 어디냐? 피스떼라 바다 죽음이다」

속초형님이 나 열받으라고 타이밍을 절묘하게 맞춘 듯했다.

「염장을 제대로 지르는군요」

「세 시간째 바다만 바라보고 있다」

「제발… 그런 얘기 하지 마세요. 저 어제 술 때문에 맛이 가서 네그레이라까지 택시 탔어요」

「차라리 이리로 와. 환상이야」

내 상태가 그런 환상에 동할 형편이 아니었다. 좀더 솔직하자면 환상이고
뭐고 다 귀찮았다. 문자를 보내는 것도, 받는 것도 귀찮았다. 나는 휴대전
화를 팽개치고 침대에 다시 누웠다.

오후 4시쯤 되자 몸이 어느 정도 정상으로 돌아온 것 같았다. 슬슬 움직여
볼까 생각하던 즈음, 친구가 오스탈에 도착했다. 친구를 보니 더 격한 허
기가 몰려왔다. 울렁거리는 속 때문에 아침부터 아무것도 먹지 못했던 것
이다. 나는 친구와 함께 1층 바로 내려가 친구에게 시원한 맥주를 건네고,
나를 위해 이온음료를 한 잔 시켜 천천히 위를 달래보았다. 위가 거부하지
않고 받아주었다. 아, 좀 살 것 같았다.

그 바에서 한 할아버지를 만났다. 그는 우리에게 다가와 한국사람이냐
고 묻더니, 바로 리투아니아 유학생을 아냐고 물었다. 아, 이분, 리투아
니아 유학생의 길동무였다는 프랑스 할아버지였다. 하루에 40킬로를 걷
는다는.

미혼인 그는 프랑스 항공사에 다니다가 정년퇴직을 하고, 그 이후 계속 세계여행을 하는 중이란다. 같은 사람을 알고 있다는 것 하나만으로 벌써 그는 우리 테이블 쪽으로 몸을 돌린 채 여태까지 했던 여행에 대한 수다를 떨기 시작했다. 먼저 앞질러버렸다는 그 유학생의 말에 공감이 팍팍 갔다. 우리가 이런 생각을 하며 그와 대화를 이어가고 있는데 (솔직히 말하자면 할아버지의 여행담을 듣고 있는데), 중간중간 리투아니아 유학생을 어떡하면 만날 수 있느냐고 계속 물었다. 그 학생의 심정도 알고 있는 데다, 솔직히 우리도 그 방법을 알지 못했으므로 할아버지가 원하는 답변은 해주지 못했다. 그저 이 길 위에 있다면 또 다시 만날 수 있을 거라는 까미노의 인연에 대해서밖에. 할아버지의 일본 여행기를 들어주다가 그가 다닌 나라의 여행기를 다 듣다간 밤을 꼴딱 샐지도 모른다는 생각이 들자, 슬며시 자리에서 일어났다.

인사를 고하고 일어서 나오다 할아버지를 다시 한 번 돌아보았다. 왠지 할아버지의 모습이 쓸쓸해 보였다. 정년퇴직을 한 후 죽을 때까지 여행만 하는 것이 과연 행복힐까 하는 생각이 들었다. 결혼을 안 했으니 가족도 없이 홀가분한 여행이 될 수는 있겠지만, 그건 어쩌면 곧 돌아갈 곳이 없는 부평초 같은 유랑일 수도 있지 않을까? 여행은 돌아갈 '집'이 있다는 것 때문에 더 특별한 매력을 지니는 게 아닐끼 하는 생각이 들었다. 리투아니아 교환학생을 그토록 찾는 것은 며칠이나마 함께했던 친구에 대한 그리움 때문일 것이란 생각이 들었다. 친구를 사귀기 힘든 여행길에서 며칠 동안 함께 걷고 함께 숙박한 사이라면, 충분히 그리워할 만하다는 생각도 들었다.

역시나 즐거운 여행이 되려면, 가벼운 짐과 좋은 친구, 그리고 돌아갈 곳이 있어야 하는 것이다. 내 짐은 이미 가벼워졌고, 옆에는 좋은 친구가 있으며, 비록 세파에 부대끼는 삶이지만 돌아갈 곳이 있기에 나는 행복하다는 생각이 들었다.

방으로 돌아와 나는 조금 더 행복해지기 위해 친구에게 이렇게 말했다.

"정식 씨, 나… 내일 피스떼라로 점프했으면 좋겠어. 이런 몸 상태로는 좀 힘들 것 같아. 가서 기다리고 있을게."

다음날 아침 바에서 토스트와 오렌지주스를 먹으며 주인장 할아버지에게 택시를 불러달라고 했다. 피스떼라까지 60유로라면서 할아버지는 잠시 기다리라고 하더니 10여 분쯤 있다가 마을에서 가장 고령일 것 같은 할아버지 한 분을 모시고 왔다. 마을에서 소일거리로 자가용 영업을 하는 할아버지였다. 운전하다가 돌아가실 것처럼 거친 숨을 헐떡이는 그 모습에 마음이 조마조마했다.

혹시 하는 생각에 할아버지를 뚫어지게 보고 있었더니, 가끔 차가 신호등에 멈출 때마다 슬쩍 취침까지 하는 모습이 목격됐다. 내 생명을 지키기 위해서 차라리 운전대를 내가 잡아야 하는 게 아닌가 하고 몇 번이나 말하려 했으나, 그때마다 국제면허가 없다는 사실이 발목을 잡았다.

내 생명은 내가 지켜야 했다. 일단 할아버지가 주무시지 않도록 스마트폰에 다운받아둔 스페인어 회화를 보고 쉴 새 없이 대화를 시도했다. 그것은 매우 효과적이었다. 스페인사람처럼 대화를 좋아하는 사람도 없는 것 같았다. 우리는 서로 무슨 말을 하는지 모르고 떠들어댔고, 그 결과 할아버지는 나를 피스떼라 해변으로 무사히 데려다줄 수 있었다. 덕분에 내가 이렇게 글을 쓰고 있다.

속초형님과 신부형님(나는 그렇게 부르기로 했다)이 묵고 있는 까사베라이 펜션 3층 구석방은 명당 중의 명당이었다. 피스떼라의 작은 해수욕장이 바로 아래 내려다보였고, 눈앞에 펼쳐진 대서양을 한눈에 바라볼 수 있는 곳이었다. 나는 그 방을 인계받았다.

피스떼라의 작은 항구에 식당들이 나란히 들어서 있었는데, 그동안 우리가 즐겨 먹지 못한 해산물요리들을 많이 팔고 있었다. 우리는 요리사진이 벽에 붙어있는 한 노천식당에 자리를 잡았다.

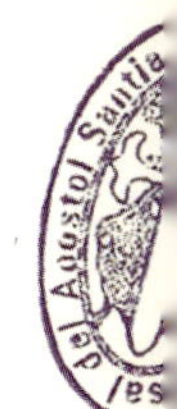

반가운 사람 둘이 손을 흔들며 나타났다. 모자 팀이었다. 아스또르가에서 헤어진 이후 처음 보는 것이었다. 그리고 신방과 여학생이 항구를 산책하다가 우리를 발견하고 다가왔다. 다대포 소녀는 산티아고에서 일정을 끝내고 귀국했다고 했다.

모자 팀의 아줌마는 신부형님을 보자마자 물 만난 고기처럼 이야기를 쏟아냈다. 남편과 연애하던 시절에서 결혼생활, 같이 산티아고에 온 아들에 대한 이야기까지.

"아들한테 정말 맘에 들지 않는 부분이 있었어요. 근데 그건 남편도 갖고 있는 거예요. 어떻게 지 아버지의 나쁜 것만 받았는지. 그걸 고치게 하려고 그동안 갖은 노력을 했지만 실패했어요. 근데 이번 산티아고를 걸으면서 그건 고치려고 해야 할 것이 아니라 있는 그대로 이해해야 할 것이라는 사실을 깨달았어요."

길, 그것도 긴 길은 누구에게나 깨달음을 주는 모양이었다.

그러면서 아줌마는 그 '깨달음'과는 상관없이 쉴 새 없이 신부형님께 이야기보따리를 풀어놓았다. 흡사 여정 초반에 만났던 종달새와 비견될 만한 속사포 같은 말솜씨였다. 나를 비롯하여 그 자리에 합석한 사람들은 입도 뻥긋하기 힘든 분위기였다. 우리 중 몇몇이 몇 번이나 말을 자르고 들어가려고 호시탐탐 기회를 노렸지민, 타이밍을 삽기가 녹록치 않았다. 잠시 그들 대화 사이에 틈이 생기면, 신방과 여학생이 끼어들어 대화를 이어나갔다. 그렇지만 그 대화는 다시 아줌마의 신변잡기로 이어졌고, 잠시 뒤 화제는 아들의 장래문제로 넘어갔다.

가톨릭 신자인 친구는 별로 새로울 게 없는 듯 그 모습을 보고 있다가, 내심 혀를 차고 있는 내게 위로(?)의 말을 건넸다. 성당에서 대부분의 여신도들은 신부님만 보면 붙잡고 그렇게 말을 하고 싶어 한다는 것이다. 무슨 얘기든 할 수 있고, 또한 그 비밀이 지켜질 거라는 믿음 때문일 것이라는 얘기까지. 하지만 신부님이 무슨 업보로 여기까지 와서 그 시시콜콜한 애

기들을 다 들어야 한단 말인가. 신부형님이 순례길에서 왜 신분을 감추었
는지 이해할 수 있을 것 같았다.

한참을 들어주던 신부형님이 도중에 입을 열었다.

"스페인에서는 하느님도 시에스타 때에는 낮잠을 주무신답니다."

우리 자리에서 웃음꽃이 피어났다. 나는 신부형님의 뼈 있는 말에 깊은 내
공을 느꼈다. 행복한 점심을 먹고 나서, 산티아고로 돌아가는 속초형님 팀,
모자 팀, 신방과 여학생을 배웅했다. 그렇게 나는 혼자 남았다.

태양이 정수리 위에서 뜨겁게 타오르고 있었다.

나는 까사베라이 펜션의 내 방으로 올라왔다. 카운터에서 주인할머니를 만
나 전망 좋은 그 방에 사흘을 묵을 것이며, 그중 이틀은 나 혼자, 마지막 날
은 친구와 함께 묵을 거란 사실을 '스페인어'로 얘기했다. 이런 신기한 일
이…. 그 할머니와 나는 스페인어로 대화를 했던 것이다.

산티아고 순례길 초반에는 영어를 하는 스페인사람을 곧잘 만날 수 있지
만, 산티아고에 가까울수록 그런 사람을 가뭄에 콩 나듯 보기 힘들었다.
오랫동안 스페인의 길을 걷는 순례자들이 순례를 하면서 간단한 스페인어
를 저절로 습득하기 때문인 것 같았다. '목마른 사람이 우물을 판다'는 진
리가 여기에도 적용되는 것이다. 목마른 순례객이었던 나도 드디어 몇 마
디의 스페인어로 대화를 할 수 있게 된 것이다.

그날밤 나는 도무지 잠을 이룰 수가 없었다. 친구가 없어 외로워서 그러
는 것도 아니었고, 순례의 막바지에 다다른 시점에서 여러 회한이 있어서
도 아니었다.

그날밤 피스떼라에 폭동이 일어난 줄 알았다. 사람들이 차를 몰고 거리로
나와 밤새도록 경적을 울리고, 폭죽을 쏘아댔기 때문이었다. 이유인즉슨,
스페인이 남아공 월드컵 준결승전에서 독일을 상대로 1 대 0의 승리를 거
뒀기 때문이었다. 그들은 밤새도록 소리를 질렀고, 경적을 울려댔고, 국기

를 흔들며 술을 마셨고, 거리를 배회했다. 그리고 나는 그때 한 가지 결심을 했다. 결승전을 하기 전에 반드시 스페인을 떠나겠다고.

이튿날 밤새 잠을 설쳐 퀭한 눈으로 해변가 식당으로 걸어갔다. 그러다 어느 알베르게 앞에서 캐나다 교포 캐서린 일행을 만났다. 이제는 누군가를 만난다는 것은 그저 일상이었다. 그래도 반가웠다. 캐서린, 카이스트, 리투아니아 교환학생, 그리고 처음 보는 여대생.

혼자 산티아고를 걸은 그 여대생은 나에 대해서 잘 알고 있었다. 드라마작가가 왔다는 소문이 순례객들 사이에 퍼져 있었다고 한다. 내 소식을 들은 어느 작가지망생은 나를 만나고 싶어했다는 말도 전했다. 만났으면 좋았을 텐데 하는 아쉬움의 자락이 남았다. 아마도 내가 점프를 하는 바람에 그와 동선이 어긋나 만나지 못한 것 같기도 하다. 그러면서도 왠지 어깨가 으쓱해지는 것 같기도 하고, 또 다른 책임감이 내 앞으로 다가온 것 같기도 했다.

친구가 그런 얘길 한 적이 있었다.

산티아고에서는 자신이 있는 곳 앞뒤 50킬로미터에 나에 대한 소문이 퍼진다고.

그들을 만난 알베르게는 피스떼라 완주증을 주는 곳이었다. 실내를 둘러보다 방명록이 눈에 띄길래 무심결에 넘겨보다, 함께 걷다가 아스또르가 근처에서 헤어진 스페인 교환학생이 쓴 글을 발견했다. 한겨레라는 학생을 무사히 산티아고까지 데려다주고, 자신은 이곳까지 걸어온 듯했다.

'여기까지 오시느라 모두들 수고 많으셨습니다.

그 누가 환영하지 않아도 그 누가 축하한다고 어깨를 토닥여주지 않아도 여러분은 걸으셨고 또 해내셨습니다. 진심으로 축하드립니다. ^^

아무런 종교적 의미도 지식도 없이 시작한 여행이 이렇게 마무리되고 있네요.

걸어오면서 계곡 사이로 퍼져 나오던 바다…. 정말 멋있지 않던가요?

모든 게 그런가봅니다.

끝나면 허전하고 아쉬운 건 도착지에 대한 막연한 환상 때문인가봅니다.

한 걸음 한 걸음으로 걸어온 매순간이 행복이었으리라 믿어보게 되었습니다.

어디서 걷고 얼마나 걷는지, 걸으면서 무엇인가 얻으려 하는 건 중요한 게 아닌가봅니다. 가슴이 하는 말에 귀를 기울이고 다른 사람이 들어올 수 있도록 가슴을 열어주는 것. 그것이 제가 얻은 마음의 소리였습니다.

무사히 마무리하세요.

추신. 오늘 이 해냄이 꼭 생일선물 같네요.'

교환학생의 따뜻한 마음이 느껴졌다.

글은 거짓말을 못하는 것이다. 사람들은 꼭 저 같은 글을 쓴다. 내가 글을 이따위로 쓰는 것처럼 말이다.

다음날 나는 마을 입구로 나가 친구를 기다렸다.

한 시간쯤 기다리자 친구가 씩씩하게 걸어오는 것이 보였다. 왠지 울컥했다. 나는 손을 번쩍 들어 말 없이 만세를 불렀고, 친구가 손을 흔들었다. 나는 다가오는 그를 기다려 뜨겁게 포옹을 했고, 뜨겁게 손을 잡았다. 그리고 그가 알베르게에서 피스떼라 완주증을 받는 것을 자랑스럽게 바라보았다.

그날 저녁 친구와 나는 진정한 피스떼라의 끝이라 할 수 있는 등대가 있는 곳으로 갔다. 등대까지는 완만한 경사길이었고, 왼쪽으로 대서양이 끝없이 펼쳐지고 있었다. 쌀쌀하게 느껴지는 바람이 불어왔고, 우리는 옷깃을 여몄다.

등대에 도착하자 익숙한 표지석이 눈에 띄었다. 거기에는 0.00킬로미터라고 새겨져 있었다. 며칠 전 100킬로미터 표지석 앞에서 기념사진을 찍었던 기억이 떠올랐다.

드디어 도착한 것이었다.

하지만 0.00킬로미터는 끝인 동시에 새로운 시작인 것이다.

이제 우리는 하나의 일정을 끝내고, 삶이라는 전쟁터 속으로 새로운 순례를 떠나야 하는 것이었다.

우리는 등대 옆 절벽에서 순례의 마지막 의식으로 소지품을 태웠다. 원래는 신발을 태우는 것이지만, 우리의 가죽 등산화는 엄청난 대기오염을 유발할 것 같았다. 친구는 다 헤져 찢어진 장갑을 태웠고, 나는 구멍이 난 양말을 태웠다.

우리는 타오르는 불길을 말 없이 바라보았다.

나는 미리 사가지고 있었던 '0.00킬로미터'라 새겨진 표지석 모형 하나를 친구에게 건넸다. 이것은 우리의 인생을, 우리의 우정을 새로 시작하자는 의미였다.

"정식 씨, 우리 우정 영원히 변치 맙시다."

"기원 씨, 고마워."

태양이 대서양 바다 속으로 서서히 가라앉고 있었다.

다음날 아침 우리는 택시를 타고 피스떼라를 떠났다.

멀어져가는 피스떼라의 해안을 가슴속에 오랫동안 담아놓으려는 듯 친구는 고개를 돌려 한참을 바라보았다.

"내가 다시 여기를 올 수 있을까?"

친구가 말했다.

그는 산티아고를 정말 사랑하고 있었다.

"왜…, 또 오면 되지."

나도 벌써 순례길이 그리워지기 시작했다. 다음에 다시 올 때는 몸도 건강한 상태에서 좀더 철저한 준비로 오고 싶었다. 그래서 산티아고 순례를 200퍼센트 제대로 즐기고 싶었다.

"정식 씨, 이런 생각이 들어. 산티아고 순례길이라는 것이 인생의 축소판 같다는. 인생이라는 게 사람과 사람이 만나고 헤어지고, 싸우고 화해하는 것의 연속이잖아. 난 산티아고에서 바로 그런 것들을 느끼고 경험했어. 우리는 지금 이곳에 와서 산티아고를 걸었지만, 여기 오지 않은 사람들도 모두 자기만의 산티아고를 걷고 있었다는 사실도 알게 되었지. 그리고 나나 정식 씨도 서울로 돌아가 각자 자기만의 산티아고를 걸어가게 되는 거라고. 결론이라고 말할 것까진 없지만…. 그런 의미에서 산티아고 순례길은 곧 인생인 거 같아."

"그렇지. 나도 그렇게 생각해."

나도 친구처럼 고개를 돌려 피스떼라의 해변을 돌아보았다. 해변은 이미 산에 가로막혀 보이지 않았다.

하지만 나는 볼 수 있었다.

그것도 아주 또렷하게….

계속되는 이야기, 오늘도 걷고 있는 우리들에게

산티아고로 돌아와서 속초형님과 신부형님의 소개로 클라우디아를 만났다. 그녀는 올해만 산티아고를 세 번 걸었다. 그러곤 산티아고에 반해 현재 산티아고 시내에 집을 얻어 살고 있었다. 그녀의 꿈은 산티아고 순례길 어딘가에 알베르게를 차려 직접 운영하는 것이다. 거기서 한국 쌀로 밥도 해주고, 라면도 끓여주고 싶단다.

정식 씨가 산티아고 협회사람을 그녀에게 소개했고, 함께 식사를 했다. 협회사람은 그녀의 꿈이 이루어질 수 있도록 최대한 돕기로 했다. 산티아고 순례길에는 호주사람이 하는 알베르게와 일본사람이 하는 알베르게가 있다고 하는데, 한국사람이 하는 알베르게도 생긴다면 한국인 순례객들에게 큰 위안이 될 듯했다.

클라우디아는 산티아고로 오기 전에 강박증을 비롯한 여러 불안증세로 시달렸다고 한다. 신경정신과에서 너무 많은 약을 주길래, 어느 날 그것을 모두 버리고 산티아고 순례길에 나섰다고 한다. 그 약을 다 먹다간 죽을 것

만 같았고, 어차피 죽을 거라면 평생 꿈이었던 순례길을 걷다가 죽고 싶었다는 것이다. 너무 불안하고 무서웠지만, 첫날부터 너무 잘 자고 너무 잘 먹고 너무 평화로웠단다(역시 산티아고는 만병통치약!).

사실 정신적인 질환은 대부분 현대인의 병이다. 이는 육체적인 노동과 단순한 생활로 치유될 수 있다. 산티아고를 걷기 시작하고 일주일 정도면 머리가 매우 맑아짐을 느낄 수 있다. 아침에 일어나면 '오늘은 뭐 먹지?', '어디서 자지?', '어디까지 걷지?' 외엔 별생각이 없다. 그래서 머리가 복잡한 사람들에게 산티아고 순례길을 추천하고 싶다.

우리는 산티아고에서 프랑스 파리로 이동해 이틀을 자고 서울로 돌아왔다. 예전에는 몰랐는데, 파리 거리에 의외로 화살표가 많은 것을 발견했다. 그 화살표를 따라 걷다보면 생장피드포르가 나오고, 결국 산티아고로 갈 수 있다고 한다. 그 사실을 듣고, 우리는 애써 그 화살표들을 외면했다. 버릇대로 따라가다가 다시 산티아고로 가게 될 것 같았기 때문이다.

우리와 생장피드포르를 출발했던 부녀 팀은 우리가 산티아고를 떠난 며칠 후, 산티아고에 무사히 도착했다는 문자가 속초형님께 날아왔다고 한다. 종달새 소식도 들었다. 그녀는 어느 알베르게에서 친구들과 수다를 떠는 사이에 1천 유로를 도난당했고, 어쩔 수 없이 산티아고 여행을 도중에 접고 귀국했다고 한다.

프리랜서와 머리숱이 적은 이태리 남자는 함께 산티아고 순례길을 완주했고, 이태리에 있는 그의 집에 가서 몇 개월을 함께 머물렀다고 한다. 그리고 이번엔 그와 함께 한국으로 와서 지내고 있다는 소식을 나중에야 들었다. 까미노 커플은 단지 까미노에서만의 커플이 아니라, 길 밖에서도 커플이 될 수 있음을 증명한 그들에게 축하의 박수를 보내고 싶다. 처음 그다지 좋지 않은 시각으로만 봤던 내 편협함에 대한 사과도 곁들였다. 두 사람이 함께 걷는 길에 축복만이 함께하길 빌면서.

속초형님은 다시 약국으로 복귀해서 잘살고 있고, 신부형님은 안식년의 남은 기간을 알차게 보내는 중이다.

프란체스카는 산티아고에서 만난 인연을 매우 소중히 생각하고, 산티아고 친구들의 대모로서 혁혁한 공(?)을 세우고 있다. 몇몇 산티아고 친구들이 그녀의 초대를 받아 김해의 집으로 놀러갔었다는 풍문을 들었다.

나는 캐서린이 서울에 왔을 때 프란체스카와 카이스트를 함께 만난 적이 있다. 이미 우리는 페이스북에서 친구가 되었고, 가끔씩 소식을 전하고 있던 상태였다. 그때 프란체스카로부터 스페인 교환학생의 전화번호를 알 수 있었다.

이 글을 쓰면서 꼭 그와 통화하고 싶었는데, 프란체스카 덕분에 그게 이루어졌다. 나는 그에게 알베르게에서 발견한 그의 방명록에 적힌 글을 내 여행기에 통째로 쓸 것이며, 술은 얼마든지 사줄 수 있지만 원고료는 줄 수 없다고 공언했다. 다행히도 그는 매우 기뻐하며 영광이라고까지 해줬다. 그는 현재 멕시코로 NGO활동을 떠나기 위해 준비 중이다.

아! 대안학교를 그만두고 순례길을 떠나왔던 막둥이의 전화도 한 번 받았다. 그녀의 전화를 받았을 때의 나는 시차적응이 제대로 되지 않아 한낮에 잠을 자며, 꿈속에서 산티아고 길을 걷던 중이었다. 나는 비몽사몽간에 전화를 받았고 통화내용은 대략 이러했다.

"안녕하세요. 저 막둥이예요."

"아… 막둥씨…! 나 지금 산티아곤데…, 이거 국제전화라 전화세 많이 나오거든."

"네?"

"응. 그러니까 내가 서울 가면 연락할게."

전화를 끊고 다시 잠을 청하다가 나는 산티아고가 아닌 내 집의 침대라는 사실을 깨달았다. 한참을 혼자 낄낄거리며 웃었다.

내 친구는 산티아고 협회의 중책을 맡았다. 내게 산티아고 순례길이 배경인 스페인 추리소설을 번역출간하는 문제를 상의해왔는데, 나는 시장성이 없으니 포기하라고 충고(?)해줬다. 그랬더니 이제는 스페인 와인을 수입하는 사업을 하고 싶어서 이리저리 알아보는 중이란다. 이 일이 잘 진행된다면 그는 또 스페인에 갈 수 있을 것이다.

그리고 나와 소아과 유선생은?

우리 얘기는 파리를 떠나기 하루 전날로 거슬러 올라간다.

「빠리입니다. 낼 뱅기 탑니다. 모레 아침 양평동에서 우렁된장을 먹을 계획입니다」

「멋지심다. 전 영국 체스터입니다. 며칠 후 한국에 상륙 예정입니다. ^^ 우렁된장 맛있게 드세요」

이틀 후.

「양평동입니다. 아직 우렁된장 안 먹었습니다. 오면 같이 먹어요」

「네, 고맙습니다. 오랜만에 한국에 가셨으니 푹 쉬시고, 음식도 많이 드세요. 홍콩은 덥군요」

며칠 후 그녀에게서 문자가 왔다.

「한국에 돌아왔습니다. 시차적응으로 한동안 고생할 듯합니다. 하지만 한국어를 쓰니 행복합니다」

「어익후! 동주민으로서 환영합니다. 나도 시차적응으로 고생 중입니다. 축구선수 해외파는 어떻게 적응들 하는지 대단하네요. 곧 함 봐요」

「네, 우렁된장 먹고 싶어요」

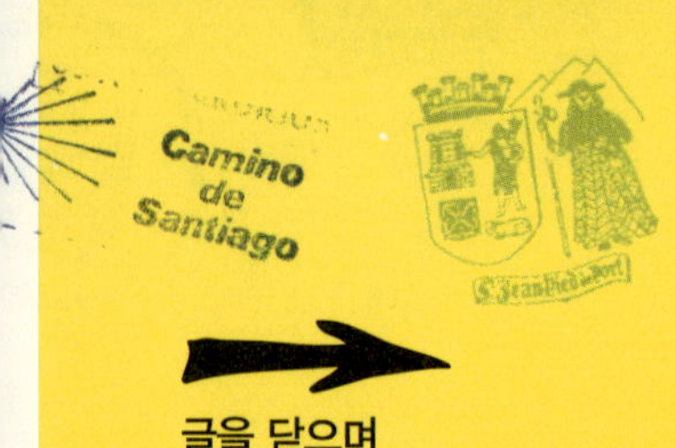

글을 닫으며

스페인의 산티아고(정확히 말하면, 산티아고 데 꼼뽀스텔라)를 가기 위해 배낭을 꾸렸던 게 꼭 일 년 전이다. 이 년 가까이 준비했던 드라마 〈제중원〉이 끝나자마자 난 그동안 죽을 만큼 고생한 내게 '산티아고 순례길'이라는 선물을 주었던 것이다.

생각해보면, 참 무모한 결정이었다. 산티아고에 가서 안 사실이지만, 대부분의 우리나라 순례자들은 보통 6개월 전부터 한 달이 넘게 걸리는 이 여행(또는 고행)을 준비한다고 한다. 인터넷 커뮤니티를 통해 각종 여행정보도 교환하고, 때론 배낭을 꾸려서 하루 20킬로미터 가까이 걷는 연습도 하며, 심지어 기본적인 스페인어 회화공부까지 한다고 했다. 그도 그럴 것이 프랑스의 생장피드포르에서 스페인 산티아고까지 장장 800킬로미터(서울에서 부산을 왕복하는 거리와 비슷하다)를 매일 스페인사람과 부대끼며 걸어야 하기 때문이다.

그런데 나는 알량하게도 고작 '마음의 준비'만 달랑 해서 무모한 여행을 떠났던 것이다. 15킬로그램이나 되는 배낭을 메고 프랑스에서 첫 걸음을 내딛을 때부터 '후덜덜'거렸고,

한 시간도 채 못 되어 죽을 것만 같은 고통을 느끼며 내 자신에 대한 '선물'을 준 행위나 받은 행위 모두를 후회했다.

거의 일 년간 집필에 매진하느라 작업실 밖으로 나가지 못해 내 몸은 그야말로 '저질 체력'이었고, 심지어 몸무게마저 15킬로그램이나 불어 있었던 것이다. 그냥 걸어도 무릎이 아픈 판에 30킬로그램(반은 등에 지고, 반은 몸으로 찌워서)을 더 메고 가려니 관절이 이탈되지 않은 게 다행이다 싶었다. 하지만 거기서 돌아갈 순 없었다. 우선 보이는 것부터. 일단 배낭 무게를 줄이기로 했다.

처음에는 생명과 관계없는 순으로 물건을 버리면서 갔지만, 사흘 동안 2킬로그램도 채 버리지 못했다. 결국, 넷북과 카메라 같은 돈 되는 것을 버리지 않으면 무게가 결코 줄지 않겠다는 판단이 들었고, 눈물을 머금고 그것들을 버림으로써 내 목숨을 구해야겠다고 결심했을 때 '순례자를 위한 위대한 서비스'를 만났다.

나처럼 무턱대고 산티아고로 떠난 사람들이 어디 한둘일까? 바로 그런 순례객들을 위해 우체국에서는 집으로 물건을 보낼 수 있는 서비스를 제공하고 있었다. 나는 두 번째로 큰 박스를 구입해 넷북을 포함하여 6킬로그램이나 되는 짐을 서울로 부칠 수 있었다.

어깨를 짓누르는 하중이 줄어들자 허리가 저절로 펴졌다. 그제야 산티아고 순례길의 아름다운 풍광을 제대로 즐길 수 있었고, 거의 한두 시간 간격으로 나타나는 마을의 작은 바에서 생맥주와 와인의 낭만을 비로소 만끽할 수도 있었다.

사실 산티아고 순례의 핵심은 '먹고 자고 걷는' 등의 원초적 단순성에 있다. 순례길을 사흘만 걸으면, 집 생각은 어느 틈엔가 사라지고 '오늘은 뭐 먹고, 어디서 자고, 어디까지 걷지' 하는 문제 외엔 관심이 없어진다. 나 역시 그랬다. 드라마를 집필하면서 받았던 온갖 스트레스가 사라졌고, 몇몇 사람에 대한 미움도 사라졌고, 미래에 대한 두려움에서도 해방되었다. 물론 이런 건 있다. 순례를 마치고 서울행 비행기를 타는 순간, 스트레스와 고민, 두려움 등이 다시 원상복귀한다는 것. 하지만 산티아고 순례길을 걷는 동안은 힘들지만 꿈같은 시간의 연속이다.

산티아고 순례길은 만들어진 지가 천 년이 넘는다. 때문에 최근 만들어진 제주 올레길이나 지리산 둘레길 등이 따라올 수 없는 역사와 전통이 있다. 순례길을 걸어가면서 이루 헤아릴 수도 없는 가톨릭의 문화유산을 만날 수 있기 때문이다. 또한 우체국의 소포 서비스 외에 다양한 순례자들을 위한 서비스(?)가 존재한다. 마을과 마을을 연결해주는 버스와 택시는 기본에 속한다. 걷다가 힘들면 이동수단을 이용해 이동할 수 있다. 하지만 우리나라 순례객들은 일단 걷기 시작하면 다른 이동수단은 불가능하다고 알고 있는 것 같다. 그 때문에 산티아고에 가고 싶어도 엄두를 못 내는 사람들도 많은 것 같다.

하지만 그런 걱정은 이 순간부터 할 필요 없다. 정말 그곳은 궁하면 통하는 곳이기 때문이다. 그곳을 무슨 극기훈련 장소로 생각해 처음부터 끝까지 걸어야만 한다고 생각하는 사람이 아니라면, 산티아고 순례길처럼 쉽고 재밌는 길도 없다.

가령 오늘은 너무 힘들어서 배낭을 메고 가기 싫다면, 바에서 택시로 목적지로 짐을 보내고 걸어가면 된다. 천 년이란 시간은 순례자들 머릿속에 들어있는 '잔머리'까지도 현실로 구현해놓고 있었다.

순례길 중에는 가파른 경사를 13킬로미터나 올라서 1,300고지에 이르는 구간이 있다. 꼬박 하루를 잡아야 하는 이 길은 순례길 후반에 위치해 있기 때문에 이만저만 난코스가 아니다. 하지만 여기에서는 나라시 택시를 이용할 수도 있다. 산꼭대기에 있는 알베르게까지 사람이면 사람, 짐이면 짐, 선택해서 올려 보낼 수가 있다.

그리고 순례길 말미에는 아예 짐을 부치고 편히 걸으라고 아주 싼값에 짐들을 옮겨다주는 택배 서비스도 등장한다. 또한 걸어가는 도중에 호객을 위해 나온 알베르게 주인을 만나기도 하는데, 그 알베르게에 묵겠다고 하면 짐을 실어다주기도 한다.

걷기도 많이 걸었지만, 중요한 순간에 다양한 이동 서비스를 활용하지 않았다면 나는 아마도 그 순례길에서 낙오했을 것이다.

산티아고 순례길은 인생의 길과 같다고 생각한다. 인생에서 어디 걷기만 할까. 때론 버스도 타고 택시도 타고, 정말 가끔은 인생의 짐을 내려놓고 가기도 하는 것이 진짜 인생이지(나만 그렇게 생각하나?).

　아무튼 이쯤 되면 '나도 할 수있다'라며 용기를 모아 맘을 먹을 수 있을 것이다. 하지만 곧 언어문제 때문에 다시 한 번 망설여질 것이다. 그도 그럴 것이 스페인은 영어가 거의 통하지 않는 곳이기 때문이다. 하지만 그것도 역시 '궁즉통窮卽通'으로 해결된다. 한 달여를 걷는 동안 순례객들은 바에서, 알베르게에서, 하루에 몇 번씩 똑같은 스페인어를 듣게 된다. 때문에 일주일이 지나면 자연스럽게 간단한 회화가 되고, 다시 일주일이 지나면 주문은 물론 에누리까지 하게 된다. 그래서 순례 끝물에는 스페인어가 모국어처럼 느껴지기도 한다. 그런데 한 가지 기묘한 일이 있다. 한국행 비행기를 타는 순간 스페인어는 모두 잊어버린다는 것.

　그리고 한 가지 더.
　여행을 꿈꾸는 사람들이 그 여행 중에 꿈꾸는 한 가지.
　로맨스.
　그것이 정말로 가능하다. 왜냐? 산티아고는 '기다란 하나의 길'이기 때문이다. 한 번 만난 사람과 계속 같이 걸어갈 수밖에 없고, 대개 같은 알베르게에 묵게 되며, 헤어지더라도 어느 순간 다시 만나는 '신비의 길'이 바로 산티아고 순례길이기 때문이다.
　사실 나는 산티아고 로맨스의 수혜자다. 하지만 그 얘기는, 로맨스 역시 '궁하면 통한다'는 말로 대신하며 지면 관계상 생략한다(책을 잘 읽어보라는 뜻!).

　산티아고를 다녀온 일 년이 지난 시점에서, 이 책을 세상에 내놓게 되었다. 다시 한 번 지난 시간을 떠올리며 나는 또 다시 울고, 웃고를 반복했다. 시간의 흐름을 단박에 날려버리고 나는 그날, 그 자리에 서있다. 희노애락의 모든 것이 살아 숨쉬던 그 길의 숨결이 지금도 느껴지는 것 같다. 같은 말이지만, 산티아고 순례길은 인생이다. 지금도 나는 내 삶을 살아가고 있고, 다시 말해 그 길 위를 걷고 있는 중이다. 모쪼록 이 작은 책이 누군가의 인생을 위로해주고, 누군가에게 용기를 주고, 어쩌면 작은 미소 한 조각이라도 떠올리게 했으면 싶다.

SERGIO

길 위에 내가 있었다

초판 1쇄 인쇄 2011년 6월 13일 | **초판 1쇄 발행** 2011년 6월 20일 | **지은이** 이기원 | **발행인** 노영현 | **편집인** 노승권 | **편집주간** 최형임 | **편집진행** 정혜진, 이연수 | **사업기획단장** 김현오 | **마케팅기획** 이충주, 임현석, 이현우, 유승아, 정완교 | **제작·물류** 차동현, 김보영 | **마케팅지원** 정민정 | **디자인** elephant | **인쇄** 영신사 | **펴낸곳** (사)한국물가정보 | **등록** 1980년 3월 29일 | **주소** (100-170) 서울시 중구 무교동 1 효령빌딩 12층 | **전화** 02-728-0284(편집), 02-728-0241(마케팅) | **팩스** 02-774-7216 | **이메일** chyungim@bizmap.co.kr | **카페** http://cafe.naver.com/bookzine | **ISBN** 978-89-6260-276-0(13800) | **값은 표지에 있습니다.** | 라이프맵은 KPI출판그룹의 임프린트입니다.